현옥하는 집 賢屋

현옥하는 집 **賢屋**

펴 낸 날/ 초판1쇄 2023년 8월 15일
지 은 이/ 조현옥

펴 낸 곳/ 도서출판 기역
편   집/ 책마을해리
출판등록/ 2010년 8월 2일(제313-2010-236)
주   소/ 전북 고창군 해리면 월봉성산길 88 책마을해리
         경기도 파주시 회동길 363-8 출판도시
문   의/ (대표전화)070-4175-0914, (전송)070-4209-1709

ISBN 979-11-91199-71-0 03810

현옥하는 집 賢屋

조현옥 지음

ㄱ

'현옥'하는 집, 賢屋

옛 경찰서 서장 관사 건물 한 귀퉁이는 2016년 9월부터 시작된 리노베이션을 마치고 2017년 2월 방문객들을 만나는 집, 게스트하우스 《현옥》이 되었다. 홍성군과 보령시를 넘어 청양과 합덕, 당진까지 두루 다니는 여행객들이 찾아왔고 소소한 모임이 진행됐다. 꾸준히 책모임이 열렸고 수많은 시를 읽었다. 《현옥》을 리노베이션하면서 습득된 경험과 자료들은 '아카이브연구소 홍주'를 탄생시켰고 꾸준한 연구를 통해 『새로 쓰는 홍주 천주교회사』가 출판되었다. 『홍성본당 70년사』 편집하며 지역의 역사와 문화 아카이빙에 공을 들일 수 있었다. 2015년부터 시작됐던 공소 걷기가 '현옥 공소여행센터'로 확대되어 《현옥》이 운영되는 동안 많은 여행 프로그램으로 커나갔다. 《현옥》은 크게 게스트하우스, 여행센터, 아카이브연구소, 책방 등 네 가지로 나뉘어 운영되었고 이후 지금까지 성장 중이다.

이 책은 주로 페이스북에 쓴 일기이다. 집에서 쓴 글이면서 집에 대한 내용이다. 처음 엄마의 자궁에서 나와 유년기를 보내고 청소년기를 거쳐 시집갔던 이야기들은 '섬에 있는 집' 편에 적었다. 섬 집 이야기다. 두 번째 카테고리는 '방문객의 집'으로 게스트하우스 《현옥》에 얽힌 이야기를 짧게 실었다. 마지막 '세 집'은 공간 세 곳에서 일어난 일들이 담겼다. '세 집'은 세를 들어 살았다는 점과 세 군데의 집이라는 점을 살린 중의적 표현이다. 먼저는 홍성

소향리에서 다음은 오관리, 그리고 지금 살고 있는 내법리인데, 모두 단독 주택이다. 보통 2년 정도 살았던 집들은 운 좋게도 텃밭이나 정원이 있었다. 그래서 정원 일기를 썼고 책도 읽었다. 가끔 고양이가 함께 살았고 혼자 지내는 시간이 많았다. 손님들을 청해 밥을 같이 나누거나 책 읽기도 했고 두 번째 집에서는 이층에 방문객도 받았다. 지금 사는 내법리 집에는 밭이 넓어 감자와 땅콩, 서리태를 심고 길렀으며 무궁무진 피어나는 한해살이 꽃들을 길렀다. 밭에 맨드라미와 패랭이가 폈고 나비 떼가 몰려왔다. 이곳에 있으면서 가혹했던 병, 유방암이 찾아왔고 견디어 냈다. 정원 가드닝하고 책을 읽고 시를 읊으며 고양이를 만나고 밥 해먹은 이야기가 대부분이다. 내법리 집의 후반부는 육신의 집과 영혼의 집을 돌보는 일도 제법 있다. 죽음을 만났고 동행하는 가운데 깨달은 것 중 하나는 시간의 중요함이었다. 지나간 시간도 현재의 시간도 앞으로 올 미래의 시간도 다 하나다. 어떻게 집을 짓고 가꾸며 사는가는 시간과 함께 잘 살아가는가에 달려 있다. 그러다 보니 유년의 집이나 현재의 집이나 다 영향권 아래 있다는 것을 깨달았다.

아직 한 평의 집도 없다. 그러나 이 책에는 수많은 집이 담겨 있다. 내 방식의 집이고 그래서 현옥하는 집이고, 나의 집이다.

2023년 6월 조현옥

차례

집이란 무엇인가

집이란 무엇인가? 알랭 드 보통의 말을 빌리지 않더라도 집은 증인이다. 그 집이 개인의 주택이든 공공건물이든 따지지 않고 집은 태어나는 순간부터 모든 것을 기억한다. 집은 많은 것을 듣고 기다리고 목도하며 겪어간다. 아이가 태어난 날을 기억하고 첫걸음마를 뗀 순간 깜짝 놀란 엄마의 기쁜 웃음소리도 기억하며 책가방을 메고 돌아온 아이의 손에 들려 있던 노오란 민들레꽃, 그리고 고열로 뒤척이며 엄마의 애간장을 태운 그 밤의 일도 기억한다. 소곤거림뿐만 아니라 다투며 살그머니 흘리는 눈물도 들을 줄 안다. 사람과 함께 살아가고 나이를 먹는다. 주인이 바뀌어 떠나가는 날이나 비 쏟아지는 날 새로 이사 오는 주인의 얼굴도 묵묵히 바라볼 뿐만 아니라 고양이가 아침 일찍 일어나 정원으로 뛰어가 일을 보고 흙을 긁어모으는 일까지도 가만히 지켜본다. 빗물받이가 새고 지붕 한 귀퉁이가 그렁그렁 소란하고 지붕 페인트가 벗겨지면서 햇빛에 일그러질 때 어쩌면 집은 말을 건네고 있는 것이다. 노년의 인간이 자주 병원을 다녀오고 약을 타러 가듯 집도 마찬가지로 치료가 필요한 시점이 온다. 주인이 돌볼 시간이 없고 밖으로 돌기만 하면 여기저기 새거나 부서지기 시작한다. 또는 혼자 남겨지기도 한다. 행복한 일들이나 가둬두기 거북한 사건까지도 하나도 빼놓지 않고 기억한 집들의 쓸쓸하면서도 고고한 모습을 보았는가? 주름살이 드러나듯 볼품없는 외양을 가졌으나 주변 환경과 어우러져 스스로 빛을 내고 있는 집을 나는 사랑한다. 주인의 숨결을 간직하며 거칠고 지독한 폭풍우가 지나간 후에라도 덤덤히 그러면서 변함없이 그 자리에 서 있는 집을 만났을 때, 그 자리에 서서 오래도록 존경의 미소를 보내게 된다. 인생이 다 그렇듯 집도 늙고 사라진다. 잘 늙고 나이 든 집, 삶의 증인으로서의 집, 그 안에 담긴 심리적 안정까지 담뿍 담은 집이 좋은 집 아니겠는가?

굳이 르 코르뷔지에가 말하는 집의 기능을 늘어놓자면, 추위와 더위, 도둑 등으로부터 지켜주는 피난처, 빛과 태양을 받아들이고 개인 생활에 적합한 몇 개의 방 정도의 기능을 하는 수도원 느낌의 집이다. 유명한 건축가인 그의 말을 거스를 생각은 없다. 그에게 동조하는 경우라면 나의 집 이야기가 약간 불편할지도 모른다. 나는 외딴 곳에 위치한 프뤼게 공장으로 일하러 온 노동자들처럼 르 코르뷔지에의 똑같은 입방체 건물들을 달가워하지 않는다. 어쩌면 나도 그들처럼 덧문을 달고 작은 여닫이 창문을 달고, 꽃무늬 벽지를 바르고 텃밭 정원을 만들지도 모르겠다. 일률적이고 고만고만한 집보다는 나다운 집, 내 안의 감수성을 이끌어 내주고 위로받을 수 있는 집, 나를 현혹하는 집을 고집하기 때문이다. 나는 여기서 특별히 현혹하는 집을 내 맘대로 고쳐 '현옥하는 집'이라고 부른다.

그러면 현옥하는 집이란 어떤 곳인가? 도움을 주기 위해 몇 명의 이야기를 끌어올까 한다.

먼저 애니메이션 영화 〈스노우 맨〉의 원작자 레이먼드 브릭스의 『에델과 어니스트』의 집 이야기다. 이 집은 실제 레이먼드 브릭스의 아버지와 어머니가 결혼하면서 구입하여 생을 마감할 때까지 40년간 생활한 곳으로, 애니메이션 영화로 상영되면서 유명해졌다. 1930년께 우유 배달부 어니스트와 어느 집의 메이드(하녀)로 일하던 에델은 결혼하여 살 집을 찾는다. 가난한 삶에 뻔한 주머니 사정에도 그들의 눈에 들어온 붉은 벽돌집은 그들을 현혹했다. 매우 사랑스러운 집인 것은 분명한데 무려 825파운드나 줘야 살 수 있었다. 결국 그들은 있는 돈을 모두 모으고 대출을 받아 가까스로 그 집을 장만한다. 그런데 집 사는 데 돈을 다 쓴 나머지 가구나 집안 내부는 전혀 신경 쓸 수 없었다. 입주 후 한참 동안 거실에서 매트리스만 놓고 잠을 잤고 창문에 달 커튼도 화장실이나 필요한 가구가 전혀 없는 가운데 신혼살림을 했다. 성실한 남편 어니스트 덕분에 침대와 식탁, 소파 등 하나씩 하나씩 장만하게 됐고 정원에는 새들이 물을 먹고 갈 수 있는 옹달샘도 만들었다. 이윽고 레이먼드를 낳았는데, 2차 세계대전이 발발해 어려운 시간을 보내기도 한다. 레이먼드는 플로 아주머니로부터 배 씨를 받아 정원에 심었고, 이윽고 배나무는 커다란 나무가 되었다. 이곳에서 레이먼드가 학교에 가고 성장하며 여자를 데리고 오기도 한다. 세월이 흘러 에델이 치매에 걸리고 요양원으로 떠났다가 죽음을 맞이하고 얼마 뒤 어니스트도 그녀 곁으로 갔다. 장례를 마친 레이먼드는 부모님이 평생 살던 붉은 벽돌집을 팔기로 했다. 자신이 태어났고 컸으며 그동안의 모든 것을 다 기억하고 있는 그 집을 판다는 것이 무척 어려웠다. 하지만 주인이 바뀌더라도 그 집은 어디 가지 않고 그대로 있어줄 거라고 믿었다. 그날 레이먼드는 아내에게 배나무를 가리키며 "이 나무는 내가 씨로 키운 나무야"라고 말해준다. 그렇다. 평범한 배나무 하나에도 이야기가 서려 있다면 그것은 그 누군가의 의미가 된다. 그러면서 귀한 존재가 되는 것이다.

1960년생 최영숙은 서울서 태어나 살던 기억을 모아 시집『골목 하나를 사이로』를 냈다. '골목 하나를 사이로'라는 시를 읽으면 골목 너머에서 하루종일 재봉틀을 돌리는 사람이 나온다. 그녀의 나날을 우연히 보면서 기억 속의 어머니와 어린 시절의 작가를 만나게 된다. 시집에 적혀 있는 시어들을 따라가다 보면 서울 어느 동네에서 무심히 살았던 이야기를 알게 되고 그 시절로 돌아가는 느낌이 든다. 그 중 '1960년생의 한 기록'이라는 시를 조금 옮겨보자.

태평한 날들이 지났다. 나는 여전히 동네의 담장을 끼고 돌았다. 가끔 희자네 집으로 텔레비전을 보러 갔다. 황금박쥐나 요괴인간 뱀 베라 베로는 죽었다가도 살아났다 저녁밥 먹으라고 부르는 소리가 들렸다. 작은오빠는 라면에 밥 말아 먹고 과외 공부하러 갔다. 엄마의 꿈은 오빠가 경기나 경복중학교에 입학하는 것이었다. 결국은 그러지 못했다. 평준화였다. 오빠는 구슬치기를 잘했는데 뻥뻥이 실력은 없었다. 옆집의 오빠 친구는 좋은 학교에 갔다. 한동안 우리 집은 침울했다. 국민교육헌장을 나는 열심히 외웠다. 이미 삼학년이었다.

텔레비전 프로 〈황금박쥐〉를 보던 사람들은 이 시를 읽으면 어떤 심정이 될까? 뻥뻥이를 돌려 중학교에 입학하게 됐다는 이야기나 국민교육헌장을 외웠다는 초등학교 삼학년의 이야기는 또 어떤가? 시인은 한참이나 지난 1996년 시집을 내면서 어린 날의 집으로 데려다 달라고 한다. 시 '울음이 있는 방' 끝부분은 이렇게 이야기한다.

세월은 강,
(그 강가에서 아이는 오래 발등을 적시었을까, 산 그림자 깊은 강물 어둠이 내리기 전에 떠나야 했지만 기억은 언제나 그 그늘 방 앞에 멈추고 있어, 신문지 상

보가 덮인 밥상이 하나 물에 만 밥 허공에 걸려 내려오지 않았다. 어서어서 자랐으면, 우리 집 분꽃은 허리만 길어 가을이 되어도 씨앗 영글지 못했다. 공기 속을 떠다니는 먼지의 입자 한 줄기 빛을 따라가면, 가다 보면…… 나, 그곳에 데려다줄래?)

작가의 집 정원에 폈던 분꽃은 허리만 길어서 가을이 되어도 씨앗이 영글지 못했다는 내용은 응달 집이라는 의미일 것이다. 빛도 잘 들어오지 않는 집이나마 지금은 그립고 가고 싶다는 최영숙의 속내를 어느 정도 이해할 만하다. 어린 최영숙의 특별한 의미가 됐던 분꽃도 이제는 색다르게 보인다. 꼭 색색이 피어난 분꽃이 아니더라도 각별해질 듯하다.

또 하나 저 아래 대구에 살던 소설가 김원일을 만나보자. 1954년 한국전쟁이 끝나고 어린 김원일은 대구의 '마당 깊은 집' 아래채에 세 들어 살았다. 단칸방에 식구 다섯이 거주했고 어머니는 바느질로 자식들을 키워냈다. 마당 깊은 집에 세 들어 살던 여러 집과 가난하거나 복잡했던 실제 일들이 김원일에게는 깊은 의미가 되어 소설 『마당 깊은 집』으로 탄생했다.

소설은 마당 깊은 집에 사는 사람들을 소개하며 집의 구조를 설명하는 일로 시작한다. 주인공 '나'는 작가 김원일의 다른 이름이다. 어머니 앞으로 등기된 집을 처음으로 샀던 1966년까지 옮겨 다닌 셋방만도 아홉 집이나 되어서 주인공 식구들은 다른 셋방 집과 구별하기 위하여 '마당 깊은 집'이라고 불렀다. 휴전 후 대구 시내 동네와 골목 그리고 시장을 적나라하게 소개하는 장소적 설명이 끝나면 마당 깊은 집의 구조 소개가 나온다. 주인댁 노마님과 가족이 사는 안채와 셋방살이하는 가족들이 사는 아래채의 가운데를 가르는 중문, 중문에서 안채로 들어가면 너른 안마당이 나온다고 쓰고 있다. 아래채에는 방 세 개가 있지만 세 가족이 산다는 상세한 설명이 길게 늘어진다.

아래채 네 가구 열네 명, 위채 여덟 명이 사는 이 마당 깊은 집의 이야기를 읽고 실제 대구로 가봤다. 길을 안내하는 가이드는 지금은 전쟁이 끝난 시대에서 너무 많이 시간이 흘렀다는 점, 도시가 발전하여 그 세대를 다 기억하기 어렵다는 점, 그러나 언젠가 작가 김원일도 가물가물했던 기억 따라 왔다가 거기가 어디쯤인지 몸으로 기억해내고 골목을 알아봤다는 점까지를 말해줬다. 좁다란 골목길을 돌아다니며 오랫동안 다방 마담이 운영한다는 미도 다방에 들어가 뜨건 차도 마셨다. 아무렇게나 들어갔다가 나오기를 반복하던 낯선 골목길에서 어쩐지 ≪영남일보≫ 한 둥치를 팔에 끼고 뛰어오는 어린 김원일을 만날 것만 같았다. 그러면서도 '마당이 깊다'는 뜻은 도대체 어느 만큼인가 가늠해 보았다. 넓다는 표현이겠지만 혹여 시인 최영숙의 응달집처럼 그림자가 깊어서는 아니었을까? 아님 슬픔의 뿌리가 깊어서였을까?

슬픔을 간직한 집 이야기라면 공선옥의 '춥고 더운 우리 집'을 빼먹을 수 없다. 작가는 전남 곡성 태생으로 산이 높고 골짜기가 많아 햇빛보다 그늘이 많은 곳, 겨울엔 춥고 여름엔 더운 곳에서 자랐다고 자신의 산문집『춥고 더운 우리 집』에서 털어놓는다. 공선옥의 어린 시절 집은 남쪽에 산이 딱 가로막고 있는 북향이었다. 가난을 이겨내던 아버지가 도시로 갔다가 건축 일을 배워 돌아와 '부로꾸집'을 지었다. 그러나 그것은 도시의 집을 흉내 내었을 뿐 허접했고 오르막 골목의 아래쪽에 있어서 온 동네 하수가 다 쏟아지는 집이었다. 다른 집에는 다 있는 '마루'와 '부엌'이 없어 어린 공선옥은 그 집이 미웠다고 썼다. 그런데 이게 웬일인가? 정 붙일 데라곤 씨알도 없던 집에 그녀의 유일한 벗이나 은밀한 동반자가 생긴 것이다. 그게 바로 유리창, 들창문이었다. 그녀의 설명을 잠깐 옮겨보자.

그 부로꾸집에서 내 유일한 벗, 내 유일한 긍지, 내 은밀한 동반자, 나의 유리창, 내 들창문 밖 바람에 쏠리는 빗물, 빗물에 쏠리는 보리밭, 보리밭에 쏠리는 작은 새들의 무리, 그 새들 따라 쏠리던 내 눈, 내 마음에 대해서, 그 집은 바로 그런 집이었다. 집도 사람과 같다. 사람에게 인격이 있으면 집도 그와 같은 것이 있다. 집도 생각할 줄 안다. 집도 표정을 가지고 있다. 때로는 집이 말도 한다. 집은 웃는다. 이제 와 생각해보니 그 집이 얼마나 미운 집이고 미운 만큼 얼마나, 얼마나 정다운 집인지.

그녀의 부로꾸집은 비가 오면 아궁이에 물이 고였다. 밥을 하려면 아궁이에서 물부터 퍼내야 했다. 그녀는 이것이 부끄러워 밤잠을 안 자고 기다리고 있다가 신새벽에 부엌에 들어가 물을 펐다고 한다. 이렇게 새벽에 일어나 물이 고이는 동안을 기다리며 선생님이 빌려주신 『이중섭 평전』과 강은교 에세이 『그물 사이로』를 읽었다. 공선옥은 이 경험을 통해 수많은 다른 공선옥에게 부탁한다. "아궁이에 물이 찰수록 우리는 책을 읽어야 한다"고. 이 얼마나 귀중한 체험인가? 아궁이의 물을 푸면서 책을 읽은 소녀가 유명한 작가가 되고, 주저앉아 울어도 시원찮은 시련 앞에도 당당해질 수 있었다니. 사람에게 인격이 있다면 집도 그와 같은 것이 있다는 공선옥의 선언이 바로 '현옥하는 집'의 캐치프레이즈다. '그 집이 얼마나 미운 집이고 미운 만큼 얼마나 정다운 집인지'도 추가다.

섬에 있는 집

엄마가 나 낳고

음력 3월 중순은 섬에서 고기잡이로 한창 바쁠 철이다. 집안의 가장들은 목선을 저어 자신들의 주벅(물살이 센 곳에 커다란 말짱(기둥)을 세우고 그물을 묶어 놓고 들물과 썰물 때 오가는 다양한 어류를 잡기 위해 설치해 놓은 어장)에 가서 물을 봐 온다. '물을 봐 온다'는 것은 주벅에 가서 한쪽을 묶어 놓은 그물을 풀고 잡힌 물고기들을 털어 가지고 온다는 뜻이다. 그날 동네 사람들의 말을 빌려 "고기가 처들었다"는 그날, 엄마가 나를 낳았다. 다시 말해 엄마의 집에서 내가 태어났고, 민옥이네 집에 둘째 딸이 태어났다는 소리다.

할머니와 할아버지, 엄마와 아버지, 막내 삼촌과 막내 고모 그리고 첫 딸 민옥이가 사는 집에 두 번째로 딸을 낳은 엄마는 그날로 천덕꾸러기가 되었다. 목선 가득 들어찬 물고기가 썩기 전에 오징어는 오징어대로 꼴뚜기는 꼴뚜기대로 새우는 새우대로 분류하여 손질한 후 깨끗하게 씻어 장벌 깔치(물건을 말리기 위한 얇은 그물)에 널어 말려야 하는 이 마당에 출산하고 드러누워 있다니, 그것도 또 딸을 낳아놓고, 이 바쁜 시절에 말이다. 나를 윗목에 밀어

놓았는데 아무도 보러 오는 사람이 없었고 엄마는 애쓴 고통을 위로받지 못했다. 애 낳고 3일 만에 자신의 피 묻은 의복을 뒷장벌(마당너머)에 가지고 가서 홀홀 바닷물로 헹구고 그 길로 밥하고 일하기 시작했다는 엄마에게 나는 참 어려운 십자가였을 터. 아무도 반기지 않던 중에도 딱 한 사람, "저 집에 복뎅이가 났네, 복뎅이 났어" 했다는 동네 할머니가 있었다고 한다. 그 봄에 왜 그리 우리 섬에는 '게기(할아버지가 생선을 부르던 말)'가 쳐들었는지 게다가 멸치는 왜 그리 쳐들었는지. 지금은 쓰지 않지만, 당시 삼상지(마을에서 안면도 쪽을 향해 있는 갯벌) 우리 창고 앞 장벌에다 멸치를 삶아서 널어 말리는데 비가 오는 날이면 이 작업이 난장판이라 장벌에서 갓난쟁이가 꺽꺽 울어도 봐줄 수 없었다고 한다. 삶은 멸치가 비 맞고 썩지 않도록 거둬 들여야 하니 사람 손 하나도 귀할 것 아닌가. 언니 민옥이는 세 살이라 어린 고모가 쫓아다니며 봐줬지만, 강보에 누워있던 애는 그냥 바닷바람이 또는 파도 소리가 얼러주고 재워줬다. 그래서였을까? 엄마는 유난히 내게 냉랭했다. 내 밑으로 남동생 둘을 낳고 기세를 펼 수 있었을 텐데 엄마는 왜 그렇게 여유가 없었는지. 그러니 나는 자주 갯가로 나갔고 물이 쓰면(썰물이면) 하루종일 물 둠벙에서 게를 구경하거나 물고기 조잘대는 놈들 쫓아다니거나 신기한 것들 찾아 쏘다니게 됐다. 겨울에는 동네 말림(땔감을 제공해주는 야트막한 산)을 다니며 쬐그만 마를 캐거나 잔대를 캐러 다녔고 동생들이 칡을 캐는 동안 곁에서 지켜보곤 했다. 봄이 오면 젤 먼저 피는 생강나무 꽃을 꺾어다가 사이다병에 꽂아 뒀다가 "어이구 저 푼수데기" 하는 소리를 여러 번 들었다. 꽃을 보면 좋아하실 줄 알았는데 왜 엄마나 아버지는 갖다 버리실까 늘 궁금했다.

그러다 시집가서 애 낳고 키우다 수녀님의 권유로 '자신의 삶 돌아보기'를 하던 중 엄마를 오천 여객선 앞에서 만나 모시고 오면서 그 이유를 알아버렸다. 자동차 안에서 엄마는 뒷좌석에 앉았고 나는 그 오래 묵은 질문을 했다.

"엄마, 나 태어난 날 얘기 좀 해줘." 분명 네가 또 딸로 태어나서 너무 미웠다고 말할 줄 알았다. 그러나 엄마의 입에서 다른 말들이 나왔다. 위에서 언급한 내용, 즉 아무도 산후조리 해주러 오지 않던 상황, 만선으로 일이 쌓여 있던 터에 출산이고 뭐고 얼른 일어나 일하러 나갈 수밖에 없던, 그리고 뒷장벌로 자신의 옷가지를 빨러 기다시피 올라갔던 이야기……. 나는 엄마가 눈치채지 않게 울었다. 불쌍한 엄마, 나 때문에 그렇게 고생하셨구나. 에이고, 지금이라면 울 엄마 그동안 고생 많았다고 말해주고 싶네.

바다에서 벼를 건져 올려

어머니가 동생 재현이를 임신하여 배가 두리뭉실 불렀을 때의 일이라고 한다. 할아버지는 땅에 대한 욕심이 있어 우리가 살고 있는 빼섬(보령시 오천면 효자도리에 있는 5개 섬 중에서 빼섬(추도)은 안면도 쪽으로 빠져있다고 해서 빼섬이라고 불린다)에서 1킬로가량 떨어진 육섬에 밭을 얼마간 샀고 고구마를 심었다. 민옥 언니는 다섯 살, 나는 세 살이었고, 집안에 먹을 것이 떨어져 가던 가을 추수 무렵이었다. 우리 섬 면적이 0.08제곱 킬로미터니, 논이 있을 턱이 없고 안면도에 논을 갖고 있던 몇몇 집을 제외하고는 허기 때우기 어려운 시절이었다. 언니가 배고프다 징징대 고구마나 캐다 줘야겠다고 엄마와 아버지가 배를 탔다. 육섬으로 가려면 물살이 어려워 꼭 들물에 출발해서 들물에 돌아와야 했다. 아버지가 노를 저어 한참을 가고 있는데 바다에 둥둥 떠다니는 것들이 가득했다. 엄마가 손을 내밀어 건져보니 볏단이었다. 아니 웬일인가? 바다에 벼가 한가득이라니? 엄마와 아버지는 허리를 굽혀 바다에서 볏단을 걷어 올리기 시작했고 어느새 배에 가득 찼다. 아버지는 육섬에 배를 대고 내려놓고는 또 건져 올리기 시작했다. 어느새 해는 지려 하고 주워 모은 볏단을 그러모아 싣고 빼섬으로 향하는데 안개가 끼기 시작하더니 앞이 하나도 안 보였다. 섬을 찾아 배를 몰아야 하는데 어디로 배가 떠나가는지 알 수가 없었다. 밤이 이슥해서 안면도 고남 근처 마을 끄트머리쯤에서 닭 우는 소리가 들렸고 그 소리를 듣고 길을 가늠하여 집으로 돌아올 수 있었다고 한다. 집에 돌아와 젖은 볏단을 정성스레 말리고 이것을 다시 배에 싣고 안면도 방앗간에 가서 쌀을 찌었더니 1가마 반이 나왔다고 한다. 그것으로 셋째 작은아버지 결혼하는 데 보태 썼다. 궁핍했던 시절 우리 집에 먹을 것을 선사한 그 볏단은 어디서 떠내려왔을까? 알고 보니 홍수로 보령 어느 마을의 간척지 둑이 무너져 추수를 앞둔 벼들이 쓸려 나와 바다로 들어왔던 것이다. 바다에서 벼를 건졌다는 이런 이야기는 세상 어디서도 들어보지 못했다.

당께밭에서 엄마 이야기를 듣고

당께밭[1]이 있는 곳은 마을에서 가장 높은 곳, 마을의 제사를 지내왔다던 당이 위치한 숲 아래 오른쪽으로 500여 미터가량 떨어진 안면도가 훤히 보이는 자리다. 그쪽으로 해가 졌고 사람들이 떠드는 소리나 교회의 종소리가 지척처럼 들렸다. 엄마는 안면도 대곶이 출신으로 거기서 스무 살에 시집왔다.

어느 날 해가 뉘엿뉘엿 지고 있을 때 엄마랑 둘이서 고춧대를 뽑아 남은 풋고추를 따고 있었다. 예나 지금이나 유난히 매운 것에 약한 나는 고추 따는 일이 싫었다. 확확 붉은 기운이 코에도 찔러 들어왔지만 아무리 목장갑을 껴도 손이 맵고 아렸다. 눈물 콧물 흘리며 입은 여러 발 나온 상태였을 게다. 엄마가 침묵을 깨고 대뜸 "너는 엄마라고 부를 엄마가 있어서 얼마나 행복헌 줄이나 아니?" 하고 말을 던졌다. "나는 부를 엄마가 없어서 이때꺼지 이 모양으루 산다." 그럼 그동안 일 년에 몇 번 우리 집이 바쁜 일철에 일하러 다녀

---

1) 마을의 제사를 지내던 당이 있는 곳 바로 아래 있던 밭을 우리 식구끼리 당께밭이라고 불렀다.

가신 외할머니는 누군가하고 퍼뜩 생각되는 거다.

얘기는 이랬다. 엄마가 여섯 살 때 부엌에서 불을 때던 외할머니가 보리 짚에 불이 붙자 불 끈다는 게 자신의 옷에 옮겨붙은 불은 보지 못하고 결국 불에 거의 타 며칠 만에 돌아가셨다고 한다. 당시 외할아버지는 군에 있었고 할머니는 엄마와 이모 둘만 남겨놓고 가셨다. 나중에 새엄마가 들어왔고 동생들을 줄줄이 낳아 다섯 명이나 됐다. 엄마의 삶은 고됐고 다니던 초등학교는 2학년도 끝내지 못하고 그만둬야 했다. 그러나 엄마는 영특하여 친구가 산수 숙제를 못 하면 다 해줬는데, 그 친구가 커서 지금은 학교 선생이라고 했다. 식구의 입 하나를 줄이기 위하여 스무 살에 섬으로 시집을 왔다는 엄마는 "엄마!"라고 부를 엄마가 없는 자신의 신세를 한탄했다. 그때 나는 엄마의 엄마가 돼 줄 수는 없을까 고민했다.

엄마가 가장 행복해 보인 날

우리 섬 문화를 발전시킨 사람들은 추도분교 선생님들이었다. 물론 여객선이 닿는 선창가 앞에 우뚝 선 해양초소 초소장이나 그 부인이 퍼트리는 신문물도 영향이 컸지만, 뭐라 해도 학교 선생님들의 힘처럼 막강할 리 없었다. 나는 추도분교 10회 졸업생이니 그간 바뀐 선생님들이 여럿이었는데, 학교 발전을 꾀하느라 애썼던 분이라면 단연 류승일·안병남 부부 선생님을 꼽을 수 있다. 안병남 선생님은 얼굴에 까만 점 하나가 있었다. 커트 머리에 야물딱진 말씨를 썼고 우리 집에 자주 내려와 아버지가 잡아 온 싱싱한 생선을 받아가기도 했다. 가끔 엄마와 아주머니들이 마당에서 김칫거리를 다듬었는데 그때마다 학생들의 현재 상황을 일일이 설명하기도 했다. 안 선생님의 리더십은 막강해서 동네 아주머니들과 화합 단결이 잘 되었다. 선생님과 여성들은 봄가을로 놀러 가기도 했다. 육지에서 들어오는 학용품이나 도움의 손

길도 커서 학생들이 서울 나들이에도 몇 번이나 나가고 TV에도 나왔다.

어느 날 안 선생님과 동네 아주머니들은 학교에서 쓰는 큰 북을 짊어지고 학교 뒤로 나 있는 마당 너머 바닷가로 내려갔다. 막걸리도 약간 있었고 맛난 음식도 몇 가지 있었다. 우리는 여기저기서 엄마들이 뭘 하나, 몰래 살펴봤다. 나의 엄마, 즉 김연자 씨는 흰 수건을 둘러쓰고 몸뻬바지를 입었는데 그 큰 북을 뻥 뻥 치면서 노래를 불렀다. 가락에 맞춰 다른 아주머니들이 얼씨구절씨구 춤을 췄다. 몰래 지켜보던 내 얼굴이 빨개졌다. 엄마가 저렇게 행복해 보이던 때가 없었다. 엄마는 오늘 많이 행복한가 보다. 우리 엄마가 매일 저렇게 밝게 웃었으면. 그 뒤로 그런 일이 또 몇 번은 있었겠지만 알 수가 없다.

엄마는 똑똑쟁이

동네 아주머니들과 엄마가 새벽이면 사라지는 날은 승언리 장날이었다. 아버지들이 목선으로 안면도 영목에 엄마들을 내려주면 그동안 말린 생선들을 이고지고 버스를 타고 승언리로 갔다. 거기서 종일 생선을 팔고 돌아오는 버스를 타야 했는데, 좌석에 앉아 오려면 짐꾸러미를 이고 한참을 걸어야 했다. 항상 엄마를 따라가려고 무진 애를 쓰며 일찍 일어났는데도 벌써 엄마가 없어진 후였다. 엄마는 장사를 잘 하고 돌아와 저녁밥상에서 할아버지와 할머니께 오늘 판 생선 가지 수를 일일이 대며 번 돈을 암산해서 말씀드렸다. 그때마다 산수를 잘 하는 엄마가 너무나 신기했다. 두 자릿수 넘는 숫자를 쓰지도 않고 그냥 곱셈을 하면서 말하는 엄마는 박사님 같았다.

설 전날 뱃고사 지내기

뱃고사가 가까워지면 동네 아저씨들은 분주해진다. 보통 한 집에 배 한 대가 있기 때문에 그 집 가장들은 썰물 때 일제히 바닷가 장벌에 나와 배를 닦는다. 배에 낀 물때와 이끼를 손잡이가 긴 솔로 바닷물을 뿌려가며 박박 문지른다. 그때마다 시퍼런 물들이 빠져나갔다. 햇볕에 잘 마르도록 둔 다음 대나무를 치러 간다. 사람 키만 한 놈을 몇 개 쳐서 밑둥부터 정리한 후 윗부분 이파리는 남겨둔 채로 끌고 내려와 거기다가 오방기를 달았다. 각각 배들은 이 깃대를 달고 하룻밤을 잤다. 까치설이라고 불리는 날은 바로 뱃고사 지내는 날이다.

동네 아주머니들은 아침부터 음식 장만하고 떡 하느라 바쁘다. 저녁나절에는 설날 음식을 장만해야 하므로 보통 오전에 준비하여 점심때면 고사가 줄줄이 진행된다. 음식은 탕국, 나물 몇 개, 밥, 떡, 포나 생선 찐 것이 전부다. 탕국은 무와 두부 몇 개가 들어간 것이 일반적이었는데, 봄철이 되어 뜸북(해초의 일종)이 나오면 뜸북 탕국도 제사 때 올려진다. 보통 뱃고사에는 뜸북이 들어가지 않았다. 요즘 사용하는 북어나 황태포가 올려지는 일은 드물었다. 봄가을로 어획 철에 잡힌 농어나 갑오징어를 말렸다가 쪄놓았다. 뭐니 뭐니해도 인기 있는 것은 떡이다. 집집마다 떡 찌는 방식이 약간씩 달라서 누구네 떡이 맛있나 자랑이나 하듯 품평회가 열린다. 떡방아는 집에서 절구로 찧어 체로 곱게 쳐서 준비하고 시루에 넣기 전에 보자기를 깔고 김 몇 장을 조심스레 간다. 김 위에 떡가루를 놓아가며 중간중간 콩이나 호박고지를 넣는다. 불 때서 떡을 찌기 위해서는 떡시루에서 공기가 빠져나오지 않게 하기 위해 밀가루 반죽을 하여 솥과 시루 사이를 잘 때워줬다. 엄마가 붙이는 것을 지켜보면 예술이 따로 없었다. 그런데 나는 바닥에 깔린 김이 익어 떡에 달라붙은 그 부분이 영 싫었다. 냄새가 별로였기 때문이다.

이렇게 준비가 되는 대로 아주머니들과 아저씨들은 음식을 나르고 순번을 어찌 정했는지 모르지만 누구네가 먼저 시작되면 동네 아이들이 우르르 그

배로 몰려갔다. '떡 받으러' 가는 행동이다. 배 주인이 용왕님께 제문을 외우고 소지를 불사르고 준비된 음식을 조금씩 떼어 바다로 던지며 "고시네, 고시네" 하는 소리가 떨어지면 아이들은 난장판이 된다. 서로 들고 있는 바구니에 떡을 얻어 담으려고 밀치고 줄 서기 때문이다. 이렇게 떡 받으러 갈 수 있는 것은 동네 아이들에게만 허용되었다. 그러므로 엄마들은 수줍어하는 애들 등을 두들기며 빨리 가라고 재촉한다. 먹을 것이 귀했던 시절이라 이날 떡을 많이 받아뒀다가 설날이 지나면 김 하는 날 간식으로 쪄먹기 좋았다. 어차피 한 집에서 시루 하나를 찌는 것이므로 아이들이 받아온 떡은 그대로 한 시루 정도 되었다. 나는 초등학교 5·6학년이 되자 떡 받으러 뛰어다니는 게 창피했다. 벌써 사춘기였다.

정월 대보름 지신밟기와 정 읽기

아버지는 제법 꽹과리를 잘 쳤다. 어디서 배운 걸까? 대보름날 동네 아저씨들은 누굴랄 것도 없이 꽹과리, 징, 북, 장구를 들고 집집마다 다니며 쳐댔다. 보통 우리 집에서 서쪽으로 나 있는 승길네 집부터 시작됐다. 신 씨 할아버지는 오래전부터 이 섬에 들어온 선조들의 후손이라고 전해졌다. 동네 할아버지 중 가장 연세가 많았고 말씀이 점잖았고 아저씨들로부터 약간 추앙받는 듯했다. 나도 세배를 가면 꼭 승길네로 먼저 갔다. 승길이는 할아버지의 늦둥이 막내아들이었다. 사람들은 그 집을 승길네라고 불러서 아이들도 모두 그렇게 통했다. 그 집에서 지신밟기가 시작되면 승길네 할머니(어머니라고 부르지 않고 나는 늘 할머니라고 불렀다)가 부엌에서 작다란 상을 들고나와 아저씨들에게 잡수라고 내놓았다. 집에서 곤 술을 한 주전자 내놓고 일행이 마시고 복을 빌어주길 빈다. 시끌시끌 지신밟기 꽹매기를 치면 모두 자연스럽게 영우네로, 그다음은 우리 집으로 옮겨 간다. 이렇게 빼섬이 떠나가라 북과

장구를 쳐놓으면 일 년 내내 집 안팎의 기운이 좋아지고 액운이 사라진다고 믿었다.

이제 남은 것은 각자의 신앙대로 집터를 다잡기 위해 '정쟁이'를 불러 개별 '정 읽는'(경 읽는) 날뿐이다. 집마다 귀한 아들을 수양아들로 주고 정쟁이 한 명씩을 뒀는데, 우리 할머니는 광천 독배 개목에 사는 정쟁이 할머니를 불렀다. 그 할머니는 곱상하게 생겼지만, 주름이 자글자글했고 밥 먹고 나면 꼭 담배 한 대를 입에 물었다가 '후~'하고 불었다. 어린 내 눈에는 신비로운 장면이었다. 동네 어떤 아주머니나 할머니도 이렇게 자유롭게 담배 연기를 뿜어 대는 사람이 없었기 때문이었다. 왠지 자유로워 보였고 대단해 보였다. 동네에서는 봄가을로 각자의 정쟁이가 와서 집안 정을 읽는 일을 의례적으로 했다. 빨간 황토 흙이 대문간에 가지런히 두 군데 쌓여 있으면 그 집이 정 읽는다는 뜻이다. 이날도 아이들은 집주인이 장독대에 놓아둔 떡을 살그머니 가져가곤 했다. 정쟁이들은 부엌에서 정을 읽고 방으로 옮긴다. 그런 다음 용왕님을 만나러 바닷가로 가는데 밤이 꽤 깊었을 때다. 뭘 어떻게 하나 하고 실눈을 뜨고 기다리면 정쟁이 할머니가 윗방으로 신장대를 흔들며 들어왔고 내가 무서워 눈을 꼭 감고 있으면 일순간 나가버렸다. 엄마나 할머니가 용왕신에게 빌러 따라갔다는데 기다리다 지쳐 잠들고 만다. 개목에서 온 정쟁이 할머니는 신장대를 만들기 위해 신씨 할아버지네 담 곁에 난 조릿대를 꺾어 왔다. 하얀 창호지를 어떻게 오렸는지 촤라락 펴면 희한한 무늬가 나왔고, 그것을 조릿대에 붙여 썼다. 동네에서 행해지던 정읽기는 내가 중학생이 되면서 거의 사라지고 아주머니들은 절집으로 찾아갔다. 나도 엄마를 만나러 부처님 오신 날 개목으로 찾아갔던 기억이 있다. 이런 예식을 치르던 할머니는 돌아가실 때 세례를 받고 마리아라는 세례명을 받으셨다. 부모님도 세례를 받고 베드로와 바울라로 천주교 신자가 됐다. 개목(돌케) 할머니는 서울로 갔다가 돌아가셨다는 얘기를 들었다.

김 뜨는 겨울

겨울 방학이 오면 서글펐다. 여름엔 아무것도 안 하고 빈둥빈둥 놀다가 방학숙제 밀린 것을 냅다 하면 되었는데, 겨울은 김을 뜨는 계절이기 때문이다. '김을 뜬다'는 것은 바닷김을 뜯어다가 잘게 썰어 판판하게 만드는 작업이다. 이것을 건장(짚이나 밀짚으로 엮어 만든 것)에 널어 말리면 먹기 좋은 김이 된다. 지금이야 기계가 다 만들어내지만 어린 시절 우리 섬은 양식해서 만들어 낸 김 팔아서 돈벌이를 했다.

식탁에 오르는 김이 만들어지기까지는 몇 가지 공정을 거치는데 우선 김을 키우는 일이 가을부터 꾸준히 이루어진다. 옛날에는 자연산 김이 바닷물에 몰려와 김발에 달려 커나갔다는데, 양이 많지 않자 김 포자를 김발에 심어두고 키우는 양식이 성해졌다. 김발은 대나무를 깎아 만들어 발로 짠 것이 쓰이는데, 이것은 주로 자갈밭에 설치해 검은 김을 양식하는 데 쓰였다. 그물을 뻘에 설치해 감태나 파래 섞인 김을 양식하기도 했다. 여름 동안 아저씨들은 김발을 엮고 할아버지나 아주머니들은 '발장'을 떴다. 발장용 골풀을 쪄서 말린 것으로 일정하게(김 한 장보다 약간 크게) 잘라 두세 개씩 잡고 발장을 쳤다. 김밥을 만들 때 쓰는 김발을 상상하면 된다. 나는 발장 치는 일을 좋아했다. 시작과 끝은 대나무를 얇게 깎아 만든 막대기를 대어 풀어지지 않게 했다. 발장을 칠 때마다 실패가 나무판에 닿는 또각또각 소리가 듣기 좋았다. 추석이 지나면 부모님은 우리 집 김 매는 구역(섬 장벌은 동네 사람들의 구역으로 일정하게 나뉘었다. 이것은 오랫동안 돈을 주고 좋은 자리를 사고팔아 정해진 것이다)으로 나가 일했다. 말장(긴 나무)을 박고 김발을 매는 일은 고되었다. 이 일이 끝나야 김 포자를 김발에 심어줄 수 있었고 바닷물이 들고 나면서 김이 자라났다. 무럭무럭 자란 김을 자를 수 있는 최적기는 겨울 방학이 시작되면서다. 그러나 김을 만드는 작업자 입장에서는 매우 고통스러운 시기였다. 바람이 매서운 새벽에 집을 나서 어두컴컴한 때 김발에서 일일이 김을 가위로 잘라야 했고, 그것을 가져오면 '쪽바(분쇄기)'에 넣고 잘게 분쇄하여 바닷물에서 여러 번 세척하고 동제로 가져와 민물에서 여러 차례 씻어냈다. 그것을 조금씩 퍼다가 하루종일 김을 뜨는 것이다. 이를테면 김을 만드는 것이다.

내가 엄마의 보조자로 김을 뜬 것은 약 7년간이다. 초등학교 4학년쯤부터 본격적으로 김 뜨기에 투입됐고 방학이 끝나야 이 일에서 손을 뗄 수 있었다. 개학하고 나면 기온이 올라가 양식장의 김에 하얀 태가 꼈고 이것은 김값을 떨어뜨렸다. 자연스럽게 김 양식은 끝난다. 집집마다 건장이 설치되면 김 만들기에 돌입했다는 것을 알 수 있었다. 햇빛을 잘 받을 수 있는 곳에 건장을 여러 개 설치하는데, 우리는 집 앞 채전에 세 개를 설치했다. 그것으로 모자라 '하시코(궂은 날을 대비하여 나무틀에 못을 박아 가로로 발장을 서너 개 꽂아 건조시킬 수 있는 이동식 건조장)'를 여벌로 사용했다.

이른 아침 김 뜨기가 시작됐다. 흙벽돌 아래채 앞에 멍석 두 개를 깔고 그 앞에 고무통 두 개를 갖다 놓는다. 찬물을 80퍼센트 부어놓고 작업이 시작될 때 따뜻한 물을 한 바가지 붓는다. 손이 너무 시리기 때문이다. 엄마와 나는 하루치 김을 다 떠놓기 위해 쉴 새 없이 일한다. 어려서부터 손으로 하는 일을 '날랍게(빠르게)' 한다고 언니를 제쳐놓고 차출되기 일쑤였다. 오후가 되면 손이 물에 불어서 허옇게 뜨고 시리다 못해 곱아 있었다. 이것이 끝나야 건장에 너는 작업도 끝나간다. 아침에 널어놨던 김들은 햇빛이 좋으면 오후 세 시쯤이면 말랐다. 잘 걷어다가 쌓아 놓고 차근차근 떼어내는 일도 만만치 않았다. 잘 마른 김이 찢어지지 않도록 왼손은 김발과 김의 시작점에 놓고 오른손으로 우측 발장을 살금살금 흔들며 뜯어야 실패하지 않는다. 집에서 만든 김은 왜 그렇게 맛있었는지 김 떼는 작업을 하다 보면 안 먹을 수가 없다. 반짝반짝 윤이 나는 좋은 놈을 뗄 때는 더욱 신중을 기한다. 좋은 놈은 금이 좋기 때문이다. 그런데 나는 가끔 일부러 찢어진 것처럼 뗀다. 그러면서 "어, 찢어졌네?" 하면서 내 입으로 가져가곤 했다.

언니와 남동생 재현이는 건조장에 김 너는 일을 했다. 재현이는 방안에 있다가 엄마가 큰소리로 "재현아~" 하고 불러야 나왔다. 건장에 젖은 김발을 널 때는 대나무로 깎아 만든 꼬챙이를 사용해서 좌우를 고정했다. 막내 재건이는 뒷심부름 담당이었는데 훗날 우리가 커서 집에 없을 때 일꾼 노릇을 했다. 눈보라가 갑자기 쏟아지는 날은 건장에 널었던 김발을 얼른 걷어서 다시 하시꼬에 널어야 했다. 또 밖에 뒀던 하시꼬를 집안으로 가져오는 일도 큰일이었다. 못이 밖으로 튀어나와 있기 때문에 조심해야 했다. 작업량이 적은 날은 엄마가 나를 승길네 집에 보냈다. 입을 하나라도 줄일 생각이었는지 나는 그때마다 점심과 저녁을 그 집에서 먹었다. 승길네 할머니는 짤딱만한 키에 쪽머리를 했는데, 내게 참 살가웠다. 항상 잘 챙겨줬고 우리 집 바쁜 일도 자주 도왔다.

저녁을 일찌감치 먹고 가족들은 웃방에 모인다. 아버지가 김을 잘 묶을 수 있도록 김을 세어야 한다. 김 한 톳은 100장인데, 한 톳씩 볏짚 두어 개로 묶었다. 열 톳이 모이면 한 동이라고 불렀다. 우리가 할 일은 한 톳을 만드는 일을 돕는 것이었다. 김 10장은 한 첩이 되는데, 이렇게 10장씩 세어 가로 세로로 포개두면 아버지나 엄마가 한 톳으로 묶었다. 이렇게 포장하면서 삐뚤삐뚤 삐져나온 것은 일일이 손으로 떼어가며 선을 맞추었다. 아버지가 떼어낸 김 부스러기를 얻어먹는 맛도 쏠쏠했다. 하루 작업량이 많아 1동이 넘으면 부모님은 좋아하셨다. 이렇게 며칠 모아 놓으면 '청소아줌마'가 와서 가져갔다. 아주머니는 보령 청소에 살았는데 우리 섬에 와서 김을 사다가 광천장

상회에 도매금으로 넘기는 분이었다. 내가 초등학교 때 처음 만난 귤은 이 청소아줌마가 사온 것이었다. 동네에 오면 꼭 우리 집에서 묵고 밥을 먹어서 인지, 아주머니는 항상 뭔가를 들고 왔다. 그 시리고 달콤한 귤과의 첫 만남 이란! 여하튼 김이 팔려나가면 집에 현금이 들어왔다. 김 금이 좋을 때는 집 안이 평화롭다가 금이 안 좋아 돈이 안 될 때면 아버지가 술을 더 드셨다. 집 에서 김을 하던 일도 고등학교 가면서 끝이 났다. 서산 A·B지구를 막고 고정 리 화력발전소에서 나온 뜨거운 물이 바다로 유입되면서 바다는 몸살을 앓 았다. 김 양식은 실패로 돌아가고 주벅에는 고기가 안 들었다. 아버지들은 빚을 내어 우럭 가두리 양식장을 설치했다. 그렇지만 그것도 몇 년, 섬에서 할 수 있는 일은 낚싯배를 운영하거나 바지락을 채취하는 맨손어업이 전부 였다.

서울말 연습

1970년대 말엽에 텐트를 가지고 캠핑을 나선 해수욕객이 원산도 백사장 해수욕장으로 몰렸다. 오천항에서 여객선을 타고 원산도로 향하던 젊은이 들은 중간에 내려 우리 섬으로 들어오곤 했다. 이런 손님들 말고 대부분 동 네 사람들과 어떻게 저떻게 아는 사람들로 여름방학이면 하루 50여 명의 손 님이 들이닥쳤다. 집집마다 휴가를 온 개별 손님들이 넘쳐났고 학교(추도분 교)를 넘어가면 해수욕하기 좋은 '마당 너머'에는 텐트족들이 시끌시끌했다. 학교도 만만치 않아서 선생님들과 아는 사람들이 오거나 홍익대학교 기독교 서클 학생들이 봉사활동차 와서 묵곤 했다. 저녁 배가 선창가에 닿으면 온 동네 사람들이 '누가 오나?' 하고 쳐다보다가 우리 집 오는 사람들이면 헐레 벌떡 뛰어가 짐을 받아들고 데려가곤 했다. 부두에서 내리면 바로 해양초소 가 있어서 외지인들은 근무하는 전경에게 주민등록번호와 주소지 등을 대고 신분증을 제시하고 허가를 얻어야 했다. 보통 전경 2명과 초소장 1명으로 이루어졌고 어떤 초소장은 가족들과 함께 기거했다.

　손님들이 뒷장벌, 마당 너머에서 해수욕을 한다지만, 거긴 사실 우리 섬 아이들의 해수욕 터였다. 우리 섬 애들과 외지 아이들은 대번에 구별됐다. 서울이나 수도권에서 온 아이들은 알록달록한 수영복을 입고 만화 그림이 그려진 튜브를 몸에 두르고 물가에서 놀았다. 나를 비롯한 우리 섬 애들은 보통 매일 입는 평상복 반바지에 티셔츠 차림으로 물속에 들어갔다. 우리가 주인인데 우리는 한쪽 귀퉁이 바다에 몰려 자맥질에 열중했다. 흰 돌을 하나 정해 던져 놓고 물속에 잠수하여 찾아내오는 게임을 했다. 또 누가 멀리 헤엄쳐 가나 내기도 했다. 보통 우리는 아버지가 쓰시던 까아만 대형 튜브를 하나 가져와서 놀았다. 집에 알록달록 만화튜브가 있을 리 만무했고 부모님 어느 누구도 사주지 않았다.

　관광객들이 늘어갈수록 도시에서 온 애들이 쓰는 말이 다르다는 것을 깨달았다. 서울말이라는데 우리가 매일 쓰는 말과 달라서 외국말 같았다. 외지에서 살다가 휴가 온 고모나 삼촌들도 이런 말을 썼다. 나는 그때부터 우리가 매일 쓰는 일상 단어들을 서울말로 어떻게 옮길까를 고민했다. 어떤 날은 엄마나 아버지가 부르는 이곳의 지명들은 교과서에서 쓰지도 않고 서울말로 바꿔 쓸 수 없다는 생각에 절망감이 들었다. 이를테면 계숙이가 살고 있는 집 근처를 '뷩꺼티'라고 불렀는데 이렇게 쓰면 선생님한테 혼날 것만 같았다. 표준말로 바꿔써야 하는데 동네 사람들은 절대 그렇게 발음하지 않았기 때문에 나의 서울말 연습은 매번 난항에 봉착했다. 또 산옥이네가 살다가 이사 가고 없어진 집 귀퉁이 쪽을 '돌쌈모탱이'라고 불렀는데 서울말로 근사하게 바꿀 묘책을 찾다가 그냥 모퉁이 정도로 옮기는 게 좋겠다고 맘먹기도 했다.

　어쨌든 해수욕은 반반 나뉘어 행해졌고 외지 아이들에게 질 새라 멀리까지 헤엄쳐 가보기도 했다. 그러다 보니 얼굴은 새까맣게 탔고 눈만 반짝반짝했다. 왜 자꾸 창피하다는 생각이 드는지 중학생이 되면서 더는 거기서 수영하지 않았다. 그러나 나중에서야 이 사투리가 소중하게 느껴졌고 외지 손님이 오는 날이나 내가 손님을 데려가는 날은 일부러 설명해 준다. 굳이 서울말로 바꾸지 않아도 얼마나 아름다운가? '돌쌈모탱이'는 바위가 많고 돌들이 쌓여 있는 모퉁이여서 그렇게 불러온 것 같고 '벙꺼티'는 다른 곳보다 약간 높은 지형이고 부엉이가 게서 운다고 즉, '부엉이 우는 티'를 줄여 벙꺼티로 불렸음 직하다. 배가 접안하기 좋은 앞쪽 부두가 있는 장벌은 마을 앞에 있으므로 앞장벌, 마을 너머에 있는 장벌은 뒷장벌, '마당 너머'라고 불렀다.

광천 유학생

추도는 보령시에 속한 섬인데 광천으로 유학을 가다니, 사정을 잘 모르는 사람들은 꼭 묻는다. 홍성에서 서산으로 가는 육로를 만든 것이 안면도, 원산도, 주변 5개 섬 일대의 주민들에게 새바람을 몰고 왔다. 그러나 그것은 내가 광천으로 유학을 떠난 뒤에 일이고, 그 일대 사람들은 영목항에서 여객선을 타고 소도, 추도 등 5개 섬을 거쳐 오천항에 도착했다. 배가 들어오자마자 객선 손님들을 받아 광천행 완행버스가 출발했다. 안면도나 원산도, 효자도 사는 사람들이 우르르 광천버스에서 내리던 그 시절, 광천은 인근 경제의 메카였다. 이것은 광천장을 보러 다니던 장배 손님들이 있을 때도 마찬가지였다. 4일과 9일 장이 서는 광천장을 가기 위해 5일마다 다니는 장배가 여객선 노선과 마찬가지로 다니던 시절엔 오천항에서 약간 더 들어온 도미 항이 포구 역할을 했고 광천 독배까지 물길이 막히지 않았다. 장배가 아니더라도 수많은 배가 경로를 따라 광천 독배까지 어류나 소금 등을 싣고 가서 팔고 그 주변에 묵었다가 광천장에서 물건을 사서 도로 장배를 타고 돌아왔다.

독배가 큰 어시장으로 역할을 하던 것은 일제강점기에도 마찬가지였고 장항선이 개통되면서는 독배 인근 청소역이 화물 운송으로 각광받으며 객주집이나 밥집이 번성했다. 배가 드나들던 물길은 광천 경제를 흥하게 해주기도 했지만, 해마다 여름철이면 물이 범람해 천변 주변 마을은 물난리를 겪어야 했다. 결국 홍보지구를 막아 광천읍의 홍수문제를 해결한 반면, 어선들의 진입을 막고 광천의 시장경제를 퇴락시켰다.

　내가 광명초등학교 추도분교를 졸업하고, 처음 광천행 완행버스에 오르던 날은 섬에 있는 집과 결별한 날이었다. 당시 본교인 광명초등학교 근처에도 중학교가 있었지만, 어차피 그곳으로 진학해도 유학이 되는 셈이었고, 청소면에 있는 중학교도 상황은 매한가지였으므로 가장 번성한 도시인 광천으로 가는 것이 좋다고 판단했을지도 모른다. 어차피 원산도까지 보령시 소속 5개 섬 구역은 조선시대 홍주의 월경지였다. 이참 저참 광천으로 오는 섬마을 유학생들은 대부분 할머니와 함께 나와 방 한 칸을 얻어 살며 학교에 다녔다. 이 사정은 안면도 등지에서 유학 온 고등학생들도 비슷했고, 유학생들이 자취하던 장소는 대부분 광천 구 장터 다리를 지나 있는 세 마을, 즉 신대리, 원촌, 삼봉이었다.

　다행인 것은 민옥 언니와 할머니가 먼저 둥지를 튼 지 3년째였으므로 나는 별다른 번잡함 없이 입던 옷 몇 개만 들고 나왔다. 광천버스터미널에서 내려 소똥 냄새가 진동하던 우시장을 거쳐 막걸리 골목을 빠져나와 너른 천변을 건너 마을이 보였다. 나의 첫 광천 집은 신대리 콩나물 할머니집이었다. 대문을 열면 우측 문간방 하나가 보이고 마루 건너 안집 할머니 방과 부엌이 있었다. 안집 할머니는 콩나물을 집에서 길러다가 광천장에 나가 매일 매일 팔았다. 허리춤에는 때 묻은 앞치마 같은 전대를 찼고, 거기다 콩나물 판 돈을 넣었다.

육지 생활을 먼저 한 언니와 할머니는 신식 문물에 대해 많이 알고 있었고, 우리 할머니는 멋쟁이가 됐다. 하얀 양산을 쓰고 개량 한복을 입고 서울 가는 기차 타러 나가는 할머니의 모습은 빛이 났고 영화배우 같았다. 우리는 자주 안집 할머니네서 산 콩나물을 넣고 끓인 콩나물죽을 먹었다. 사람마다 취향이 달라 민옥 언니는 이 죽이 싫었다고 기억하지만, 나는 할머니가 끓여준 그 콩나물죽이 맛났고 여태껏 좋다.

육지생활에 적응해 가던 5월경, 섬에서 엄마가 나왔다. 보통 아버지가 나와서 학교에 오거나 할머니께 필요한 돈을 주고 갔는데, 어쩐 일인지 그날은 달랐다. 엄마는 빨간색에 검정을 섞어 만든 월남치마를 입고 왔는데, 얼굴은 바닷바람과 햇빛에 그을려 새까맸다. 엄마가 광천장에 나를 데리고 갔다. 나는 새까맣고 볼품없는 엄마가 창피했다. 혹시나 학교 친구들을 만나게 되면 어떻게 되나 싶어 엄마와 한참 떨어져 걸었다. 광천장 어디서 친구들이 튀어나올까 두리번두리번하며 걷던 나는 가슴이 찔리기도 하고 불편하기도 했다. 이 기억은 2학년 때 글짓기대회에 글로 썼다가 전국대회 상을 받았지만, 엄마를 배신한 것 같은 생각은 변함없었다. 지금이야 그 심정을 알만하고 우리 엄마가 자랑스러우니 웃을 일일 뿐이지만 말이다. 광천 유학생활은 6년간 계속됐고 신대에서 원촌으로, 삼봉마을로 여러 차례 이사를 다녔다. 어느때는 리어커에 짐을 싣고 할머니랑 삼분이 언덕빼기(삼봉을 이렇게 불렀다)로 이사했는데, 그 동네에는 우리 섬 출신 덕현네, 명화네, 미숙언니네 등이 여기저기 모여 있었다. 할머니가 없는 명화네보다는 나는 훨씬 나은 편이어서 보호를 받고 큰 셈이었다.

광천장

엄마는 광천장 날 이불 집에 가서 내 신접살림 이불을 사주셨다. 돈이 다

안 되었는지 얼마간 외상도 진 듯했다. 그리고 그릇 집에 가서 신혼살림에 쓸 그릇들을 장만해줬는데, 나는 분홍빛이 약간 도는 커다란 화채 그릇을 더 사겠다고 말했다. 엄마 속도 모르면서 돈을 더 쓰고 말았다.

시집가서 딸 낳고 살다가 광천장 날 엄마 만나러 가서 장밥을 얻어먹었다. 삼천 원짜리 백반집이 장날만 문을 열었다. 쬐그만 방에 옹기종기 모여 앉거나 손님이 많으면 밖에 탁자에 앉아 먹었다. 반찬 몇 개에 김칫국이 전부였으나 엄마가 사주는 장밥은 너무나 맛있었다.

방문객의 집

헨리 데이빗 소로의 오두막에는 의자 세 개가 있다고 했다. 하나는 고독을 위해, 또 하나는 우정을 위해 그리고 나머지 하나는 사교를 위한 것이라는 데, 방문객에 대한 준비가 이 얼마나 완전한가? 의자 하나를 더 남겨두어 나도 방문객을 위한 집을 마련했다. 사실 의자는 두지 않았다. 온돌 집이었고 방은 둘 뿐으로, 1941년에 준공을 마친 일본식 목조 건물 한켠에 세 들었기 때문에 약간 협소했다. 다행히 초등학교 선생님이던 주인 할아버지는 이 집의 틀을 바꾸지 않는 한도에서 판자를 얹어 천정을 가리고 세월을 견디며 벽지만 덧붙여 살아 목조 뼈대를 고스란히 보존해왔다. 내가 방문객을 위한 집으로 선택한 그 집은 경찰서장 관사였다. 군청 정문 오른쪽에 있던 경찰서는 1998년 지금의 자리로 옮겨가고 3층짜리 일본식 건물은 털려 주차장이 되었다. 처음부터 이런 히스토리를 알고 간 것은 아니었다. 우연히 벼룩시장을 보고 찾아간 집이 이 집이었다. 성지 가이드하며 지붕이 예뻐서 오래도록 바라보던 곳이었다. 운명이었을까? 주인 할아버지는 병환 중이었고 딸이 방 두 개를 세놓고 관리하고 있었다. 자신들이 어렸을 때 살던 집이라고 이것저것 애기를 해줄 때 이 집에 꼭 세 들고 싶어졌다. 나무문을 옆으로 밀어 현관문을 열자 자그마한 마루가 나왔고 그 마루 귀퉁이를 면하여 두 개의 방이 나왔다. 방에서는 어떤 흔적도 발견할 수 없이 평범한 가난이 묻어났다. 하지만 마루 위 천정은 목재 트러스를 그대로 드러내 놓고 있는, 순결한 그대로였다. 현관을 통해 들어간 첫 번째 방은 경찰서 관사의 응접실이었고 뒷방은 옷실이 있는 다다미방이었다고 했다. 아쉬운 것은 마루 한쪽을 막고 제 짝도 아닌 문짝으로 못질해 놓은 저쪽은 다른 사람이 세 들어 살고 있다는 것이다. 2016년 9월 계약을 마치고 벽지 떼어내기 작업에 들어갔다. 1941년 이후 바르기 시작한 벽지는 여남은도 넘는 듯했다. 초벌로 바른 '사법민보'라는 당시 신문까지 켜켜이 쌓인 유행 지난 벽지들이 떨어져 나오면서 묵은 먼지가 쏟아졌다. 제임스 조이스의 단편집『더블린 사람들』중 '이블린' 편에서 집안 청소를 하며 한숨 섞어 내뱉는 말이 떠올랐다. "도대체 이 먼지는 어디서 오는 걸까?" 흙벽에서 별것도 아니지만 내 눈을 끈 참 별것인 것들이 나왔다.

작업실 안쪽 방 벽지를 떼어내는데, 양철 지붕에서 빗방울 튀는 소리가 난다. 문을 여니 중저음의 빗소리가 골고루 퍼진다. 이처럼 고즈넉한 오후는 처음이다. 눈이 감기는 것은 둘째치고 배가 너무 고파 컵라면에 물을 부었다. 여전히 양철 지붕에서는 빗소리가 정겹다. 서둘러 떨어지는 놈과 모여서 뚝뚝 떨어트리는 놈이 다르다. 엇박자를 장단 삼아 귀퉁이에서 떨어지는 놈들도 있다. 나무틀에 얽힌 세월의 겹을 떼어 깨끗해지니 금방 누군가 만날 것 같은 다소곳한 나무등허리가 예쁘게 드러났다. 흙벽의 회칠 부분에 있던 벽지들도 정리하니 제법 태가 난다. '2-2'라고 쓰여 있는 문은 아마도 주인이 학교에서 쓰던 문짝을 가져온 건 아닐까 싶다. 전동 드릴과 도구들이 여기저기 제각각 일을 하다말고 널브러져 있다. 작업장 문은 짙은 고동색. 저 색감들을 살리고 싶다.

이 집의 마루가 얹어진 시기는 언제였을까? 첫 마루는 1941년에 얹어졌겠지만 2차 마루가 얹어진 시기는 1960년대나 1970년대가 아니었을까? 오늘 낡은 마루를 뜯어내다 마루 밑 흙 속에 숨어 있던 보물들을 발견했다. 선생님 댁이어서 그런지 역시나 학용품이 가장 많다. 딱지와 종이딱지를 접었던 그대로, 연필, 칼, 바둑알 등 다양한 것들이 나왔다. 보물 찾느라 허리 아픈 줄도 몰랐다. 마루를 통과해서 복도로 이어지는 곳을 막았던 벽면을 떼어내니 더 오래된 나무문이 나왔다. 문에 덧댄 모기장에 1에서 8까지의 숫자가 뽕뽕 뚫린 채 새겨져 있다. 나무문에는 색연필로 다음과 같은 문구가 적혀 있다. "화요일에 마징가Z 해." 이 집에 살던 아가들이 써놓았나 보다. 영화 〈인터스텔라〉를 보는 듯 과거의 그들이 내게 말을 걸고 있다. 목재로 만들어진 천장 트러스는 먼지만 털고 응접실로 사용됐던 방의 문짝 세개와 다다미방문 한 개를 떼어다 밖에 놓고 샌딩기로 페인트를 벗겨냈다. 도우미 학생을 불러 종일 밀었지만 문 한 짝 밀어내는 데 하루가 꼬박 걸렸다. 학생들은 군대로 다시 돌아간 기분이라고 했다. 말이 샌딩질이지 나오는 먼지가 장난이 아니다. 나뭇결이 살아나고 있었다.

오늘 전주에서 게스트하우스 작업을 위해 목수 김사봉 님이 일꾼 한 명을 데리고 왔다. 부엌이라고 할 것까지는 없고 작은 개수대 하나와 책방으로 쓸 공간을 만들어줄 것이다. 사실, 봄이 되면 뜯어내고 큰 유리문을 내어 테라스를 만들지도 모른다. 샤워실 마무리 공사하고 타일을 깔 것이다. 그러나 마음에 둔 것을 형상화하여 실물로 턱 내놓는 일이 왜 이리 힘든가? 길게 할 건지 짧게 할 건지, 색은 어떻게 할 건지 등 고르고 선택하는 과정이 힘들다. 어서어서 마무리되어야겠다. 하지만 쉽지 않다. 돈이 든 만큼 마음에 푹 드는 것도 아니기 때문이다. 어서 평온한 시기가 와 맘 놓고 소설을 읽고 싶다.

책을 볼 작은 공간에 벽지를 바른다. 옥스퍼드 출판사에서 나온 헌책을 벽지로 택했다. 책을 벽에? 근대의 분위기와 동떨어졌다고 느낄 수 있겠지만, 이곳에 꽂을 책들도 근대에 출판된 영미소설들이다. 일부러 배다리 아벨서점에 가서 사 왔다. 헌책을 뜯어 벽지로 바르고 있는데, 이게 쉬우면서도 속도가 안 난다. 사실 나는 어린 시절, 할머니가 특별히 사랑했던 아래채가 좋았다. 여름방학이 되면 그곳이 열렸고 거기서 잘 수도 있었다. 시원하기도 하고 운치도 있는 붉은 흙벽돌 방이었다. 그 안의 벽지는 깨알같이 새겨진 신문이었는데, 그것을 하나하나 누워서 읽는 것이 어린 나에게 기쁨이고 행복이었다. 사건사고와 광고 글, 한자가 마구 섞인 세로줄 신문은 내게 책이자 TV이고 영화관이었다. 지금은 털고 없어진 그 아래채가 그리울 때가 있다. 어머니는 전경을 가린다고 남쪽을 모두 헐고 화단을 만들고 작은 담으로 둘러쳤다. 오늘 종이책을 하나씩 붙이며 누군가 이곳에 와서 나처럼 글자 하나하나 읽으며 책 속에 빠지기를 그려본다.

응접실 페인트칠한다고 올라섰던 플라스틱 의자 위에서 내려오다가 발을 헛디뎠다. 순식간에 바닥에 떨어졌고 머리를 다쳐 난생처음 119차를 타고 병원으로 실려 갔다. 병원에서 이틀 밤을 자고 두 번째 환자복으로 갈아입고 나니 머리에 난 혹이 조금 들어가면서 어지럼이 조금 나아졌다. 슬픔은 하루뿐, 아무 생각 없어졌다. 아기가 빨리 성장하듯 조금씩 나아지고 있다.

주인이 버리려던 궤짝을 얻어와 묵은 때를 샌딩기로 밀어내는 작업을 이어 했다. 언제부터 사용한 것인지는 모르지만, 내부에 발라놓은 신문이 오래됐다. 폐결핵약 광고와 서울 소식이 재밌다. 오늘 부엌 겸 책꽂이가 있는 쪽방 바닥재를 까는 것으로 바닥공사는 마무리되었다. 그쪽 벽지로 대신하는 영어책 한 장 한 장 붙이기 작업은 진전 없이 끝났다. 억지로 되는 일은 없다. 눈이 오기 위해 밤새 비바람이 몰아쳤다.

나도 모를 아픔을 오래 참다 처음으로 이곳에 찾아왔다. 그러나 나의 늙은 의사는 젊은이의 병을 모른다. 나한테는 병이 없다고 한다. 이 지나친 시련, 이 지나친 피로.

— 윤동주

손님들의 가슴 아픔도 동주가 대신 위로해주길 바라며 침묵 중에 수를 놓았다. 북으로 난 창을 가릴 광목천 위에 동주의 마음을 올려놓는다. 천의 가장자리를 두 번 접어 바느질했다. 미싱을 배웠다면 쉬익 하고 박으면 끝날 일을 접은 곳 다림질하고 다시 한 땀씩 바느질하느라 시간이 꽤 들었다. 1941년부터 사용되었던 이 집 유리창을 그대로 쓰고 싶어 네 군데 유리가 없는 곳에 꽃수를 달아 막았다. 유리가 깨지면 창호지 조각이나 면 밴드로 고정했던 풍경처럼 살짝 금이 간 유리에는 꽃 테이프를 붙였다. 유리와 창문틀을 바꾸지 않고 그대로 썼다. 《게스트하우스 현옥賢屋》은 2월 24일 오픈하기로 했다. '현옥'은 소리 나는 대로 내 이름이고 '구슬 옥'을 '집 옥' 자로 바꾸기만 했다. 그래서 《게스트하우스 현옥》이다. 지혜로운 사람들, 착한 사람들, 소박한 사람들이 묵어가는 집이길 소망한다.

관사 응접실이었던 방의 아크릴 공사를 마쳤다. 근대식 도르래 창문이 있었던 네 군데 빈자리에 막사발과 놋그릇, 선양소주와 백화소주 대병 세 개 그리고 다섯 알 주판 두 개를 올려놓았다. 창문 밑받침하던 나무 때문에 밑면이 고르지 않아 안전하게 기울여 놓는 방식으로 진열했다. 완벽하지는 않지만, 그런 대로 훈훈하다. 방안은 넓게 텅 비워 놓고 오른쪽으로 자그만 책상 위에 스미스코로나 타자기와 검정색 '용건만 간단히' 전화기를 올려놓을 생각이다. 두 번째 방 옷실을 그대로 이용 광목이불을 올려두었다. 방 천장은

나무판 그대로 드러내놓았다. 두 방에 모두 벽 한 구석은 흙벽을 보여주고 그
위는 아크릴로 장식했다. 아담한 책방은 '앨리스책방'이라 이름 지었다. 시집
과 소설류가 꽂혀 있다. 이곳에서 소박한 책모임이 열리기를 소망한다.

　며칠 전 많은 분의 축복 속에 드디어《게스트하우스 현옥》을 오픈했다. 앨
리스책방에서 산문집을 읽는다. 제목이 예뻐 샀다가 읽지 않았던 박완서의
『노란 집』인데 중간을 펼쳤다. 책이 귀한 시절의 이야기로 시작해서『폭풍의
언덕』과 브론테 생가를 방문했던 여행기까지 적고 있다. 작가는 "지극한 동
경, 설렘 없이 그대는 행복한가?"를 물어온다. 아니 나도 설렘 없이는 행복하
지 않다. 오늘《현옥》을 방문한 소화데레사 선생님과 또 한 분의 자매와 홍
화꽃 차를 마시며 꿈을 꾸었다. 자리를 옮겨 산수유가 움트는 다육공방에서

햇빛 받으며 일종의 설렘을 나눴다. 정원을 가꾸는 일, 꽃씨를 뿌리고 적당한 꽃 배치를 하고 음식을 하며 일정한 수익을 내는 일들. 풀 뜯어 나물 반찬하고 공방 꾸미고 빵 굽는 일을 하고, 토론하며 여행 이야기를 내놓고 만들어 가는 일들 말이다. 오후는 《현옥》의 기역 자 꽃밭 거름 내고 흙 고르는 데다 썼다. 북쪽 일자형 땅엔 닭 뼈들이 얼마나 많던지. 오랫동안 살았던 사람들이 음식물 쓰레기를 버리던 장소였나 보다. 모두 골라내고 좋지 않은 돌들도 골라냈더니 흙이 꽤 좋아졌다. 따로 거름을 내지 않아도 될 것 같아 끝부분에 밀 씨를 뿌렸다. 작년 초겨울에 뿌렸으면 얼마나 좋았을까? 그 옆에 꽈리 씨앗도 뿌렸다. 어젯밤 삽질을 하며 얻어온 수선화는 《현옥》 입구에 빼곡히 모아 심었다. 인간이 새로운 곳으로 옮겨 적응기를 거치듯이 꽃들이 몸살을 할 것이다. 다행히 구근이라 꽃 지고 캐놓았다가 가을에 다시 마늘처럼 심어주면 된다. 내일은 당귀와 상추씨를 뿌리고 꽃씨 여러 종류 파종할 계획이다. 사월과 오월을 미리 동경하며, 농사꾼 현옥.

오관리 집

소향리 집

세 집

내법리 집

소향리 집

미국의 유명한 동화작가이며 정원 전문가인 타샤 튜더는 이십여 년간 일
궜던 정원을 버리고 뉴햄프셔에서 버몬트주로 옮겨 새집을 일궜다. 그의 나
이 쉰여섯이었다. 모두 의아해하면서 그 나이에, 그리고 키워왔던 많은 식물
을 이주시키며 굳이 새 땅을 일굴 필요가 있었을까 물었다. 그는 단순했다.
짧은 인생, 하고 싶은 일을 하며 살아야 하지 않느냐고 외려 반문했다. 이것
은 그 인생의 커다란 변화를 가져왔고 행복했으며 수많은 정원 생활자들에
게 그의 이야기는 희망이 됐다. 나도 그렇다. 이 나이에 또 새 땅으로 간다.
이제는 땅이 무려 육백 평이나 된다. 꽃나무와 텃밭도 있다. 지금 봉오리를
터트릴 준비하고 있는 거대한 목련 나무도 있다. 산수유, 감나무, 백일홍, 철
쭉, 겹벚꽃, 자주 깎아줘야 하는 잔디밭도 있다. 쌈 채소와 유기농 식물을 심
을 수 있는 텃밭은 보너스다. 그리고 밤에 누워 별을 셀 수 있는 드넓은 옥상
도 있다. 거기서 바라보는 용봉산은 장관이다. 고개를 넘어가면 고암 이응로
미술관도 있다. 하고 싶은 일을 하겠다던 쉰여섯의 타샤 튜더처럼 호미 들고
텃밭 매는 현옥을 만날 수 있다. 집주변 둘러싸인 밀밭은 선물이다. 2017년

3월 23일 소향리 집으로 이사 들어왔다. 부엌 창문을 열었더니 옥상까지 뻗은 목련이 기다리고 있었다. 밀밭 너머 용봉산은 내게 찡긋 눈웃음을 쳤다. 야, 서로 인사하자!

　2년은 묵힌 것 같다. 괭이 몇 개 끌고 나가 아오스딩이랑 사이좋게 괭이질을 했다. 중간에 나오는 민들레는 뿌리째 모아 식재료로 썼다. 밭에 대륙 식점심을 차렸다. 봄까치풀을 제거한 땅에 영국에서 사 왔던 꽃씨를 뿌렸다.
　『오만과 편견』의 다아시 씨가 안개 속 밀밭을 걸어올 것 같던 새벽이 지났다. 며칠 전 심은 토마토에 물을 주고 뿌렸던 꽃씨와 채소가 발아하도록 물을 뿌려주었는데 언제쯤 싹이 나오려나. 노지에 심은 딸기 몇 개 꽃 피었고 산수유가 귀여운 잎을 냈다. 산수유 어린잎은 꼭 산딸나무와 비슷하다. 흰벚이 지니 분홍겹벚이 필 준비를 하고 있다. 집 뒤 목련 곁에 사는 아기 사과나무가 피려고 봉오리를 내놨고 보리수꽃은 조용히 폈다. 오가피나무 순을 따서 들고 들어와 물을 끓이고 어제 산에서 따온 다래 순이랑 함께 삶았다. 오가피 잎이 이렇게 예쁘다니.

아욱 씨를 들고 텃밭에 나와 꽃에 정신 팔다가 본 작업을 하려 하니 검정이 삼분의 일이면서 한쪽 눈까지 까만 고양이 녀석과 눈이 딱 맞닥뜨렸다. 순간 그 녀석 쫄았는지 얼른 되돌아간다. 내가 없는 동안 그러니까 저 녀석이 이 땅을 다 쓰고 있었구나. 어머니 조언에 의하면 땅콩을 심으면 잘되겠다는데, 솔뫼에서 사 온, 아니 재환에게 얻어온 땅콩을 함께 심어야겠다. 땅콩 심기는 처음이다. 나오면 좋고. 근데, 꽃씨 뿌린 데에서 풀만 난다. 더 기다려야지. 근데 상추 종류는 왜 이렇게 빨리 싹트는 거지? 비교하지 말라던데.

물뿌리개 통에 물을 가득 담고 왼손에는 양동이 가득 들고 밭으로 네 번을 다닌다. 델피늄 씨를 뿌린 곳에 물을 주며 이 생각 저 생각에 빠진다. 옥스퍼드대학에서 나와 여기저기 걸어 다니다 꽃가게에 들러 천장 위를 강렬하게 덮은 꽃씨 봉지들에 반해 무턱대고 꽃씨를 사온 일. 뿌릴 땅이 없어 아파트에서 묵힌 일. 그리고 이사 오자마자 뿌리고 보았던 일들이 바람처럼 확 지나간다. 그 후 바빠서 비만 기다렸던 때문일까? 물을 주면서 생각한다. 나의 기다림에 문제가 있었을까? 무작정 기다리는 일이 아니었는데 하면서 자꾸 물을 더 뿌려주게 된다. 물이 부족했는가? 노력이 부족했는가? 무턱대고 마냥 기다린 건가? 그러면서도 계속 기다리기로 한다. 기다리는 일에 지치지 말기로 한다. 기다리는 일이 직업인 것처럼 계속하련다. 일을 마치고 부엌 큰 창을 열었더니 더욱 커진 목련 잎이 밀밭을 향해 있다. 이 거룩한 정경. 이 거룩한 자연.

농부의 일

시골장마다 다 그렇겠지만 나는 현대화되지 않고 정신없는 장바닥이 진정 '시장바닥' 같아서 좋다. 모종을 사야 하는데 특히 참외 모종을 사야 한다고 맘먹었기에 모종장 세 곳을 들러 여러 모종을 구했다. 가지, 참외, 단호박, 오

이, 당귀, 고추모를 사고 어머니와 아버지를 위해 붉은 카네이션을 샀다. 꽃 좋아하는 어머니를 위해 하나 더 사고 걸어서 돌아다니다 등꽃을 찍었다. 늙고 쓸모없어 한구석을 차지한 창고 앞을 너무도 찬연히 가려주는 등 꽃, 바람결에 향도 살짝. 나도 가끔 사람들에게 등꽃이 되고 싶다.

　직사각형 너른 밭을 조금씩 나누어 여러해살이꽃과 나물, 한해만 살아가는 푸성귀로 채우고 있다. 고추모 열두 개를 심기 위해 너무 깊은 고랑을 판 건 아닐까? 꽃밭은 가꾸었어도 푸성귀를 저리 심는 것은 처음으로 오늘 장에서 사 온 고추는 마치 꽃을 옮겨 심는 마음으로 떡잎을 따고 흙을 살살 털어가며 물 준 구덩이에 심었다. '맞나? 맞다.' 혼자 문답하며 방풍나물 옆으로 당귀를 심고 그 옆으로 오이 여섯 포기를 심었다. 너무 많다. 가지는 네 개, 단호박은 고민하며 두 개, 참외 심는 것을 빼먹었다. 이것저것 심다 보니 밭일이 고되어지려고 한다. 물주기가 그렇다. 그때마다 주문을 건다. 굉장히 재밌는 일을 아주 조금 하는 거라고. 그냥, 넓은 꽃밭을 가꾼다고 생각하니 별일도 아니다. 많이 심은 것도 아니고, 소꿉놀이 수준이다. 오늘 아침 층꽃 옮겨 심은 것이 고되었나? 밥을 많이 먹었다. 장에서 사 온 노란 참외도 먹었으니, 잘 일만 남았다. 애네도 나도 모두 잘 살아야 할 텐데.

어제저녁 심은 모종들이 두 팔을 벌리고 춤추는 것 같다. 게다가 꽃들도, 우단동자도 모두 춤추는 듯하다. 사랑하고 물 많이 주고 풀 뽑아주고 똑똑 똑똑 문을 두드리듯 흙을 두드려줘서 그런가? 밀 이삭이 제법 패여 누런색으로 변하려 한다. 아, 이 찬란한 색깔! 어제도 별일 없더니 잔디밭 남쪽 겹벚꽃이 활짝 폈다. 비는 오지 않았지만, 꽃밭은 행복하다.

How do I love thee?

How do I love thee?

Let me count the ways.

I love thee to the depth and breadth and height

My soul can reach and when feeling out of sight

For the ends of being and Ideal grace.

I love thee to the level of everyday's

Most quiet need, by sun and candlelight.

내가 어떻게 당신을 사랑합니까?

내가 어떻게 당신을 사랑합니까?

제가 여러 가지 방법들을 따져볼게요.

나는 당신을 깊이, 넓게, 그리고 하늘 높이 사랑합니다.

내 영혼은 닿을 수 있고 눈에 보이지 않는 것을 느낄 때

존재의 끝과 이상적인 은혜를 위하여.

나는 당신을 일상의 수준으로 사랑합니다.

태양과 촛불에 의한 가장 조용한 필요.

척추를 다쳐 거의 누워 지내던 엘리자베스 배럿이 로버트 브라우닝의 오랜 구애를 받아들이며 남긴 시다. 서글프게도 일찍 세상을 떠난 그녀의 삶 전체에 이처럼 유명한 시가 남겨져 있다는 것만도 감사할 일이다. 새벽 아침 창을 열고 만난 이 아름다운 양귀비꽃, "내가 어떻게 당신을 사랑하느냐고요?"라고 말해주고 싶다. 양귀비, 네가 그리 사랑스럽다.

여러 씨앗을 뿌려놓고 누군지 바로 잊었다. 하나씩 나온 떡잎을 보면서 누군지 알아내는 기쁨이 쏠쏠하다. 이 녀석을 무엇이라 불러야 하나? 떡잎은 분명 무 잎이었거늘 갓 이파리로 보이니. 여기서 처음 보는 달팽이 친구가 비 온 후 외출 나왔나 보다. 밭 가에 보리수가 열매를 내고 있다. 꽃이 떨어지지 않고 끝에 매달려 있으며 열매가 자라고 있는바, 녀석, 꽃 무지 아껴주네? 두더지가 지나간 자리를 이젠 알 것 같다. 바보. 다 보이는데, 땅속으로 숨었다 생각하나 봐. 비가 온 후로 토마토가 한층 나이 먹은 듯하다. 철이 났는지 꽃도 달고.

저, 꽃밭에 스미는 바람으로

서걱이는 그늘로

편지글을 적었으면, 함부로 멀리 가는

사랑을 했으면, 그 바람으로

나는 레이스 달린 꿈도 꿀 수 있었으면,

꽃 속에 머무는 햇빛들로

가슴을 빚었으면

— 장석남, '꽃밭을 바라보는 일' 중에서

시끌하던 읍성이 고요해지고 갈 사람들이 가고 난 게스트하우스 《현옥》을 치우며 꽃밭을 바라본다. 어제는 없던 양귀비꽃과 섬 초롱꽃이 피어났다. 이제는 '부드러워지라'는 도종환의 시를 읽다가 장석남 시인의 시로 바꿨다. 물론 '앵두가 익을 무렵'도 좋겠다 생각했지만, 저 섬 초롱꽃을 잔잔히 바라보노라니 어쩌면 이 시가 퍽 어울리는 저녁이라고 생각되었다.

아침 미사 가기 전 밭에 나갔더니 목화가 싹이 났다. 쪼르륵. 그리고 비둘기가 다 먹을 거라 예상했던 땅콩이 드디어 났다. 토마토도 열매를 맺었고 톱풀도 붉은 꽃을 피웠다. 아참, 강낭콩 모두 싹이 났는데, 올핸 콩 많이 먹겠다.

끈끈이대나물을 이리 예쁘게 키우시다니. 할머니는 아침 일찍 긴 괭이로 풀이 난 자리를 긁고 있었다. 할머니의 정원은 지나갈 때마다 내 눈과 영혼 속 찬사의 언어를 있는 대로 자극한다. 이른 봄부터, 목련이 담 밖으로 늘어질 때부터 그랬다. 지금은 그 자리를 연두색 담쟁이와 커다랗고 탐스러운 분홍 장미가 자리를 메웠고 얼마 뒤 피어날 참으아리 덩굴이 덮었다. 담의 동쪽과 남쪽의 경계를 댄 모서리쯤에는 대왕 흑장미 덩굴이 담을 덮고 그 아래는 분홍 낮달맞이가 레이스 자락을 땅에 끌듯 내려앉아 있다. 길가는 붉은 양귀비가 늘어 서 있고, 이렇듯 대문 가에는 너무나 연해서 분홍인지 모르는 연분홍 끈끈이대나물이 꽃자주색과 서로 사이좋게 모여 피어있다. 아, 얼마나 예쁘며 소중한 정원인가? 계속 꽃 피어날 애들이 줄 서 있다! 이런 정원을 지날 때면, 하루하루 일기를 쓰고 싶어진다. 할머니 집 정원은 담벼락의 색과 어우러져 그림 한 장 같다.

참새 소리가 와글와글 시끄럽다. 용봉산 쪽으로 비둘기와 까치 소리가 난다. 가끔 뜻 모를 새 소리도 반복된다. 커피를 들고 밭가에 앉았다. 어제 오후 풀을 매던 상추와 먹거리 밭에 이슬이 내려 '반짝' 반짝인다. 오늘은 토마토와 고추 지지대를 해줘야겠다. 꽃씨는 안 나오고 접시꽃과 풍선초가 났는데, 다행인 건 내가 접시꽃을 무지 사랑한다는 거다. 어머니 말씀엔 꽃씨가 몇 년 만에 발아하기도 한다 하니, 계속 기다려볼 생각이다. 어제 땅콩 고랑에 언니가 준 땅콩 모를 더 심었더니 녀석들도 예쁘다. 해가 중천에 뜨면 조금 힘들어하려나? 난, 이슬 있는 풀을 뽑아야 한다 생각해왔는데 며칠 전 어머니가 흙 묻어서 더 지저분하고 힘들다고 알려주셨다. 그래서 지금은 그냥 보는 중이다. 전깃줄에 비둘기 두 마리가 앉아 나처럼 산책하다 쉬는가 보다. 동쪽이 밝다.

어느 쪽으로든 창을 열고 책상 하나를 옮겨 책을 읽고 싶었던 아침. 트랙터가 오가던 밭에 일꾼들이 몰려와 고구마 순을 놓고 떠났다. 봄내 푸르던 들판은 사라지고 물기 없는 고구마 순이 밭에 숨 쉬는 붉은 밭뿐이다. 계절이 바뀌는 것은 당연하고 사람이 흙으로 돌아가는 일 또한 그러하고 잊고자 애쓰지 않아도 우리들의 기억이 사라지는 것도 일순이며 자연의 일이고. 누군가를 보내는 일도 봄 들판을 잊는 것처럼 먹먹한 일이다. 어쩌면 더하다.

풀이 뭐예요?

어린아이가 풀을 한 움큼 뜯어 와 물었다.

내가 어떤 대답을 할 수 있을까?

풀이 무언지 그 아이가 모르듯 나도 모르는데.

풀은 희망의 초록색 물질로 짜 만든 내 기질의 깃발인 것 같다.

혹은 그것은 어쩌면 하느님의 손수건.

그것을 발견한 사람이 이 손수건은 누구의 것이지? 묻도록 누군가 향수를 뿌려 일부러 떨어뜨려 놓은 선물, 기념물, 한쪽 구석 어디에 주인의 이름이 새겨진 손수건.

— 월트 휘트먼, '내 자신의 노래' 중에서

그래, 한쪽 구석 어딘가에 주인의 이름이 새겨진 손수건이구나, 풀이란.

머그잔에 커피 담아 붉은 슬리퍼 신고 잔디밭을 지나 동쪽 텃밭으로 향한다. 해가 먼저 도달해 있었다. 꽃들과 눈을 맞춘다. 흑종초가 폈다. 못 본 새 허옇게 피었다가 자주색으로 변한 놈도 있으니 가까이 가서 들여다본다. 곁에서 크는 이베리스에 감탄하고. 우단동자의 부드러운 잎새를 보면서 자주색 꽃에 탄복하고, 사계채송화 옆으로 섬 초롱 한 대 흔들리는 것을 구경한 뒤 대모님 네서 받아 온 작은 코스모스 봉오리를 확인한다. 아뿔싸, 당귀가 폈구나. 당귀, 한약재 냄새 풍기며 거침없이 활짝 펼쳐 피는 꽃! 가장 빛나는 보석보다는 약간 덜 빛나는 것으로 하나씩 하나씩 보석을 달고 공작새 깃털 쫙 펼친 듯 그렇게 피었다. 이름마저 촌스런 당귀, 그렇지만 그 향까지 사랑한다. 토마토, 땅콩, 오이, 참외, 콩, 쌈채. 둘러보다가 옥상계단을 올라 오디를 확인한다. 거 참, 저 커다란 오디나무? 익었다. 익었는데, 맛이 진하지는 않다. 검정 물드는 손가락과 입술. 며칠만 참으면 된다. 바람이 집으로 따라

들어왔다.

 이다음에 꽃밭을 가꾼다면 해 들고 나는 곳에 애기똥풀을 많이 심어야지 했다. 보살피지 않아도 끝없이 피어나는 꽃. 꽃잎의 목숨이 대공에 붙어 꺾어지면 꽃잎 물이 흐르는 꽃. 이다음에 다시 꽃밭을 갖는다면 꼭 표 안 나게 사랑해주겠다는 꽃을, 올 봄내 사모하다 수를 놓았다. 어디 있었는지 기억도 없는 참 볼품없는 꽃.

 자주달개비가 잔디밭 구석에서 피고 있었다. 아침 이슬 묻었을 때 정말 예쁜 꽃이다. 괜히 벚나무 아래까지 걸어가 의자에 앉을까 하다가 도로 돌아온다. 이른 아침부터 옆 고구마밭에는 사람들이 와 있다. 먼저 놓고 간 고구마 순이 햇빛 등쌀에 마른 아이들을 교체하기 위한 팀들이다. 도란도란 이야기가 들리는데, 주로 사용하는 언어가 베트남어다. 그렇게 바라보니 우리 청년들이 호주에 워킹홀리데이 가서 농장일 한다는 것이 상상되었다. 마음 한구석 짠해진다. 어제저녁 어머니를 모시고 와 바람결에 풀을 매고 토마토 지지대를 해둔 것을 다시 둘러본다. 잘 열었다는 어머니의 칭찬도 들었다. 더 나올 줄 알았던 땅콩은 더 이상 뵈지 않아 두둑이 쓸모없어진 곳이 많다. 혹시 몰라 그 아래쯤에 또 심어두었는데 두둑과 고랑의 경계가 묘해졌다. 강낭콩은 잘 자라고 있다. 처음에 오이라고 여겨 두둑을 만들고 심은 곳에서 참외를 발견했다. 두둑을 조금 낮춰주고 결국 오이로 판명 난 놈들은 지지대를 세워줬다. 작두콩이라던가? 엄청 크다는 콩 묘목 세 개를 심었는데 거기도 대충 지지대를 세웠다. 어린왕자 집에서 가져온 족두리꽃 모종을 심었다. 키클 것에 대비해 띄엄띄엄 심었다. 저녁에는 미처 하지 못한 목화꽃과 가을에 피는 층꽃도 옮겨 심었다. 밭 가에 서 있는 보리수는 초록 반 주홍색 반이다. 색이 참 예쁠 때다. 그중 아주 붉은 놈 몇 개를 먹으려고 땄다. 올봄 식량이 되었던 가시오가피나무 어린싹이 또 나와서 한 움큼 땄다. 당귀가 이제 단체로 핀다. 쑥갓은 몇 번 따먹지도 못했는데 이제 꽃필 태세다. 그 옆의 가지는 사진발이 안 받는다. 채소보다 자꾸 꽃에 관심이 간다. 우단동자 옮겨 심은 것들이 제법 비를 맞고 단단해졌다. 그저께 따놓은 오디를 냉장고에서 꺼내어 요거트 하나를 넣고 섞어 먹는다. 요즘 아침 식사다. 오디 씨앗이 씹히는 식감이 좋다. 계속 오디가 열렸으면 좋겠다.

　뭔가를 심은 곳은 풀 한 포기 없이 깨끗하게 정기적으로 풀을 매면서, 저 뒤로 보이는 강아지풀밭은 뽑을 생각이 없었다. 없었던 게 아니고 꼭 그때만 되면 일이 생겨 계속 미루었다는 표현이 맞다. 지난번 비가 왔을 때가 적기였으나 아버지의 병원행으로 그냥 훌쩍 지나갔고, 누가 보면 강아지풀을 적당량 키우는 줄 알 것이다. 오늘도 꽃밭 여기저기 난 풀을 뽑느라 거기까지 가지도 못했다. 해가 다 지고 나서야 '저 강아지풀 풀씨가 여물면, 정말 풀씨 수확하겠다' 싶어 시작했다. 어둡도록 뽑았다. 그러면서 내 마음 밭 가라지도 얼른얼른 뽑아버려야 한다고.

꼭, 음식만이 살길이 아니다, 꽃도 식량이다, 빵 만큼

　보리수를 수확했다. 맨손으로 따다 보면 거칠거칠 손바닥에 남아도는 것들이 떫은맛의 원인인가 보다. 참새와 까치를 위해 좋은 것을 남겨 둬야 했는데 무작정 따다 보니 안 익은 것만 남았다. 보리수 붉고 고운 열매 씻어 설탕에 절였다. 살얼음 살짝 어는 어느 겨울, 지난봄의 일을 기억하며 보리수차를 마실 테다.

　남은 강아지풀 흙을 털어가며 절반 뽑았다. 너무 날이 가물어 손도 못 대고 이어진 장마로 밭에 들어갈 수 없어 강아지풀이 더 많이 자랐다. 근데, 개미들이 거기에 알을 낳고 지키고 있던 터라 병정개미들의 화를 돋우었다. 개미에게 양손 손목을 물리고 말았다. 얼마나 물어댔는지 모두 부풀어 올랐다.

따갑기는 모기 물린 것보다 더하다.

할머니 집은 참으아리가 별처럼 빛난다. 가끔 할아버지를 불러 대문 위로 잘 뻗으라고 으아리를 묶어주는 일을 시키는 걸 목격했다. 그래, 혼자 정원 일 하는 것은 무리다.

봄을 갈무리하는 데 충층나무가 있었다면, 가을의 선물은 충꽃이라 해야겠다. 보라색 알갱이가 다글다글 층마다 돌려 피는데 잎에선 향내가 난다. 우리 꽃밭에 무더기로 폈다. 여름을 나고 초겨울까지 건재할 백일홍꽃도 노랑으로 왕관을 만들며 눈길을 끈다. 벌써 흰 솜 덩어리를 만들어낸 저 애달픈 목화는 어찌할꼬. 꽃들은 피고 있으나 풀이 정신없구나. 그냥 핀 대로 바라만 볼 뿐.

소화데레사는 땅콩을 캐고 나는 꽃밭 풀을 맸다. 걱정 많던 땅콩이 주렁주렁 잘 열렸다. 고구마와 옥수수로 아침 해결하고 잔디밭 가에 있는 감 따와 새참으로 먹었다.

거두어들일 일이 태반이다. 그러나 그것은 수레에 담을만한 정도도 못되고 손 한 줌에 사르륵 떨어지는 꽃씨들이다. 봄 한 철 피어났다 여문 봄꽃들은 오월 중순께 채종해 말려두었고 몇 가지는 밭에 바로 뿌렸다. 가을비에다 쓸려갔나 걱정도 그뿐, 두메양귀비 몇 놈과 낮은 패랭이, 끈끈이대나물 싹이 났다. 더욱 기쁜 것은 낮은 패랭이는 다년생이라는 것, 계속 잔디처럼 붙어 있어 풀도 안 나게 할 지피식물로 그만이다. 봄 결에 꽃도 잔잔하고. 푸른 눈을 연상시키던 니겔라(흑종초)는 몇몇 나서 내년을 기다린다. 대부분 이런 애들은 겨울 동안 최대한 몸을 낮춰 로제트[2]가 되었다가 눈이 녹다 얼다 반

---

2) 로제트(rosette)란 장미꽃 모양을 말한다. 잎을 땅에 바짝 붙여 추운 겨울을 나는 식물들을 로제트라고 한다. 지칭개, 냉이, 서양민들레, 쑴바귀, 질경이, 엉겅퀴 등이 대표적인 로제트 식물이다.

복하는 이른 봄 초록으로 살아난다. 그리고 꽃을 피우니 대단한 녀석들이지. 이제 꽃씨를 받는 놈들은 잡초를 제거한 예쁜 밭에 뿌려야 한다. 싹이 날지 걱정이다. 내년에 꽃 볼 수 있기를 빌 뿐. 부지런한 무스카리는 벌써 잎이 무성하다. 겨울 추위 걱정도 없나 보다.

1000일 동안 마르기

책, 『Some Flowers』. 우스터에서였을까? 옥스팜 채러티숍에서 산 책이다. 비타 색빌 웨스트가 쓴 초본류의 텍스트에 그레이험 러스트가 일러스트한 것으로, 볼 때마다 '심쿵'한다. 1937년 비타가 연재하던 꽃 이야기가 출판되어 삽화가 추가된 1993년판이다. 옥스팜은 다양한 콘텐츠를 싸게 팔고 있는데, 옥스퍼드 동네 시민들의 자발적 자선으로부터 생겨났다. 영국에는 이런 가게가 많을 뿐만 아니라 왕가의 여인들도 이곳에 가서 자선을 펼치기도 한다. 나는 여기서 주로 책을 구입했다. 책값은 엄청 쌌다. 이 책도 2파운드 조금 넘게 주고 샀고, 두고두고 잘 샀다 생각하고 있다. 버지니아 울프의 애인으로 유명했던 양성애자 비타는 해럴드 니콜슨과 가정을 일구었던 여자다. 어려서 부모가 돌아가시며 남긴 노올하우스를 영국법상 상속받지 못하고 사촌에게 뺏기면서 결혼 후 근처에 그와 비슷한 시싱허스트 캐슬을 구입하여 멋진 정원으로 꾸몄다. 건축학적 디자인은 남편 니콜슨이, 세부적 식물 식재는 비타가 이룬 시싱허스트. 블룸즈버리 그룹[3] 일원이었던 비타는 시인이자 소설가였다. 그러면서 정원디자이너였던 셈이다. 1937년의 영국 정원에 심겨 있던 꽃들이나 지금 한국 여느 집 정원에 심겨 있는 꽃들이나 별반 차

---

3) 20세기 초에 영국의 울프(Woolf, V.) 등이 결성한 문학가 단체. 주지적이고 고답적인 예술 지상주의의 입장을 견지하였으며, 대표적 인물로 스트레이치(Strachey, G. L.)·포스터(Forster, E. M.)·울프(Woolf, V.) 등이 있다.

이가 없음에도, 그들이 천착하고 만들어나간 정원과 식물들이 찬미를 받는 이유는 아직도 그곳이 현존하여 사람들을 불러들이고 있다는 것일지도 모른다. 게다가 이 책은 하나하나 세세히 꽃들의 특징을 작가적 관점에서 적어두어 겨울이 되면 따뜻한 방안에서 읽고 싶은 책이다.

"가을 아욱은 쇠고기와도 안 바꾼다"

언니가 얼린 아욱을 건네며 한 말이다. 어머니가 준 꽃 소라와 청국장을 넣고 함께 끓였다. 내친김에 집 된장도 더 넣고 고춧가루도 넉넉히 넣고 현옥식 된장국을 끓였다.

댐스 로켓으로 알고 스케치한 분홍 꽃은 책을 읽어보니 발레리안(valerian), 그러니까 서양 쥐오줌풀로 밝혀졌다. 멀리서 보면 댐스 로켓과 비슷하다. 낮부터 시작하여 분홍 꽃을 완성하니 깊은 밤이 됐다. 수틀이 워낙 작아 부분부분 놓아 전체를 만들어 가고 있다.

언덕에 지천인 민들레와 달래, 예산장에서 사 온 머위와 데글데글 머리가 고소한 콩나물을 삶고 무쳐 콩나물밥을 했다. 음, 쓴 나물을 좋아하는 내겐

임금님 수라상 못지않다. 달래간장에 콩나물밥을 비벼 먹는다.

추도에서 옮겨 온 방풍이 새싹을 냈다. 어린싹을 뜯어 살짝 데쳐서 소금, 들기름, 깨소금 넣고 조물거리면 특유의 섬 향기가 난다. 홍성 골목길 뜨면서 누군가 버리고 간 당귀 두 포트가 밭에서 월동했다. 잔잎을 많이 놓고 신났구나. 향기로 말하자면, 다른 꽃밭 식구 중 얼굴 디밀 놈이 없다. 건드리고 지나가면 손에 묻은 향이 끝까지 따라댕긴다. 최익현 사당 근처 풀밭에서 가져온 노랑 애기똥풀을 옮겨 심었다. 솜털 달고 나오는 것이 애기 같다. 수놓고 싶은 꽃이다. 서양의 향 히아신스 핑크가 두 놈이다. 색깔별로 심어 보라색 무스카리 곁에 두면 기막히다. 겨울 뚫고 나온 놈이, 진짜 기특하다. 개발새발 무스카리는 미장원이 필요하다. 저러다가도 보라색 꽃대를 올리면 사람 환장하게 예쁘다. 그때까지 참아줘야 한다. 꼭 삽살개 눈 안 뵈는 것 같지만 말이다. 목련이 정신없이 핀다. 아, 밖에 안 나가고 싶을 때가 온다.

꽃 파는 수덕사 어느 가겟집에서 수선화를 사 왔다. 수선화 꽃 없이 봄이라고 할 수 있겠나?

> 필경 너와 나와 함께 생각할 것은
> 우리를 비추고 안아준 해와 흙이리라
> — 김광섭, '지나가는 꿈' 중에서

김광섭 얘기처럼 우리는 햇빛과 흙에 감사할 일이다. 호미와 부드러운 흙, 거기 근본이 서도록.

봄이 시작되면서 빨리 강아지풀을 잡아줬어야 했다. 풀을 뽑다 힘들어 중단하고 풀씨가 쏟아진 곳에 천일홍을 쏟아부었다. 누가 이기나 보자. 천일홍 꽃을 따서 짓이겼다. 풀보다 오밀조밀 나라고. 작년에 열심히 받아 놓은 꽃씨도 뿌렸다. 큰일 났다. 세상에 뭔 씨를 이리도 많이 받았는지. 작년 가을에 일차 뿌리고도 이만큼 남아 냉장고 채소 칸에 얌전히 자고 있었다. 천일홍이나 끈끈이대나물을 빼면 주로 다년생이다. 다행히 오늘 눈에 띄어 다 뿌렸으니 올해는 꽃 농사 엄청 잘 되겠다. 하나하나 다 이름을 달아주려고 사진을 찍었으나, 너무 노곤하여 그것도 포기다. 비에 잎이 길어진 오가피와 지천이던 풍년초를 뜯어다 삶았다. 무미에 가까운 풍년초는 쓴 나물과 함께 무쳐 먹으면 그만이다.

가슴 아픈 일이 있으면 하는 일이 있는데 그중 하나가 잡초를 뽑는 거다. 저녁나절 꽃밭으로 나가 손으로 풀을 뽑았다. 비가 온 뒤 뽑으면 쑥쑥 잘 뽑힌다. 장갑도 없이 그냥 흙을 만졌다. 손톱에 흙이 들어가 꼭 때가 낀 것처럼 보일 게 뻔했다. 게다가 검지는 분명 지문 결대로 검은 때가 낄 테고 피부는 더욱 거칠어질 터다. 그러거나 말거나, 속이 풀릴 때까지 풀을 뽑는다. 잡풀이라고 해봐야 어린 강아지풀, 봄까치풀, 어쩌다 피어난 키 작은 냉이 등이다. 지난번 사다 심은 비타민 어쩌구 하는 쌈 채소는 벌레가 먹었는지 구멍이 송송 나 있다. 주인의 애정이 부족한 탓인가? 얘네들도 관심을 받고 안 받고를 너무 잘 안다. 이럴 때 한 번씩 묵은 잎을 따주면 좋아라, 하고 잘 큰다. 껑충하게 다 따줬다. 쑥갓은 너무 늦게 심었는지 꽃 필 때가 됐다. 다른 종류 두메양귀비가 잘 나 있어 기대된다. 비 맞고 참 예쁘기도 하다. 5월에 피는 꽃들이다. 패랭이가 꽃대를 물고 나온다. 빨간 톱풀이 꽃 피길 기다리고 있고 무스카리는 씨를 맺어 정신없다. 자주색 우단동자 꽃이 피려고 힘쓰고 있는데 얘네들은 2년생이라 꽃피고 꼭 씨를 받아야 한다. 풀 뽑다 보니 한 시간도 넘게 지났다. 후련한지 아닌지 모른 채 해가 졌다. 봄비가 많아서 꽃 키우기 좋으니 그냥 꽃이나 심고 키우고 살 걸 하는 생각이 절로 든다.

비만 오면 꽃밭에 나가 풀을 뽑는다. 손톱에 흙이 들어가 까맣다. 언니의 물음처럼 '돈이 되니 뭐 그렇게 열심이냐', 나도 묻고 있다. 한때는 식물원 주인이 되고자 이중하우스도 지어본 경험에 비춰 포트에 식물 넣고 작업하는 걸 상상도 해본다. 그러나 그 일에 온전히 몰두할 때만 경제적 활동이 될 것이다. 그러므로 나는 정원사로 만족한다. 그냥 좋아서 심고 가꾸는, 어쩌면 흙과 함께 사는 인류 본성의 유전자를 확인하면서 흙냄새 맡는 일에 흠뻑 취할 뿐이다. 갖가지 꽃들이 다투어 피고 싹 내고 잡풀과 경쟁한다. 용케 알고 나는 잡풀을 잘도 솎아낸다. 으흠, 이런 일이 기쁨이게 한 하느님은 찬미 받으소서.

작년에는 층꽃 한 놈으로 시작했는데, 어허 이러다 층꽃 농장 되려나 보다. 고랑에 씨가 날려 돋아난 놈들 얼렁얼렁 자라거라, 누구라도 갖다 주게. 향도 있어 늦가을 용담처럼 귀티 나게 꽃피지, 풀도 안 나게 일 년 내내 푸른 잎으로 우거지지, 효자 식물이다. 일전에 짓이겨 뿌린 천일홍밭은 강아지풀이 접수해 왕국을 차렸다. 그 아래 살겠다고 삐죽 나오는 천일홍을 위해 강아지풀을 솎아 줬다. 너무 강한 진압은 천일홍 살상을 부르므로 살그머니 뽑았다. 호미를 쥔 손에 물집 하나가 잡혔다. 얼굴이 너무 큰 낮달맞이가 하나 폈다. 하루가 반은 지났나 보다. 생일 맞은 여인에게 주려고 붉은 톱풀을 좀 꺾었다.

겨울에 사놨던 피크리 씨 이야기, 『섬에 있는 서점』을 읽고 있다. 며칠 전 아기 고양이와 한 식구가 됐다. 이름은 금순이라고 지었다. 황금순. 꽃밭엔 드디어 우단동자꽃이 무성하게 폈다. 고혹적이다. 금순이는 집안에서 며칠 지내다가 밖으로 완전히 나왔다. 잘 적응하고 있고 참 귀엽다. 책은 지금 피크리 씨네 서점에서 미아가 된 '마야'라는 어린아이를 입양하는 부분을 지나고 있다. 주인공이 사는 곳이 앨리스섬이라고 한다. 나는 앨리스책방 주인인데, 앞으로 책방이 어떻게 변하게 될지 나도 무척 궁금해진다.

밖으로 나오니 금순이 녀석이 난리 났다. 저토록 빨리 달려 다니나? 층꽃 뽑느라 호미질한 흙을 파내는가 하면 톱풀 속에 숨어서 숨바꼭질하자 한다. 나무 밑으로 수선화 속으로 뛰어다니느라 바쁜 아침을 보내는 놈, 황금순. 층꽃은 커트 머리 귀여운 형님에게로 간다. 가을에 층꽃으로 기품 가득한 마당이 되길 빈다.

홍화를 심었다. 이른 봄부터 북적이던 그전의 정원은 없다. 다만 지금 여기 사력을 다하는 현장, 눈을 힐끔 뜬 흰 꽃 양귀비를 보라, 두근거리지 않으면 큰일. 몇 구절 시를 읽으려고 들어온다.

시간을 내어 학생들에게 윌리엄 버틀러 예이츠의 시를 칠판에 적었다.

Down by the Salley Gardens

my love and I did meet.

She passed the Salley Gardens with little snow white feet.

She bid me to take love easy as the leaves grow on the trees.

But I being young and foolish with her did not agree.

버드나무 정원 근처

내 사랑과 나는 만났습니다.

그녀는 작고 눈처럼 하얀 발로 버드나무 정원을 지나갔습니다.

그녀는 나에게 나뭇잎이 나무에 자라는 것처럼 사랑을 편하게 가지라고 말했습니다.

하지만 제가 어리다는 것과 그녀와 어리석다는 말에는 동의할 수 없습니다.

그리고 하나하나 읽었다. 예이츠의 언어가 아닌 나의 언어로. 그런 다음 아일랜드의 오래된 그룹, 클라나드(Clannad)의 노래를 들려줬다. 다음 수업까지 이 시, 아니 이 노래를 듣고 불러볼 것을 과제로 냈다. "그녀, 작고 눈처럼 하얀 발로 버드나무 정원을 걸어 지나갔습니다." 버드나무가 바람에 어처구니 없게 흔들리는 계절이다.

금순이는 가드닝 중

자는 금순이 깨워 꽃밭에 일 나왔다. 어제 동네 큰형님 고양이가 피해 있다. 나를 따라 나오니 실외 화장실 만드느라 바쁘시다. 아침결 꽃들이 더욱 빛나는군. 그림은 얘네들이 그리는 거야.

호미 들고 갯가로 나가던 여름이 있었다. 아버지가 만든 대나무 소쿠리 들고 자갈과 펄이 섞인 삼상지 갯벌로, 거기 조개 잡기 좋은 곳으로 말이다. 어머니는 여전히 장에서 호미만 보면 집어 들고 요기조기 확인한다. 물가에서 자갈을 헤치거나 갯벌을 잘 헤집을 마땅한 호미, 그런 놈은 꼭 사고 만다. 언젠가 버려진 집에서 우연히 만난 손잡이 뭉텅해진 이 호미, 누군가의 손에 달리고 달려 주인의 손을 펀케 했을 법한, 그놈을 들고 아침 이슬 결, 꽃밭으로

나왔다. 천일홍 싹만 남기고 강아지풀을 솎아냈다. 장갑을 끼면 힘이 모이지 않아 맨손으로 강아지풀 뽑기 여러 날, 이젠 제법 천일홍이 커간다. 어머니 호미처럼 날카롭지 않아도 땅을 파고 심는 데 두려움 없는 연장, 호미. 곁에 두고 쓰는 친구다.

이렇게 씨가 여무는구나. 밤새 달이 밝아 이런 일이 있었나? 꽃양귀비 나이 들어가는 과정을 지켜본다. 그새 금순이 녀석 달려와 고광나무 꽃 퍽, 부러 뜨려 놓고 갔다. 에고야, 아까워라. 나오기가 무섭게 내 꽃밭을 화장실로 사용하는 녀석. 눕고 비비고 신났다. 햇살이 좋아 감나무 밑에 앉은뱅이 의자를 놓고 커피 마시며 셸리의 시를 읽는다. 행복한 토요일이다.

누가 보면 웃을 일. 꽃밭에 나가면서 자기는 안 데리고 나갔다고 사고 치는 금순이. 창밖으로 소리 내 부르겠다는 의지였는지 창가에 올려놓은 무스카리 씨 통을 폭삭 엎어버렸다. 무스카리 씨앗이 꽃양귀비보다는 커서 다행이지 어쩔 뻔했냐. 하나하나 줍느라 열반에 드는 줄 알았다. 놀아준다. 내가 놀게 해주는 건지 저 녀석이 날 위해 놀아주는 건지 어쨌든 애기 사과나무에 후다닥 올라갔다 오더니 감나무에 올라가 매달리는 중이다. 아이구야, 코알라인 줄.

정원사 금순 "저는 정말 꽃밭이 좋다구요"

노란 애기코스모스가 활짝, 코스모스 꽃이 '우주'라고 생각해보다 너무 작위적인 것 같아 그만뒀다. 감나무 아래 파란 앉은뱅이 의자 속에 드나들며 장난치던 금순이는 지나가는 할머니 두 분의 말소리에 멈춰 세상 구경 중이다. 뭐지? 뭐지? 마치 토마스 하디의 『비운의 주드Jude the Obscure』 앞부분에서 어린 주드가 크라이스트민스터 대학이 있는 도시를 쳐다보며 흠모하던 모습 같다.

몇몇 사람들과 홍성 골목길 걷기에 나섰다가 붉은 넝쿨장미가 가득한 이 층집을 만났다. 그 첫 만남을 잊지 못해 오늘 한 번 더 가봤다. 집에 누가 사느냐에 따라 불어가는 바람과 향이 다르다. 장미 향이 풍기는 이 집, 여기서 꽃밭을 가꾸고 싶어졌다. 남들이 욕하겠지만 모든 건 하느님 것이고 나는 잠시 빌려 사는 세상이니 꽃밭지기 탐한다고 뭐 대수냐, 여기 '현옥하는' 하고 싶다.

꽃을 배치하다 보면 식물의 잎만으로도 조화로운 것들이 있다. 내게는 램스이어나 우단동자, 술패랭이 등이 될 것이다. 예전에는 무늬종 둥굴레나 노란 무늬 잎을 가진 놈들, 낮게 기는 보라색 아주가를 사용했다. 요즘 정원에 대해 드는 생각은 '그냥 편한 꽃들을 심자'다. 인연이 닿아 내게 온 놈들이 그렇고 길 가다 받아온 꽃씨가 싹을 터 번지는 것들이 그렇다. 작년 이맘때 홍성서 갈산 못미처 옛 수곡성당 터 가는 길에서 채종했던 술패랭이가 이제 꽃을 피우려고 준비 중이다. 꽃마다 다 만난 사연이 있으니 커나가는 중에도 마음이 더 간다.

그제 아침녘에 비가 내려 열심히 이식해 놓은 모종이 다 말라 죽었다. 비가 와 살겠지 싶어 물을 안 주고 심은 이유다. 속도와 양으로 보아 분명 많이 쏟아질 줄 알았던 내 탓이다. 층꽃과 천일홍인데, 언제 모종 이식이 또 가능할지 모르겠다. 그래도 감나무 아래 그늘은 참 시원하기만 하다.

문득, 비가 후두둑 목련나무 가지를 치고 가는 소리와 그 위에 앉아 있던 참새들의 소란함 때문에 잠이 깼다. 아, 이렇게 오면 꽃들이 쑤욱 자라나겠구나 싶어 짐 싸들고 나오다 행주 그릇에 들어가 단잠 자던 금순이를 깨웠다.

아침 8시 윤정이 꽃구경 와서 감나무 아래 앉아 시를 읽었다. 시집 몇 개를 들고 나와 고르게 했더니 윤동주를 고른다. 나는 김수영의 시집을 들췄고 수

영은 언어가 원래 모리배이며 그래서 자신이 모리배가 되었다고 써 놨다. 금순이는 처음 보는 윤정 무릎에 누워 잘도 논다. 한바탕 꽃구경을 하고 안에 들어가 수다도 떨었다. 해가 높아질 때 게스트하우스 《현옥》 담벼락 아래 번개 가드닝하러 함께 나왔다.

사랑하는 사람이, 비록 우리가 닿지 못하는 다른 장소에 있다고 해도, 같은 시간에 외로움을 느낀다면, 우리에게는 어떠한 외로움도 존재하지 않음을 나는 알았다. 외로운 감정이란 근본적으로 그렇게 반사적인 현상인 듯하다. 그 감정은 우리가 아는 사람, 즉 대개 우리가 사랑하는 사람이 우리 없이도 다른 사람과 즐거이 어울리고 있을 때, 우리에게 되비치는 것이다. 삶에서 그 자체가 완전히 홀로된 사람조차도 그가 알지 못하는 어떤 여인을 생각할 때나 자기 아닌 동료들과 외롭지 않게 있는 어떤 사람을 생각할 때 외롭다고 느낀다.

발터 벤야민이 1926년 12월 24일 『모스크바 일기』에 쓴 내용 일부다. 오늘 아침 감나무 아래 몇 줄 읽기는 두꺼운 『가면들의 병기창』으로, 문광훈 교수님의 강의를 기억하며 골랐다. 앗제와 프루스트를 다시 읽어야겠다는 생각이 들었다가 러시아 작가 고골의 책을 읽어야 한다는 강박으로 끝났다. 금순은 지루해했고 조용했다.

떨어진 씨앗들이야 어쩌겠냐만 가물던 몇 주 깨끗했던 밭은 강아지풀로 또 빽빽해졌다. 그동안 몰아 내린 비 덕분에 풀들의 세력이 강해진 것이다. 지난번 사 온 날 선 호미를 들고 일찍부터 나섰으나, 몇 번 호미질 하다가 포기하고 들어왔다. 아직 물이 많아 땅이 곁을 주지 않는다. 무얼 옮겨 심으면 좋을까 고민하다가 잠시라도 강아지풀 세상에 넘겨주기로 했다. 트레비스는 설왕설래 꽃을 피웠는데 줄기를 맘껏 늘려 정신없기는 해도 꽃 모양만은 딱 얌전동이다. 차가프록스는 흰색에 가까운 연분홍 꽃을 공 모양으로 동서 남북 돌려쳤다. 그 연한 빛이 사람 애간장을 녹인다. 늦던 족두리 꽃이 수염을 달았고, 그야말로 성장이 더뎌 올해 피긴 할까 걱정이던 니겔라도 퍼 씨방을 맺고 있었다. 파란 니겔라가 있어야 색상조합이 맞을 텐데 자주색에 가까운 분홍만 있다. 장맛비로 실내생활을 즐기던 금순이도 꽃밭 일을 나왔다가 흙이 젖어 실망한 듯 감나무에 한 번 올랐다가 나 따라 들어온다. 녀석은 바로 아침식사를 한다.

생긴 모습으로야 단풍잎 같아서 누구보다 사진발은 잘 받는다. 잎끝마다 톱날을 키워 다가서기가 무섭게 할퀴는 녀석, 게다가 닿아도 적당히 놓아주지도 않는 환삼덩굴이다. 하루종일 이 녀석 한 잎 수놓기가 어렵다. 마음까지 할퀴어 댈까 무서워 톱날을 달지 못하고 멈췄다.

전쟁이 따로 없다. 비가 계속 왔으므로 꽃밭은 잡풀 천지다. 이른 봄, 모판에 들어부은 볍씨 싹이라고나 할까? 오른쪽 새끼손가락에 작은 물집이 잡히려고 호미를 잡을 때마다 욱씬욱씬 했다. 홍화는 좀 더 일찍 심었어야 했는

지 꽃이 늦으면서도 대가 실하지도 않다. 니겔라 옮긴 것도 매양 한 가지. 전주 '향기 품은 뜰'에서 가져온 꽃이 참 곱게 피었다. 이름도 모른다. 여주는 이제 겨우 꽃 하나 피었다. 참 연약하면서도 곱다. 천일홍밭은 그나마 우거지기 시작하면서 풀이 덜 났다. 호미질은 금순이 보기에 장난치는 것으로 보여서 계속 중단할 수밖에 없었다. 풀 담는 통에 들어가 놀기 바쁘다. 그나저나 주홍 백일홍이 너무나 화려하다. 촌스럽지만 얼마나 강렬한가?

'오늘 6시에 플레옐 홀에서 아주 좋은 연주회가 있습니다. 브람스를 좋아하세요? 어제 일은 죄송했습니다.' 시몽에게서 온 편지였다. 폴은 미소를 지었다. 그녀가 웃은 것은 두 번째 구절 때문이었다. "브람스를 좋아하세요?"라는 그 구절이 그녀를 미소 짓게 했다. 그것은 열일곱 살 무렵 남자아이들에게서 받곤 했던 그런 종류의 질문이었다. 분명 그 후에도 그런 질문을 받았겠지만, 대답 같은 걸 한 적은 없었다. 이런 상황, 삶의 이런 단계에서 누가 대답을 기대하겠는가? 그런데 그녀는 과연 브람스를 좋아하던가? 그녀는 전축을 열고 음반을 찾아보았다. 이미 외우고 있는 바그너의 서곡이 있는 음반의 이면에 한 번도 들어 본 적이 없는 브람스의 콘체르토가 있었다.

프랑수아즈 사강의 1959년 작품 중 『브람스를 좋아하세요』의 56~57쪽까지 내용이다. 첫 작품 『슬픔이여, 안녕』 때문에 자우림의 〈슬픔이여 이젠 안녕〉을 좋아하게 됐고 이 책은 너무나도 유명한 제목이어서 언제고 읽어야겠다고 사두었다. 제목을 이리 뽑아놓은 이유가 여기 적혀 있는 듯하다. 20대의 젊은 청년이 서른아홉의 여인에게 보낸 편지 덕분인지 요즘 브람스 팬들이 많이 생겼다. 열네 살 연하인 시몽의 편지는 영화 〈메디슨 카운티의 다리〉에서 낮에 잠깐 만난 로버트에게 손편지를 써서 다리에 붙여 놓는 장면을 연상케 한다. "흰 나방이 날갯짓할 때 다시 저녁식사하고 싶으면 일 끝나고 오늘 밤 오세요"라는 주인공 프란체스카의 손편지는 아일랜드 시인 예이츠의 『길리건 신부의 노래』로부터 나왔다. "어느 날 저녁 나방이 날 무렵 의자에 앉아 졸고 있을 때 불쌍한 사람들이 또 그를 찾아와, 슬피 울기 시작했다"는 예이츠의 시 말이다. 나방이 날 무렵, 흰 나방이 날갯짓할 무렵, 그때가 저녁 무렵인가 보다. 그건 그렇고 젊은 시몽이 폴에게 보낸 초대는 "브람스를 좋아하세요?"다. 우연은 아니겠지? 브람스는 평생 스승의 아내 클라라 슈만을 연모했다는데, 그들 나이 차이도 열네 살이었다. 숫자가 별로 중요하지 않지만, 사강의 이런 의도적인 배치도 있지 않겠나. 이들 때문에 잘 모르는 브람스의 콘체르토 1악장을 들었다. 대개는 3악장이 좋다는데 소설의 그녀, 폴처럼 앞부분을 듣다 만다. 젊은 시몽과 오랫동안 만나 온 남자 로제 사이를 오가며 고민하던 폴은 한 번도 로제를 떠나본 적이 없으며 결국 자신은 그에게 속해 있었다는 것을 깨닫는다. 멋지고 화려한 시몽이 왔다 해도 그녀에게 '우리'로 묶일 사람은 단 한 사람, 로제였다는 것으로 소설은 끝난다. 다시 러시아 오랜 작가 도스토예프스키를 읽기로 한다.

처음 《현옥》을 보았을 때는 쌍둥이처럼 붙어 있는 잿빛 지붕이 예뻐 한참 바라봤다. 그리고 몇 년 후, 우연히 신문 주소만으로 찾아간 집으로 만나, 인연이구나 싶어 계약했고 6개월여 시간이 날 때마다 원래 집 모습으로 되돌리는 작업을 했다. 함께 도와준 친구들, 김사봉 님과 여러 목수님, 설비 팀, 전기 팀, 사진작가 서은미 님, 학생 도우미 님들, 무턱대고 후원회원이 되신 분들, 잘 한다고 격려해주셨던 많은 분, 그리고 여기를 찾아와 여행하고 간 많은 분, 선물을 들고 찾아와준 대구, 전주, 인천, 대전 많은 분 덕분에 《현옥》이 탄생했고 2년여를 달려올 수 있었다. 소나기가 드립다 쏟아진다. 밤새워

수를 놓고 새벽을 맞던 《현옥》의 준비시간, 자금난에 힘들어하던 겨울, 펑펑 울던 기억이 새롭다. 오늘 온다는 손님을 기다리며 청소를 하는데, 이제서 눈물이 난다. 게스트하우스 《현옥》 건물은 집주인 할아버지가 돌아가시고, 군과 여러 협의가 있은 후 군에 귀속될 예정이다. 1941년 홍성경찰서장 관사였다고 하니, 원래 나라 주인에게로 돌아가는가 싶다. 음, 떠나야 할 것 같다. 군청에 들어갔다가 나오니 소나기가 더 거세졌다.

덕지덕지 붙었던 삶의 분주함을 떼어내고자 한 열흘 수도원에 들어갔다 왔다. 새벽미사 후 그동안 못 본 꽃밭에 나왔다. 6월 한 달간 애태우던 천일홍밭이 장관을 이루어 돌아온 나를 반긴다. 땅의 모든 풀과 인사를 나눴다. 평화로운 아침이다. '비록 순간일망정 그가 존재했던 것은 정녕 그대의 심장과 함께하고파서가 아니었는지' 하고 이반 투르게네프의 입을 빌린 도스토예프스키의 『백야』의 첫 부분을 읊조렸다. 정녕, 꽃들의 심장과 함께하고파서 돌아온 것 아닐까 생각했다.

오관리 집

6월 어느 날 만난 붉은 장미 핀 이층집으로 이사 가게 됐다. 보고 또 보고 여러 번 찾아가 봐도 이 집에 살아야겠다는 생각이 깊어져 그동안 기도하고 집주인을 찾아갔다. 6월에 만난 집주인은 세놓을 일 없다고 단칼에 잘랐으나 이번엔 달랐다. 아저씨가 아니라 아주머니와 대화를 했고 다시 한 번 집을 구경하면서 계약이 성사됐다. 집은 옛 홍성고 가는 골목 '홍고통'에 있었다. 홍성고등학교가 있을 때는 까까머리 남학생들이 한 번에 죽 뛰쳐나와 머리 깎으러 미장원에 몰렸기 때문에 골목엔 미장원이 많았다. 아직도 미장원이 스무 개는 됐고 연륜을 자랑하는 원장님들도 꽤나 있다. 홍성시외버스터미널이 있던 자리에는 농협마트가 들어와 세를 넓혔고, 홍성고나 터미널이 떠난 후 줄어든 손님들로 일방통행 골목은 한산하다. 분식점과 비디오 가게, 문구점 등이 거의 사라졌고 길 끝과 중간에 달랑 두 집에서 김밥이나 튀김을 팔고 있다. 홍성사람이라면 '홍고통' 모르는 사람이 없어 지금도 이 골목을 그렇게 부른다. 홍성고는 내포 신도시로 옮겼고 그 자리에 홍성여고가 들어왔다. 미장원 원장님들 말로는 여학생들은 남고생보다 훨씬 미장원에 안 온다고 했다. 긴 머리가 많기 때문이다. 그러나 오랜 단골손님을 두고 여전히 성업 중이다. 이층집 맞은편도 미장원이다. 골목 허리를 잘라 샛길로 나가면 5일장이 서는 장터가 있고 농협도 가까워 외떨어진 소향리보다 삶의 질이 높아졌다. 그러니까 홍성 읍내 원도심에 있는 집이란 소리다.

첫 번째 집 주인은 법조계 인사로, 집을 아주 튼튼하게 잘 지었고 지금 주인은 이런 집을 거의 고치지 않고 보존해왔다. 1980년대 후반 지어진 세모꼴 2층은 집 내부에서 나무 계단을 통해 올라갈 수 있었고, 이층 방문을 열면 골목 아래가 훤히 내다보였다. 집은 남향인데, 대문은 동향으로 나 있었다. 낡은 초록색 대문을 열면 계단참 몇 개 올라 1층 아치형 현관문이 나오고 바로 거실과 방 셋, 부엌이 드러났다. 부엌 옆으로는 '식모'가 기거했을 법한 방이 조그맣게 붙어 있고 부엌 쪽문이 북쪽으로 나 있었다. 개수대 위 타일은 자그만 정사각형 모양으로 빈티지 냄새를 흠씬 풍겼다. 부엌과 거실, 거실에서 올라가는 계단의 경계는 아치형으로, 문 없이 터 있어 이 집 전체 문 형태가 공통적으로 아치가 쓰이고 있음을 직감할 수 있다. 인근은 도시가스가 들어왔으나 옛것을 중시하는 주인의 고집으로 이 집의 난방은 심야전기였고 온수는 따로 기름보일러를 사용해야 했다. 몇 년간 비워둔 탓에 보일러를 새로 교체했고 이층 옥상 바닥 청소를 한 후 방수처리를 했다. 전기 설비도 손보고 내부 벽지 위에 실내용 미색 페인트를 칠했다. 약 한 달간 수리를 거쳐 2018년 9월 말 입주할 수 있었다.

그동안 소향리에서 함께 살던 소화데레사는 미국으로 공부하러 떠났고, 아오스딩도 군대에 갔기 때문에 오관리 이층엔 혼자 살게 되었다. 귀염둥이 금순이는 한 달 전부터 집을 떠났고 혹시 돌아와 기다릴까 싶어 여러 번 소향리에 가봤지만 만날 수 없었다. 마침 게스트하우스 《현옥》이 군에 매입된 상태라 그곳 짐들이 합쳐져 약간 정신없었으나 골목 쪽으로 난 큰 방은 앨리스책방으로, 이층 마루방은 손님방으로 쓰기로 했다. 혼자 자면 딱 좋을 방이라 '자기만의 방'으로 이름을 정해봤다. 집 앞 골목에 있는 만화책 대여점에서 책을 빌려다 혼자 누워 보면 딱 좋을 방이었다. 현관문을 중심으로 왼쪽에 있는 방은 내가 썼다. 앨리스책방 창문을 열면 온실처럼 사용할 수 있는 베란다형 장소가 있었는데, 빛이 잘 들어와 온실로 쓰기로 했다. 다육식물을 우선 넣어 놓고 겨울에는 온실처럼 식물을 들여놓을 생각이다. 덕지덕지 붙었던 유리창의 선팅지를 떼어내니 밖에 서 있는 무화과나무가 유리창에 비쳐 마치 영국 큐 가든의 온실하우스 같았다. 마당은 아주 넓어서 대문가에 알다시피 넝쿨장미가 있고 반대쪽엔 목단이 우아하게 크고 있었다. 남쪽 담은 향나무가 중간부터 담 역할을 하고 있었고 가시가 크고 무서운 엄나무가 몇 그루 있었다. 화단이 길었으나 폭이 좁아 나중에 흙을 채우고 넓혀써야 할 것 같았다. 우선 소향리 꽃밭에서 옮겨 온 식물들을 여기저기 배치해 심었다. 마당은 넓었지만, 팔각형 블록으로 덮여있어 꽃을 심지도 못해 쓸모도 없었지만, 틈새에는 풀이 나기 좋아 걱정이었다. 이 집은 해가 많은 양지여서 양쪽 방 앞에는 무화과나무가 우거져 있었다. 이렇게 많은 무화과나무라니. 전체적으로 너무나 살고 싶던 집이었기에 만족도 백퍼센트였지만, 이층 세모 지붕이 내가 특히 좋아하는 초록지붕이어서 더더욱 좋았다. 그린 게이블, 빨강머리 앤 네 집이 부럽지 않다. 게스트하우스 간판을 대문 위쪽에 걸었다. 이제 집과 게스트하우스, 책방이 한 곳에 있게 됐다.

무화과 가지를 꺾어다 꽂았다. 어쩌면 이렇게 무화과 잎이 손을 쫘악 편 모양을 하고 있을까? 언제나 빈손이지만 크게 벌려본다. 하느님께 이 빈손을 봉헌했다.

해가 들락날락 변덕이 심한 날이다. 햇살 따라다니다가 책방 문을 열어 공기 순환시키고 커피를 마신다, 물 끓인다 하며 부엌으로 오락가락 중이다. 얻어 온 보라색 꽃양배추가 겨울 포인세티아만큼 밝다. 캐놓은 수선화 알뿌리를 화단에 심는 작업은 목요일에나 가능하려나 보다. 추워지기 전에 땅에 묻어야 할 텐데. 난로 하나 갖다 두고 눈 오는 겨울 '자기만의 방' 꾸미기를 해야겠다. 버지니아 울프의 책에서 따온 이름이지만, 다시 생각해보니 '잠자기'만의 방이라는 뜻도 될 것 같다. "잠잘 때만 올라가세요"라고 써야 할지. 이층 방은 난방시설이 안 되어 있다. 목화솜 이불을 덮고 잘 수 있기는 하지만 한겨울에는 잘 수 없는 구조다.

홍성엔 1일과 6일에 장이 선다. 오늘은 홍성장날이다. 이곳으로 이사 오고 신나는 일은 장보러 가는 것이다. 게다가 오늘은 온종일 쉴 수 있는 날이어서 차 마실 손님을 기다리며 식물원 묵은 잎 따주고 꽃들과 대화도 적당히 나눴다. 장미꽃 얼굴을 가진 다육을 바라보니 절로 웃음이 난다. 차 우려 마시며 장터 국밥이 생각나 걸어서 장으로 나갔다. 장에 가면 먹을 것보다 꽃 사느라 정신없었는데 오늘도 역시, 제라늄 두 개를 사고 말았다. 손님과 국밥집을 찾다가 '홍성집' 앞에서 전을 편 고물상 아재를 발견했다. 흠흠, 다양한 물건이 많다. 구경 온 분들은 대부분 나이 지긋한 남자 어르신들로 몇 권의 일본 잡지 앞을 서성이고 있었다. 신기한 물건 들춰보다 십자가가 있는 종을 찾았다. 십자가가 장날 상품으로 나온 게 영 불편했고 치면 종소리가 얼마나 맑은지 두고 올 수가 없어 샀다. 홍성집 뜨끈한 국밥과 붉은 깍두기로 점심을 해결했다. 손님은 풀빵을 샀다. 역시 장날엔 풀빵이지, 나도 덤으로 얻어먹었다. 여성용 옷이 걸려있는 곳에서 새벽기도나 밤 산책기도 갈 때 입을 두꺼운 일복 바지를 샀다. 생선전에 작은 새우가 많이 나왔는데 손이 없어서 그냥 왔다. 좀 있다 다시 나와야겠다. 무 하나 사다가 맛나게 지져 먹어 볼까 한다. 오는 길에 집 앞 북카페에 들러 손님과 커피도 한 잔 사 먹고 볼품없어도 제법 익은 무화과도 둘이 하나씩 따먹었다. 보스니아 헤르체고 비나 마을 무화과만큼은 아니어도 적당히 달았다.

시간 나는 김에 수선화를 심으려다가 나무 전지하고 잡풀 정리하느라 볼 장 다 봤다. 화훼용 전지가위로 대들었다가 엄두가 안 나 톱질을 했다. 마구 써댔더니 연장 둘 다 버려놓은 듯하다. 낙엽 정리하고 마당까지 쓸어놓고 보 니 해가 졌다. 이럴 땐 낙엽 태우며 매캐한 냄새를 맡아야 제격이지만, 요즘 은 불 놓으면 벌금 물고 화재 위험도 있어 참는다.

예산홍성환경연합 식구들 장 국수 먹는다고 하기에 학교서 오자마자 신 벗어 놓고 천 가방 둘러메고 나갔다. 그릇을 그득그득 쌓아 놓고 파는 다리 앞 양푼가게를 지나 모과 파는 과일전을 지나면 오른쪽으로 풀빵 가게와 옥 수수 집을 만난다. 그 앞에 어머니 한 분, 엄청 예쁜 쪽파를 내놓고 있다. 으흠, '저 가지런한 길이 좀 봐' 하면서 고 옆 연한 아욱을 얼른 샀다. 이천 원이 다. 국숫집 가려면 또 묵을 파는 집도 지나야 하는데, 거긴 콩나물이 있다. 콩나물도 이천 원이란다. '작다그만 새우는 지난번 샀는데 오늘은 눈에 들어 오기나 하나?' 하는 새, 한 무더기 아구가 싱싱허니 눈길을 끈다. '저거 내 동 생 사다 주면 좋겠구나, 만 오천 원 불러도 저거 사련다' 하고 두 보통이로 나 눠 담았다. 국숫집도, 홍성집도 만원이라 그 옆집에서 국밥을 먹었다. 산책 겸 걸어서 동생네 아귀를 갖다 주고 왔다. 아버지는 이런 아귀를 보면 늘 사 들고 왔다. 아버지 생각이 많이 나는 저녁이다. 머리 맑히고자 쑥색 손뜨개 질하다 보니 갈피없이 늘어져 다 떴다 풀어버렸다 인생, 그것도 풀어 다시 뜰 수 있을까?

　은하네 집은 동네의 중앙에 있었다. 참 희한하게도 방은 두 개인데 하나만 썼고, 불 때는 아궁이와 풍구가 있는 넓은 부엌이 있었다. 거기, 겨울이면 은하 언니와 쪼르륵 여동생 둘 또는 셋이 옹기종기 모여 돌돌 만 실 꾸러미를 끼고 뭔가를 뜨고 있었다. 은하 엄마는 내복바지도 뜨고 스웨터도 떴다. 아이들도 재주가 좋아 언제나 풀고 잇고 야단이었다. 어린 나는 어깨너머로 보았다가 집으로 돌아와 얻어 온 실로 뭔가를 만들어내느라 혼자 무척 바빴다. 그것은 보통 머리끈도 됐다가 머리띠도 되었다. 은하네는 가난했고 복닥거렸다. 어느 해 동네를 떠났고 잊혔다. 그들이 살던 집은 헐리고 메워져 자그만 비닐하우스가 앉혀졌다. 집은 어디로 갔을까?

　뭐든 조금 묵히지 않으면 성에 차지 않는 성미라 선뜻 게스트하우스 손님을 받기가 어렵다. 개인 주거공간이기도 하고 책방과 식물도 키우는 참이라 셋을 조화롭게 만들어 간다는 게 쉽지 않다. 아무래도 겨울을 나고 수선화 구경할 때쯤 가닥이 나오지 않을까. 실내식물을 심고 지켜보는 일이 이 공간에서 가능해 얼마나 다행인지 모른다. 때마침 동생네서 제라늄 포트를 많이

가져왔고 분갈이하려고 화분 집에 들러 토분 네 개를 끙끙대며 끌고 왔다. 누가 보면 엄청 큰 정원 가꾸는 줄 알겠지만 참 시시한 일이다. 그러나 심는 일은 꽤 된다. 서양 봉숭아 임파첸스와 아프리칸 바이올렛은 이 추위에도 꽃을 피웠다.

지난여름 놓던 수를 정리하여 벽에 걸었다. 부산 영도를 내려다보던 산마을 빨랫줄도 제 자리를 잡았다. 쥐오줌풀과 단풍잎은 액자에 넣었고 고동색 사케 병에 꽂았던 애기똥풀과 말냉이 수는 큰 캔버스에 붙였다. 보리수 수는 소품으로 만들었다. 하고 보니 참 곱다.

남포읍성 노쇠한 현감의 집을 나와 돌아오던 길에서 노박덩굴을 만났다. 그 옆에는 찔레가 붉게 익고 있었다. 꽃이 아니라 열매인데도 어찌나 고급스러운지, 몇 가지 꺾어다 현관 앞에 걸었다. 찔레는 가시 채로 십자가 위에 걸었다. 예수 성심을 위로하면서.

　대천 장날이다. 어머니는 성모안과에서 눈 밝게 하는 수술을 하고 나는 병원 앞에서 장날 풍경을 구경하고 있다. 눈 밝아진 후 엄청 큰 철쭉꽃 보시라고 진분홍 철쭉을 샀다. 어머니 친구가 생각나 하나 더 샀다. 트럭 가득 사탕 실은 아저씨가 왔다 갔다 못 하고 기냥 섰는 것이 안타까워 만지작만지작 사탕을 들여다본다. 울 아버지 유독 왕사탕을 좋아해서 병원에 누워서도 입 안 가득 사탕 한 개를 오물락오물락. 더 맛난 건 싫고 왕사탕이 최고라고 하셨다. 눈물이 왈칵. 어머닌 어쩌실까. 왕사탕, 커피사탕, 유과 여럿을 섞어 한 바구니에 오천 원, 들고 온다. 에헤, 이제는 사탕도 필요 없는 아버지 잘 계실까나 궁금하기만 하다.

　가을, 맨드라미를 걸었던 자리에 해가 오래 앉아 있었다. 그와 같은 해가 흙탕물도 없는 말간 유리병 속 무화과나무 가지를 건들고 뿌리를 키우고. 여린 잎 손바닥 쭈욱 내미는 모습을 보라. 오늘 얼마나 오래 해가 왔다갔는지 그 자리에선 모두 익는다, 익는다, 읽는다.

기차역은 표를 구매하거나 도움이 필요한 창구에, 몇몇이 서 복잡해 보였다. 머나먼 여행을 위해 발권을 하는 여인처럼 오랜 시간을 들여 예매했다. 편지를 받아들고 총총총 걸어나가는 것마냥 대합실을 나오면서 뭔지 모를 기대가 스물거렸다. 이런 날씨라면 남쪽은 더 나을 거야, 더운 지방은 어떨까, 여행도 꿈꿔보고. 시간 내어 겨울 수도원에 들어간다.

누가 먼저 심기 시작했을까? 응달진 흙은 살짝 얼었고 낮 동안 이 언덕은 그리 춥지 않으니 떨어진 산사 붉은 열매가 마치 동백꽃 길인 양 아리고 열이 났다. 누군가가 길을 낸 가운데 반반한 길 좌우로 그 열매, 산사가 여름부터 가으내 다짐한 한목소리로, 난 끝까지 할 일 다 했다고 왕왕거렸다. 산사나무 숲을 지나자 길가에 모과나무가 줄지어 있는데, 그 아래로 두 주먹만 한 모과가 엄청나게 떨어져 있었다. 저런, 아직 누렇게 변치 않은 노오란 모과를 어쩔까 싶은데, 기온이 높아설까, 이놈의 모과 향기까지 끝내준다. 세상에, 많기도 하지. 내려오는 길, 이 겨울에 남아서 끝끝내 자신의 일, 향기 남기는 일, 목숨 바치는 모과의 일, 너도 모과처럼 너도 산사처럼 얼지 말고 목숨 다해 너의 일 마치라고 빌어본다.

2019년 인터로컬 전국모임이 《현옥》에서 열렸다. 여럿이 묵어가며 예산과 홍성을 여행했다. 책마을해리 촌장, 대건은 제시간에 도착하여 기쁨을 풍성케 하고 삼척으로 향하고서 눈 속에 갇혔다고 했다. 순천 성게, 성해는 출발한 지 4시간여 만에 밤 11시에 도착했는데 옷도 핑크, 얼굴도 핑크로 들어와 2018년 농사는 완패했다 보고했다. 청주에서 시흥으로 옮긴 긴 머리 순수미술가, 아미 선생은 무릎까지 닿는 부츠를 신고 나타났는데 늦도록 살아남아 새벽종 4시를 쳤다. 영국여행 이야기를 퍼 놓으며 '솔' 이상의 흥나는 목소리를 선물했다. 서 작가님은 2018년이 방송 촬영까지 해 엄청 바빴으니 올해는 자신을 위한 일들을 많이 해나갈 작정이라고 했다. 대구 북성로의 핫한 예술가, '홀라'의 대표 진나 선생은 프랑스 탐사가 가장 인상 깊었나 보다. 그리고 공구박물관은 '모루'로 옮겼고 젊은이 도시탐사대 프로그램은 완전 성공한 모양이다. '홀라' 막내 멤버인, 제현 선생의 유머는 어쩌면 좋을까? '영수증 붙이는 일' 하면 자동으로 떠오를 것 같다. 몇 년째 함께 해온 도시기록자들, 이번에 바빠서 참가하지 못한 전주, 대구, 부산, 인천팀들 복된 2019년 지내길 빈다.

아침에 별안간 책방에 들어가 윤대녕의 책을 찾았다. 여행지에서 읽을 요량으로 『첫사랑』과 이병률의 시집을, 낡아빠진 릴케, 토마스만의 책을 챙겼다. 어머니 말씀에 따르면 곧 추워지리라는 것인데, 눈이라도 많이 오려는지. 책방과 꽃들을 다독이고 어제 정리한 부엌의 여러 가지를 뒤돌아봤다. 이번에는 온수보일러가 얼지 않기를 기도하며 문을 닫았다. 밤늦게 떠나기는 처음이다. 저녁 무렵 들어오던 인천공항 불빛은 늦밤의 두브로브니크[4]와도 흡사했다. 바다를 닮은 이들이 산다는 곳으로 간다. 알리고 소식을 전할 이들에게 대략 문자를 남기고 윤대녕의 소설 몇 줄을 되새긴다.

헤어진 사람아,
갑자기 밤에 눈이 내려 앞이 보이지 않더라도
부디 잘 버티며 생을 살아가다오.
— 윤대녕, 『그녀에게 전해주고 싶은 것들』 중에서

....

4) 크로아티아의 아드리아해 연안에 있는 관광 도시

바깥의 일은 어쩔 수 있어도 내부는 그럴 수 없어서

나는 계속해서 감당하기로 합니다

나는 계속해서 아이슬란드에 남습니다.

눈보라가 칩니다

바다는 잘 있습니다

우리는 혼자만이 혼자만큼의 서로를 잊게 될 것입니다.

— 이병률, 『바다는 잘 있습니다』 중에서

가지고 온 이병률의 시집은 적당하다. 떠나기 전날 잠 못 이루던 것으로 시작하여 비행과 날씨 변화, 에어컨과 따뜻함의 변동으로 육체의 곤고함은 말할 수 없었지만, 윙 비치와 동쪽 해변에서의 수영과 스노클링으로 하루가 바쁘게 지나갔다. 맥주를 몇 모금씩 마시며 물속의 물고기를 쫓아다녔는데 수면 위쪽에서 학꽁치도 만났다. 지금은 해넘이를 보고자 마이크로비치로 달려와 앉아 있다. 이곳은 왠지 서해의 바닷물 출렁임이 들리는 듯 파도가 제법 철썩인다. 종일 수영으로 병은 온 듯하고 이 따뜻한 날씨에 모자와 긴팔옷을 입고도 추위를 느끼고 있다. 물리적 육신의 곤고함이 영혼을 살피거나 추궁할 시간을 주지 않으니 어쩌면 망각의 나라에 와 있는지도 모르겠다. 하루 바다에서 놀았는데 이토록 까맣게 되다니, 내일도 또 놀 수 있을까, 조금 걱정하며, 너무 조용하여 나약해진 내 이름도 잠시 바다에 넣어 둔다. 황혼을 보라. 이육사, 그분의 시처럼.

황혼아,

네 부드러운 손을

힘껏 내밀라.

　'만세절벽'에 도착했을 때 바다는 후두둑 눈물을 떨구고 있었다. 쿠바를 떠나던 그 사람이나 크레타로 떠나던 조르바 일행이 만났던 바다도 저리 청어 빛으로 일렁였을까? 사람들이 없던 윙 비치는 파도 때문에 가슴 아팠다. 당당히 맞서 싸우고픈 바다로 더 멀리 걸어 들어가지 못하고 잔물결로 남아 들썩이는 앞자리 대강 어디쯤 발을 담그고 자꾸 먼 바다의 파도만 응시했다. 맞서야 한다는 강박은 이곳에선 '아무것도 아닌' 일, 멍하니 그렇게 있는 것도 좋았다. 지금 하늘에 별이 떴다고 한다. 어디서나 뜨는 별이지만 그 한참 나를 기다리고 있던 이 지방의 별을 찾아보기로 한다.

　그는 아침을 먹고 난 후 뜰에서 걷겠다는 내게로 와 식물 하나하나 설명했다. 하와이안 무궁화라든지 삽목한 허브 등에 대해서가 아니라 키가 큰 과일나무 이야기다. 필시, 초본 식물은 아내가 가꾸고 그는 열매나무를 관리할 것이다. 바나나로부터, 서양 배나무, 그리고 파인애플 등 다 외우지 못하는 나무들에 대해 설명해준다. 우리의 말에 방해가 되는 선지 노는 내 산

책에 방해되는 게 미안한지 키우던 닭들을 풀어주고 온다. 다정한 일본 남자다. 닭은 뚫린 양동이 같은 것에 씌워져 있었는데 '네스팅'하는 중이란다. 어쨌든 자유의 몸이 되었다. 예쁜 붉은 술을 단 닭들을 해방시켜주고 숙소 주인 남자는 웃었다. 귀퉁이에서 깡깡대고 있던 병아리들도 풀어주며 주인은 검은 닭, 오골계 종류라며 날개를 들어 설명해준다. 녀석 중 머리에 핑크 점을 찍은 놈이 있었다. 그는 꽃 중에서 재스민 핀 것을 찾느라 온 정원을 헤집고 다니고 있다. 마침내 하나 따와서 내게 주며 향을 맡으라 한다. 공작 재스민, 그 향이야 끝내주지. 이곳은 서양난이 잘 되는가 보다. 다양한 종류가 화려하지 않게 피었다. 대문 앞 부겐베리아만 해를 향해 따갑게 늘어져 있을 뿐, 누가 누가 꽃을 피웠는지 눈에 띄지 않는 겸손한 정원이다. 영국 그레잇 멜번 아주머니 댁 정원 구경 때처럼 영국 느낌도 난다. 오전은 이렇게 보내고 있다. 그가 따라준 커피를 담아와 테라스 그늘에 앉아 릴케, 파리와 로댕 부분을 읽는다. 크레아시옹(creation). 로댕과 첫 만남에서 릴케는 이 말에 꽂혔구나.

'창조'라는 프랑스어의 언어가 지닌 우아스러운 맛도 소멸되고 창조(Schopfung)라는 독일어가 가진 답답한 중량감도 그 말 속에는 들어 있지 않았소.
그것은 모든 언어에서 자기를 해방시켜 자유로이 된 말이었고
…… 이 세상에 홀로 존재하는 말이었소.
크레아시옹.

릴케가 클라라 릴케에게 보낸 편지 중 밝힌 로댕과의 첫 소회다. 언어를 넘어서는 라캉이 말하곤 하는 실재계를 보았을까? 그래, 어찌 언어가 다 설명할 수 있겠는가? 건너편 어느 집에선 정원사가 계속해서 잔디를 깎고 있다.

우리는 동쪽 해안에 위치한 포비든 아일랜드로 걸어 내려갔다. 절벽을 끼고 내려가는 길에는 영화 〈테스〉에서 엔젤과 테스가 처음 만난 장면에서와 같은 환상적 갈대가 있었다. 바람을 타고 반쯤은 꺾어진 갈대들 뒤로 바다는 스멀대고 아래서는 순박했던 남자, 엔젤이 가방을 메고 걸어 올라올 듯했다. 비틀거리는 현악기에 맞춰, 또는 아코디언 연주에 맞춰 처녀 테스가 동무들과 한때를 보낼 것 같은 자리, 그 금지의 섬 절벽 앞에서 맥주를 땄다.

"죽인다."

이 말밖에는 더이상 할 말이 없는, 하늘과 바다가 만나는 선, 그 정확한 줄, 그 정확한 합체, 그 정확한 키스.

바라보다가 이미자의 아씨를 불렀다. "옛날의 이 길은," 2절을 부르다가 눈물이 났다. 아, 참 그, 그, 포비든, 금지의 섬.

배를 탔다. 어디서나 고깃배는 타겠지만 전혀 예상 못 한 파도를 만나자 얼마나 속 시원하던지. 리프를 지나 좀 멀리 나간 배는 낚싯줄을 드리울 곳까지 가는 동안 파도와 싸웠다. 마치 바오로 일행이 풍랑을 만나 뱃속 짐을 모두 던져버리는 행위처럼, 일행 중 몇은 속에 있는 많은 것을 버렸다. 날치를 볼 수 있다는 안내인의 말에 혹하여 기둥을 잡고 섰더니만 그때부터 배는 난장판이 됐다. 들이치는 파도에 옷은 흠뻑 젖었고 놀이기구 탄 듯 올라탔다 떨어지는 격정이 계속되는 동안 스피커에서는 "Don't forget to remember me~" 노래가 엄중하게 울려 퍼졌다. 날치가 여러 번 날아올랐다.

이 마음을 참으면 무엇이 되나
궁금했다.
— 김정경 시집, 『골목의 날씨』 중에서

그럽냐고 묻는다. 그냥, 잊지 않으려고 그렸다고 했다. 보고 온 바다를 그렸다. 집에는 뜬금없이 눈이 오고 있었다.

나는 일어서서 거지처럼 손을 내밀고 빗방울을 받았다. 별안간 울고 싶었다. 내 것이 아닌, 보다 깊고 막연한 슬픔이 축축한 대지 속에서 고개를 내밀었다. 한가하게 풀을 뜯고 있던 짐승들이 눈에 보이는 것은 아무것도 없는데도 갑자기 주위 공기에서 어떤 위험을 감지해 내고는 덫에 걸려 도망칠 수 없다는 것을 냄새로 느끼는 듯한, 그런 정신의 착란 상태 같은 것이었다. 소리를 지르면 기분이 다소 후련해질 것 같았으나 그러기가 쑥스러웠다. 심장은 조용히 두근거렸다. 부드럽게 비가 내리는 시각에 그 비가 내부의 슬픔을 일깨운다는 것은 얼마나 관능적으로 즐거운 일인가!
니코스 카잔차키스
— 니코스 카잔차키스, 『그리스인 조르바』 132-133쪽 중에서

조르바를 바라보는 서술자 '나'는 비 오는 아침, 카프카스로 떠난 친구를 떠올리며 편지를 쓰기 시작한다. 이제 자기는 일전에 '책벌레'라며 실천하지 못하고 한 발짝 나서지도 못하는 놈에서 벗어나 삶의 양식을 바꿔버렸노라고 쓰면서, 자신과 함께하고 있는 조르바를 마치 신처럼 영웅처럼 또는 살아 있는 우상처럼 소개하기에 이른다. 비꼬아 읽으면 이 사람, 조르바에 푹 빠져 헤어나지 못하는 여인과도 같다. 『그리스인 조르바』를 읽고 있는 낭독모임 '소리 있는 책'이 오래간만에 《현옥》에서 진행됐다.

오늘 책모임에선 투르게네프의 『첫사랑』 이야기를 나눴다. 보름날이어서 맛난 잡곡밥도 하고 쭈꾸미 볶음에 명란젓을 준비했다. 밥 먹으며 모임을 이어갔다. 주인공 블라디미르 페트로비치의 첫사랑 경험담인데, 그가 사랑했

던 지나이다와 뭇 남성들, 그리고 별 시답잖은 이야기가 나오지만 열여섯 아이가 처음 사랑에 눈뜨며 나타나는 감정의 물결을 쓴 성장소설이다. 줄거리보다도 투르게네프가 나열하고 띄워주는 감정의 열선이 눈에 띄게 귀여운 건 어쩌하나. 지나이다를 처음 보고 돌아온 열여섯 사내아이의 표정과 행동이 참 순수하다. 38쪽을 읽어보자.

나는 아버지에게 모든 이야기를 다 하고 싶었지만 참았다. 다만 혼자 미소를 지었다. 잠자리에 들면서 나는 아무런 이유도 없이 한 발을 딛고 두세 번 뱅그르 돈 다음 머리에 포마드를 발랐다. 그리고 침대에 누워 죽은 사람처럼 밤새 잠을 잤다. 새벽녘에 잠깐 잠이 깼지만, 머리를 들어 황홀한 기분으로 주위를 둘러본 뒤 다시 잠이 들었다.

머리에 포마드 바르고 잠자는 블라디미르 페트로비치를 상상하면 웃음이 지어진다. 회원들 모두 폭소했고 지나이다를 비난했으며 사랑의 본질이 뭐냐고 물었다.

무엇이 해결되었는가? 살았던 삶의 문제는 우리의 시선을 막는 나무더미처럼 뒤로 물러난 채 그대로 있지 않은가? 그것을 벌채하거나 솎아내는 것을 우리는 생각하지 못한다. 우리는 계속 나아가지만, 그것은 우리 뒤에 남는다. 멀리서 보면 굽어볼 수 있지만, 희미하고 그늘져 있으며 그만큼 더 수수께끼처럼 파묻혀 있다.
— **발터 벤야민**

나아갈 뿐, 길을 내고 나아갈 뿐, 삶은 호령한다, 앞으로앞으로 가라고, 뒤를 보지 말라고. 그 앞의 사람도 더 앞의 사람도 그렇게 길을 내었노라고. 그렇게 갔노라고. 레닌과 혁명을 꿈꾸고 실천했으며 주역의 자리에 앉을 수 있었음에도 거절했고 몸 바친 나라로부터 추방되어 스탈린으로부터 꾸준한 핍박을 받아내다가 1940년 8월 암살된 혁명가, 레온 트로츠키. 그해 2월, 그가 남긴 유언장은 이렇다.

의식을 깨친 이래 43년의 생애를 나는 혁명가로 살아왔다. 특히 그중 42년 동안은 마르크스의 기치 아래 투쟁해 왔다. 내가 다시 새로이 시작할 수 있다면 이런저런 실수들을 피하려고 노력할 것은 물론이지만 인생의 큰 줄기는 바뀌지 않을 것이다. 나는 프롤레타리아혁명가요 마르크스주의자이며, 변증법적 유물론자이다. 결국 나는 화해할 수 없는 무신론자로 죽을 것이다.

그 강직했던 혁명가도 인생을 논하면서 잃지 않는 것이 있었으니, 인생은 아름답다는 것. 글의 마지막은 이렇게 이어진다.

방금 전 나타샤가 마당을 질러와 창문을 활짝 열어주었기 때문에, 공기가 훨씬 자유롭게 내 방안에 들어오게 되었다. 벽 아래로 빛나는 연초록 잔디밭과 벽 위로는 투명하게 푸른 하늘, 그리고 모든 것을 비추는 햇살이 보인다.
인생은 아름답다.

그러므로 인생은 아름답다, 나도.

자주 비가 내리니 방수 패딩이 있으면 유용하다는 문자에 몇 가지 골라 놓고 생각날 때마다 약 몇 개, 차 몇 종류 챙긴 그대로 아직 가방은 채워지지 않았다. 창밖 킹수선이 피었던데, 눈도 마주치지 못했다. 첫 손님 왔을 때 꽂아

두었던 무화과는 뿌리를 내리고 화려하게 초록 잎을 내어 '어쩌자고 저리 예쁜 것이여', 중얼거릴 뿐이다. 제임스 조이스의 『더블린 사람들』 한 꼭지마다 나오는 거리와 건물 이름을 다시 본다는 것이 실바구니에 담긴 실뭉치에만 눈길이 갔다. 안개 천지인 아침, 일주일에 한 번 꽃에 물을 주라고 연락해 놓고 대서양의 끝 아일랜드를 향해 집을 나섰다. 오래전 들었던 거친 목소리, 김태화의 '안녕'이라는 노래가 듣고 싶어졌다. 잠시, 한국은 안녕.

어제 한밤중에 더블린공항에 내렸고 비가 왔다. 한국보다 9시간 늦는 이곳, 시차 걱정 속 '활발 명쾌 이 선생'과 근처 쇼핑센터에서 유심카드를 갈아 끼우고 커피체인점 코스타에 앉아 이야기를 나눴다. 20유로 주고 교통카드 립 한 장을 구매하고 도시락용 꼬마사과와 역시 꼬맹이 자색 감자 한 보통이, 바나나, 요거트, 우유 한 팩을 집에 내려놓고, 드디어 더블린과 첫 데이트를 하러 39A 버스를 탔다. 모든 첫 만남은 이럴까? 설렘 반, 두려움 반이다. 우선 트리니티 대학을 만나고 싶었다. 롱룸과 '켈스의 성경'으로 이름난 트리니티 대학 도서관이 정문을 들어서자마자 보였다. 비가 거세졌음에도 불구하고 누구 하나 우산을 쓸 생각 없이 줄 서서 기다리고 있었다. 인터넷으로 예약하면 쉽게 들어갈 수 있는데 대부분 불평도 없이 기다리는 모습은 정말 대견하다. 오늘은 인사만 하기로 한다. 학교는 고즈넉했고 핑크 벚꽃도 활짝 폈고, 가지런한 연자색 목련 또한 만개했다. 그 곁에서 사진을 좀 찍어보겠다고 오만 인상을 찡그리며 우산을 폈다. 학교를 나와 인근 초록색 서점을 향해 돌진했다. 뭐 알아서도 아니고 그냥 들어갔는데, 횡재했다. 1768년 지어졌다는 'Hodges Figgis' 서점[5]이다. 조이스의 『율리시스』에도 나오는 그 서점 말이다. 문학류 매대 하나에 에드나 오브라이언의 책이 따로 진열되

---

5) 더블린에서 가장 아름다운 거리인 도슨스트리트에 위치해 있는 Hodges Figgis는 1768년에 문을 연 서점으로 아일랜드에서 가장 오래된 서점이다.

어 있다. 조이스와 에드나 오브라이언 책이라니, 어머나 반가워라. 아, 첫 데이트에서 이들과 첫 만남이라니. 논문의 주인공들 아닌가? 찾아다니던 「이멜다 수녀」가 단편으로 들어간 책도 발견했다. 100유로 이상 책값으로 지불했다. 그때까지 다음의 걱정은 전혀 없었다. 낫쏘 거리를 걷다가 핸드폰 배터리가 나갔다는 것을 알았다. 간편 복장으로 첫인사만 나눠보고 버스 타고 나온 나의 불찰이었다. 준비해 나간 돈은 120유로뿐이고 보조배터리는 가져왔으나 연결선이 없다. 아일랜드용 세코 어댑터도 놓고 왔다. 여권도 두고 왔고 숙소가 위치한 주소는 핸드폰에 있었다. 모든 게 다 그 속에. 아뿔싸, 동네 이름이 생각나지 않는다. 이제 돈은 10유로가 남았다. 어느 빵집 유리창으로 한국인으로 보이는 여인이 일하는 모습이 보여 4유론가 내며 커피를 시키고 도움을 청했다. 헌데 그녀는 참말로 시크해서 충전기 하나 건네주곤 타입이 맞지 않는다고 하자 그럼 어쩔 수 없다고 대답하고는 들어가 버렸다. 나 같은 사람을 많이 만났던 걸까? 너무나 반가운 나머지 도움을 더 청하고 싶었는데 냉랭했다. 오전의 이 선생과의 인터뷰를 몇 번이고 돌려 보았다. 자꾸 생각해보니 39A 버스가 기억났고 이어서 'oak view(오크 뷰)'라 쓰여 있던 동네 표지석이 떠올랐다. 그러나 그곳 행 버스를 맞게 타는 것인지 알 수가 없어 망설이다가 39A 버스에 올랐다. 내 교통카드가 삐리릭삐리릭 소리를 내자 버스운전사가 갖고 오란다. 뭐가 문제인가 카드를 건네주다 카드가 운전석 창문 틈으로 빠져버렸다. 사면초가다. 집 못 간다. 어디 파출소로 가야 한다. 울상이 됐다. 어디서 내려야 하는지 동네 이름도 모르는 채로 뒷자리에 앉았다. 옆자리 예쁜 아가씨는 나보다 이틀 먼저 온 브라질 사람이었고 당연히 '오크 뷰'를 모른다고 했다. 그래도 구글로 검색해준다. 오호, 근처에 성 필립 성당이 있었어. 옆에 앉은 아일랜드 친절한 아주머니는 내 설명을 듣더니 자기가 그 동네를 안다고 운전사에게 말해주겠다고 했다. 내리면서 걱

정말라며 운전사에게 가서 나를 부탁한다. 오, 세상에 이렇게 친절할 수가. 하느님 찬미 받으소서! 이렇게 여러 사람의 도움으로 오크 뷰 정거장 바로 앞, 낮에 교통카드 샀던 주유소에서 내렸다. 어두워졌고, 뛰었다. 과연 골목이 생각날까? 모두 똑같은 집이 붙어 있다. 어떻게 하나. '이 선생 집은 코너에 있었고 담 한켠에 예쁜 사과나무 두 그루가 서 있었어' 하는 가운데 드디어 집을 찾았다. 호락호락 곁을 내주지 않는 더블린, 그토록 제임스 조이스가 씨름했던 더블린, 나 이제 Dubliners(더블린 사람)야~.

1년간 아일랜드에 연수 오신 고향 마을 신부님을 여기서 만날 흔치 않은 기회가 주어졌다. 외방선교회라 늘 외국으로만 다니시는데, 더블린에서 볼 수 있다니. 그것도 며칠째 오던 비도 멎고 아일랜드인의 대 축제일에 말이다. 애어른 할 것 없이 전 세대와 전 세계인이 함께 즐기는 이 축제를 뭐라 설명해야 하나. 추위도 아랑곳하지 않고 초록 모자와 크로바 무늬 스타킹을 신고 초록 복장에 초록 천지다. 끝없는 기다림 끝에 축제행렬이 출발했고 거리로 나온 인파는 그 행렬에 환호하며 뒤따른다. 우리 지역의 축제만 보아오던 나로서는 생각할 것들이 많아졌다. 행렬에 참가한 할머니와 할아버지들의 열정, 몸이 조금 불편한 이들의 춤과 편안함, 기병대가 지나간 후 말똥을 치우는 청소차 운전사의 당당함, 그리고 그에게 아낌없이 쳐주는 박수와 환호, 빌딩의 창가에 나와 환호하는 아이들과 할아버지들, 예수의 행렬을 지켜보려던 키 작은 자캐오[6]처럼 올라갈 것만 있으면 타고 올라가 환성을 올리는 여러 명의 자캐오들. 특별히 세트를 구성하지 않았는데도 퍼레이드는 자연스러웠고 열광했으며 웅장했다. 시티 갤러리 근처에서 시작된 행렬은 성 패트릭성당까지 이어졌다. 인파를 비집고 템플 바로 향했으나 대부분 만원으로 흘러 흘러 헨델의 〈메시아〉가 초연되었다는 헨델호텔 근처 펍에서 늦은 점심을 먹었다. 1층은 서서 맥주를 마시는 이들로 꼭 찼고 다행히 2층 한구석에 자리 잡고 그 집에서 손수 만들었다는 흑맥주 한 잔과 피쉬 앤 칩스로 고픈 배를 채울 수 있었다. 완두콩 소스가 맛있어서 닥닥 긁어먹었다.

프랭크 더프가 창설한 레지오 마리아 본부가 인근에 있다는 이 선생의 이야기를 듣고 우리는 리피강을 건너 걸어서 찾아갔다. 아일랜드가 독립되고 가난했던 시절 빈민구호 활동으로 시작된 레지오 마리아는 지금까지 전 세계 가톨릭 신자들에게 기도와 활동으로 이어지는 단체가 되었다. 열심이던 시절, 레지오 쁘레시디움 단원이자 단장이었던 내게도 의미 깊은 방문이었다. 콘실리움 회의가 있던 차라 회장님도 뵈었고 다정한 환대에 하루가 쏘옥 정리되었다. 고향 마을 신부님을 배웅하고 피닉스 파크까지 걸어오면서 이따금 내리는 눈발을 맞으며 살아왔던 시공간을 들락거리는 이 얘기 저 얘기를 나눴다. 종일 걸어서인지 다리도 허리도 지쳐갈 무렵 돌아오는 길에 만난 검은 구름이 우리를 쫓아 와 대문간에서 소나기로 변했다.

---

6) 자캐오 또는 삭개오는 신약성서의 루가복음서(누가복음서)에 나오는 사람이다. 동족을 수탈하는 세관장이었는데, 예수를 만난 뒤에 회심했다.

미국에서 일주일 봄방학을 맞은 소화데레사가 월요일 아침에 왔다. 일찍 준비하여 골웨이로 떠나기로 했다. 새벽부터 조이스의 『더블린 사람들』 마지막 단편, 「죽은 사람들」을 다시 읽기 시작했다. 주인공 게이브리얼의 부인 그레타가 여름휴가로 가보고 싶다 했던 골웨이는 실제 조이스 부인 노라 버나클의 고향이다. 단편 속에서 크리스마스 파티를 마치고 온 부부는 어찌 보면 조이스 부부다. 자신이 소유했다고 믿어왔던 부인 그레타의 정신과 영혼 속에는 알지도 못하는 첫사랑이 살고 있었는데, 그녀를 사랑하다 일찍 죽은 마이클 퓨리였다. 그날따라 창가에 기대어 어느 테너의 노래 〈오그림의 처녀〉에 잠겨있던 그녀의 실루엣은 얼마나 아름다웠는가? '아, 저걸 그림으로 남긴다면 '먼 음악'이라고 해야지', 중얼거리던 게브리얼. 알고 보니 서로 다른 생각을 담고 있었던 부부였다.

첫사랑 소년을 떠올리며 그레타가 동경해 마지않는 골웨이로 가는 버스는 더블린 시내 하페니 다리 건너에서 출발했다. 이슬비가 내렸다. 우중충한 이 날에 꼭 가야 하는지 주저되었다. 두 시간 반 버스 여행은 졸음으로 뒤범벅됐고 골웨이 터미널은 스산하기만 했다. 어떻게 가볼 것인지 엄두가 안 나 일일 투어버스를 타기로 정하고 타이 음식을 먹고 쏜살같이 달려 버스에 탑승했다. 그러자마자 신기하게 우울감이 사라졌다. 이층버스에서 내려다보는 마을은 참으로 아름다웠고 해변에서 꼭 바라보리라 했던 여러 색깔의 다닥다닥 붙은 집들, 그리고 구름에 갇힌 바다, 그 끄트머리로 떨어지는 몇 가닥 빛이 반짝이는, 밝지만 어두운 선, 〈마왕〉의 선율이 울려 퍼질 듯한 그 바닷가를 산책하거나 무작정 걷는 사람들이 아름다웠다. 춥지만 수영복 차림으로 바다에 뛰어드는 한 여인도 보였다. 하루 묵어 새벽 아침 이슬비 맞으며 무작정 걷고 싶다는 생각 그것도 그녀 그레타의 그리움과 비슷한 결일까? 투어는 한 시간이 안 되어 끝나고 달달한 케이크를 먹어 보자는 소화데레사와 카푸치노 케이크 하나를 나눠 먹고 걸어나갔다. 가자, 부둣가로. 순간 몰아치는 햇살 행렬. 성모님이 보이는 성당 근처에서 성모송을 외우고 사진 세례를 마구잡이로 퍼붓고, 벤치에 앉아 그리움에 발을 담갔다. 소화데레사는 떠다니는 백조를 보더니 예이츠의 백조 관련 시를 읽어줬고, 시간과 공간과 일거리며 짐들을 떠나온 구름 같은 정신은 너무도 자연스레 흘러갔다. 아, 그래, 우리는 이렇게 그리움 속에 발을 담근 거야. 그게 뭐든, 이 도시의 매력에 푹 젖은 거야. 대서양 바다가 하염없이 이어지는 길을 따라 걸어 돌아오는데 강아지를 데리고 산책하는 사람 몇과 아무 말 없이 걸어가는 남녀를 만났다. 그냥 지나갔다. 조이스는 진심, 부인 노라를 소유했다고 믿었으나, 노라는 한 인간이었어. 누가 갖고 가져갈 수 있는 욕망의 대상이 아니라, 다가서면 몇 발짝 물러서는 골웨이 하늘의 회색 구름처럼, 그리고 '먼 음악' 처럼. 그레타가 노라이고, 또 우리지.

다트를 타고 바닷가 마을을 지나 샌디코브 해변에 내렸다. 역에서 내려 약간 걸으니 바로 넓은 바다가 드러났다. 멀리 우편선이 지나갈 것 같은 바다다. 하늘이나 바다나 똑같이 쓰라린 파란 색이다. 우측으로 멀리 마텔로 탑이 슬쩍 보였으나 좀 뜸 들이고 싶었다. 후다닥 마텔로 탑을 방문하여 조이스의 심상과 만난다면 이 깊은 환희가 깨져버릴 것 같았다.

조이스의 소설 『율리시스』의 첫 에피소드에서 나오는 마텔로 탑은 조이스를 사랑하는 사람들에게 꼭 가보고 싶은 곳일 게다. 이곳은 프랑스의 침공에 대비하기 위해 만들어진 요새로 1904년 조이스가 친구 고가티와 6일간이나 머물던 실제 장소다. 지금은 조이스 박물관이고 『율리시스』를 읽던 독서모임 친구들이 자원봉사를 꾸준히 해왔다. 소화데레사와 나는 바닷가를 걷거나 의자에 앉아 쉬었다. 바다 한 귀퉁이에서 고래가 나왔다 사라졌다고 지나가는 청년이 얘기해 줬다. 마텔로 탑으로 가는 모퉁이에는 '포티 핏' 해수욕 장

소가 여전히 수영애호가들에게 개방되어 있었다. 처음에는 남성전용이었는데 시간이 흐르면서 여성들도 함께 수영한다고 한다. 연세가 지긋하신 분들이 그 자리에서 바로 옷을 벗고 갈아입으며 바다로 뛰어들었다. 3월 중순이 지났다 해도 추운 날씨에도 용기 있는 사람들이 많은가 보다. 『율리시스』에서도 마텔로 탑에서 나온 벅 멀리건(실제 고가티)과 헤인즈가 저 장소에서 수영한다고 바다에 뛰어들어갔다.

드디어 조이스 박물관으로 들어갔다. 흰 머리의 여성 두 명이 반갑게 맞아주었다. 조이스의 대부분이 이곳에 다 있는 것은 아니지만 그의 숨결이 느껴졌다. 이층엔 에피소드 1번에서 보여줬던 장면이 그대로 드러난 침실이 구성되어 있었고 옆으로는 나선형 계단이 아주 비좁게 있어 망루로 이끌었다. 소설처럼 간신히 한 사람이 오를 수 있었다. 동그란 형태의 이 요새 탑 망루는 드여 있어서 온갖 하늘과 바다와 바람을 다 끌어 담을 수 있었다. 바람에 깃발이 세차게 흔들렸고 따가운 햇빛을 참으며 나는 거기 한참을 앉아 있었다. 멀리 흰 돛단배가 지나갔다. 또 멀리 바닷가 마을이 오밀조밀 자리 잡고 있었고 순간 고가티가 비누칠을 하며 수염을 깎다가 스티븐을 부르는 소리가 들릴 듯했다. 죽은 스티븐 어머니의 유언과 절규, 어머니의 유언을 지키지 못한 죄책감과 뭔지 모를 어머니에 대한 분노심이 저 '포도주 빛 바다'로 표현되던 소설 몇 구절이 일순 떠올랐다. 사진 몇 컷을 찍다가 조이스가 자신의 시에 곡을 붙인 〈Bid Adieu to Girlish days〉를 찾아 들었다. 지금은 작고한 메조소프라노 난 메리만이 자신의 은퇴공연에서 부른 것으로 골랐다.

안녕,
모든 것,
안녕,
나의 옳았던,
소녀시절아, 모두
안녕.

가사는 이렇게 흐느적거렸다. 나는 방명록에 이름을 적고 떠났다.

그간의 더블린은 며칠씩 비 오고 해 났다가도 바람 불었는데 오늘 어쩐지 해가 반짝 뜨고 안 춥다. 낫쏘 거리에서 조이스가 일생의 여인 노라를 만났다고 해서 거길 찾아보기로 했다. 가는 길에 내셔널 도서관에 들어가 책도 찾고 정경도 보려 작정하고 꽃무늬 치마를 입고 버스에 올랐다. 트리니티 대학이 있는 낫쏘 스트릿에서 내려 호지스 앤 피지스 서점 거리를 지나 몇 걸음 걸으니 내셔널 도서관이 보였다. 방문자 카드를 만들기 위해 약간의 개인정보를 컴퓨터에 집어넣자 직원이 얼굴 사진을 찍는다. 그 자리에서 리더스 카드를 만들어주면서 짐은 못 가지고 들어가니 락커에 넣으라고 한다. 핸드폰과 연필, 수첩, 안경만 들고 리딩룸에 올라가 컴퓨터로 원하는 책을 검색했고 오더링하자 갖다 준다고 한다. 아차차, 직원이 1시에는 배달이 안 되니 기다리란다. 아, 말이 떨어지게 무섭게 배가 고프다.

도서관을 나와 귤 두 개와 크로와상, 커피를 점심으로 먹고 바로 옆 고서점 '율리시스'에 들어갔다. 세상에, 세상에, 초판본들이 있다. 가격? 완전 비싸다. 처음 알았는데 조이스가 동화책을 썼다. 가격은 37유로냐고 물었더니 375유로라고 한다. 아동 쪽은 더 많다. 와, 앨리스! 완전 오래된 것도 있고, 어쩜 이리 잘 갖춰놨을까? 지하에는 오래된 지도들이 있었다. 그 곁에는 적힌 가격에서 절반이나 할인해주는 책들도 있었다. 이곳에서 두 시간을 보냈다. 그리곤 리처드 엘만의 예이츠, 와일드, 조이스. 에즈라 파운드, 오든에 관한 책 『Eminent Domain』을 반값 6유로에 사 왔다. 왜 싼가 했더니 출판날짜 부분이 찢겨 없었기 때문인 듯하다. 그건 그렇고 오후 3시 반만 되면 완전 피곤해진다. 더이상 뭣도 못 할 것 같아 시계를 보면 한국 시간 밤 12시 반이다. 집에 가려고 급하게 버스에 오르면 온갖 배고픔이 몰려온다. 아니 왜, 여태껏 시간 가는 줄 모르다가 이때만 되면 이러는가? 숙소에 오자마자 감자를 욕심껏 썰어 넣고 된장 한 스푼, 고추장 한 스푼 넣고 폭폭 끓여 엄청 맛있게 먹었다.

숙소에만 있으면 표류해버릴지도 모르겠다는 생각에 버스에 오른다. 목적지는 『더블린 사람들』 맨 마지막 단편 「the Dead」의 클라이맥스, 게이브리얼과 그레타가 크리스마스 파티 후 눈이 내려 꽁꽁 언 길을 되돌아와 묵는다는 호텔 그레셤이었다. 오코넬 거리는 아직 멀었는데 날이 좋아 리피강 벤치에 앉아 해를 쬐어보겠다고 오먼드 부두역에서 내렸다. 'quay'는 부두나 항구를 말하는데 아마도 리피강 몇 군데 예전에 배를 대던 작은 부두가 있었던 모양이다. 내리고 보니 한 번도 가보지 않은 거리가 보여 꾸역꾸역 걷기 시작했다. 몇 걸음 안 되어 빈티지숍이 있었는데, 키 큰 남자 둘이 가게를 보고 있었다. 후후훗, 빈티지 머그잔이나 장난감, 권총 모양 장식품, 액자, 테이프, 음반, 책, 옷 등 구경거리가 꽤 많았다. 책꽂이에서는 제일 먼저 뽑아 든 엄청 두꺼운 가드닝 책이 맘에 들었다. 다 돌고나서『집에서 만드는 와인과 맥주』책 한 권과 그 가드닝 책을 들고 와 가격을 물으니 각각 2유로씩이란다. 세상에나, 만상에나, 맘 바뀌기 전에 얼른 사서 나왔다. 맞은 편 베이커리 집은 뭐가 그리 장사가 잘 되는지 사람들이 안에서부터 줄을 서고 있다. 가게 외관에도 수선화 화분을 걸어 올려 남달라 보이는데 페인트 색깔도 귀엽다. 수제 케이크과 빵을 파는 모양인데 테이크아웃해야 한다. 밖에 동그란 표지가 연도별로 여러 개 붙여 놓은 것으로 보아 관광 추천지인가 보다.

여기저기 기웃거리다 우연히 같은 숙소로 어제 옮겨온 라파엘라 씨를 만났다. 더블린 거리에서 날 안다고 부르는 사람도 있다니 하고 화들짝 놀랐다. 알고 보니 이 거리가 베트남식당, 중국식당, 한국식당 등이 있고 인근에 한인 마트 '코리아나'가 있는 곳이었다. 그 양반이 마트 장 보는 데 따라갔다가 포장 김치를 뚫어져라 쳐다보고 나왔다. 이다음에 꼭 사 먹어야지 하고. 사실 가져온 포장 김치 두 팩은 지난주에 다 먹어버렸다. 가지고 나온 오늘치 돈은 책 사는 데 쓰기로 했으니 참아야 한다. 만난 기념으로 라파엘라 씨와 커피와 케이크를 먹으며 잠시 수다 시간을 가졌다. 일본어를 전공한 이 분과 일본소설가 이야기를 조금 하다가 영화를 추천받았다. 탐미적인 사춘기 사랑에 관한 영화였는데 너무나 감명 깊어 일본어를 전공하게 되었다는 이야기에 흠뻑 감동했다.

그녀와 헤어지고 리피강변 벤치에 앉아 해를 쏘였다. 아니 내가 해를 쏘아보았는지 모른다. 주변에 쌍쌍이 앉아 있는 게 거슬려 에둘러 일어나 호텔 쪽으로 방향을 트니 바로 강변 옆에 웬 서점이 보인다. 색깔도 초록에 생긴 것은 꼭 파리의 '셰익스피어 & 컴퍼니' 같기만 한데, '그래 어쩐지 리피강이 세느강과 원체 비슷해', 하는 순간 얼른얼른 들어가야지 마음이 바빴다. 밖에 디피된 책들과 줄줄이 달랑거리는 하얀 드레스의 신부 그림카드가 현혹한다. 입구 왼쪽 외관에는 아까 그 빵집에서 본 동그란 표지가 몇 개 붙어 있다. 이곳도 추천 명소인가보다. 안은 더 그럴싸하게 색감과 겉표지의 화려함이 듬뿍 풍기는 것이 우리나라에서 잘되는 독립서점이나 동네서점 같다. 아동은 아동 대로 문학 파트는 아일랜드와 영국, 인터내셔널로, 픽션과 시와 여러 장르로. 아, 정말 큐레이션이 장난이 아니구나. 곧 있는 마더스 데이 용 매대도 있고 감각 있는 타이프라이터와 그림책 진열은 반짝 비춰주는 전등과 함께 내 영감에 불빛을 마구 쏟아 비춰준다. 여인들이 좋아할 만한 다이어리 모양의 자글자글한 책들과 천으로 입힌 초록, 분홍의 수첩, 이것은 여기저기서 보던 것들인데 특별히 이 서점 이름을 새겨놓았으니 꼭 사고 싶어졌다. 으윽, 참자, 참자. 나는 결국 프랑스 작가 마르셀 푸르스트의 『잃어버린 시간을 찾아서』 중에서 그 1편에 관한 「스완네 집 쪽으로」를 만화로 그려낸 두꺼운 책을 사기로 결정했다. 값은 25유로다. 직원인지 주인인지 계산해주는 곳을 경계로 더 안쪽은 세컨 핸드북이 진열되어 있었다.

서점마다 가면서 느끼는 공통점은 영국이든 아일랜드든, 제인 오스틴을 정말 사랑한다는 것이다. 뿐만 아니라 브론테 자매와 토마스 하디는 3종세트이다. 거기에 루이스의 『이상한 나라 앨리스』, 여기는 브람 스토커의 『드라큘라』까지. 물론 톨킨과 J. K. 롤링의 책까지 거의 빼놓지 않고 비슷하게 비치되어있다. 그만큼 잘 팔린다는 얘기겠지. 아, 물론 이 나라는 제임스 조이스와 예이츠, 와일드, 사무엘 베켓의 국가이므로 당연 필수품목이고.

오코넬 거리 스파이어를 지나 오른편에 있는 그레셤호텔은 사층인가 오층 건물로 이렇다한 느낌이 파박 오는 곳은 아니었다. 그러나 나는 중간 다트를 타고 내리는 정거장에 서서 몇 번인가 그 시절 게이브리얼이 부인 그레타 가슴에 품고 산 골웨이 출신 마이클 퓨리를 생각하며 질투했을 그 밤을 생각해봤다. 때는 눈이 내리기 시작했고 사위는 고요했으며 이미 부인은 잠에 빠져버렸다. 창밖 묘지를 덮던 하얀 눈 덕분에 이러한 모든 것들이 순백의 눈으로 변해버리면서 미워할 것도 용서할 것도 분노할 것도 없는 에피파니를 경험한다던 그 밤 말이다. 올려다보다 언뜻 그들과 눈이 마주칠까 얼른 피해 길을 돌렸다. 살아갈 일들도 그 밤처럼 흰 눈에 덮여 나한테는 아무 말도 건네지 말았으면 좋겠다, 생각하면서.

작가박물관이 의외로 별 소득이 없다는 이야기를 들어서였을까 더블린에 온 지 오래되었는데도 꼭 가야겠다는 의지가 없었다. 그러나 조이스와 함께 학교도 다니고 술 꽤나 마시러 다녔으며 나름 '글 좀 쓰네' 하면서 작가 반열에서 또는 부잣집 도련님으로 살아온 친구 고가티를 찾고 싶었다. 우연인지, 성 패트릭 데이 때 사진 찍은 벚나무를 바라보다 멈춘 자리에 '고가티가 태어난 곳'이라는 명패가 달려 있었다. 참 별일이네. 작가박물관은 오래된 교회 바로 옆에 붙어 있었는데, 멀리서 봐도 뭔가 그럴듯했다. 7유로 반인가, 입장료를 내라는데 사실 그냥 나올까 했다. 여기까지 왔으니, 하고 맘을 고쳤다. 음성 안내용 리모콘을 주기에 거절하고 천천히 들어가자 꽤 많은 이들이 관람 중이었다. 그러나 이렇다 할 기쁨은 이미 샌디콥 해변의 마텔로 탑, 조이스 박물관에서 다 얻었기에 아일랜드 작가가 꽤 많구나, 하는 정도였다. 조금 의외인 것은 조이스 같은 대가도 아주 작은 구석을 차지하는 데 반해 고가티는 비교적 넓은 자리에 그의 물건들이 전시되어 있더라는 것. 그래도 훈훈했다. 『더블린 사람들』의 「경주가 끝난 후」에 나오는 더블린 젊은 이들, 밤새 놀다가 새벽을 맞이하는 그들을 이끌고 다녔을 것만 같은 고가티, 그의 안경, 아니 경주용 안경들과 작품들이 더욱 흥미로웠기 때문이다. 돈이 많았던 고가티는 뉴욕에서 죽었고 그의 시신은 아일랜드에 묻혔지만, 아이러니하게도 조이스는 더 젊은 나이에 병으로 사망했고 2차 대전으로 돌아오지 못하고 취리히에 묻혔다. 작가박물관은 위스키 제머슨(제임슨)을 크게 일군 그 가족들이 1891년부터 1914년까지 살던 건물이라고 한다. 그래서인지 계단이나 창문의 스테인드글라스, 건물 외관이 고급스러워 보였나 보다. 작가박물관 지하는 식물들로 디스플레이가 된 멋스런 레스토랑이 있었는데, 점심 한 끼가 36유로 이상 되는 메뉴들로 구성돼 있었다. 물론 들어가진 못했다. 박물관 라이브러리 룸에는 책장에 갇힌 작가들의 초판본 책들이 쌓여 있었는데, 조이스의 동화책도 보였다. 물론 친구 고가티의 책도 윗줄에 있었다.

조이스 동상을 찾다가 허기가 져 베트남식당에서 쌀국수를 먹었다. 내 옆 두 테이블에서도 나와 같은 메뉴를 시키고 간신 먹고 있는 모습을 보며, 괜히 나는 쌀국수를 후루룩후루룩 먹었다. 이렇게 먹어야 제맛이라는 듯. 숙소에선 예쁜데 착하기까지 한 이 선생이 쑥국 끓여 놓았다고 와서 먹으라는 문자가 왔다. 나는 전생에 나라를 구한 모양이다. 카페 'soma' 앞에 있다더니, 거리의 온갖 사람들을 다 구경하고 서 있는 조이스를 만날 수 있었다. 잘 보이지도 않는 눈에 뭐 삐딱허니 다리 꼬고 서서 온갖 참견 다 하는 모양새다. 거만하기까지 하다. 한참 서서 지켜보니 왠지 참 불쌍한 눈이다. 원체 눈 수술을 많이 하고 결국은 그 수술 후 병을 얻어 죽지 않았는가 말이다. 글을 쓸 때마다 발표할 때마다 갖은 반대와 악평을 받았고 한 번도 쉽게 출판한 적이 없고, 일생에 돈이라는 악연과 줄다리기하면서 또한 인정사정없던 가족사까지. 저 눈에 다 담았을 것 아닌가. 그에 비하면 술친구 고가티, 그는 참 못해

본 것 없는 양반집 아들 아니겠냐 말이다.

고가티와 조이스를 모시고 술을 마시려고 고가티네 술집으로 갔다. 기네스 작은 한 잔과 토마토가 들어간 수프를 시키고 적적히 라이브 음악에 시큰거리며 앉아 있었다. 날씨 탓인가. 이 생각 저 생각에 서글퍼지기도 하고 가까이 친구들이 산다면 다 불러내고 싶은 심정이 되어 고가티네 술집서 얼른 나와 버렸다. 옥스 팜에 들러 지난번에 들었다 났다 했던 『장미의 적』이라는 1950년대 판 영국 장미협회 책 하나와 『브람스를 좋아하세요?』라는 책 옆에 걸어 놓기 좋겠다 싶어 브람스 디스크 자켓 하나를 샀다. 초록 사과와 함께 집어 들고 39A 버스 타러 줄렁줄렁 걸었다. 사람들은 모두 금요일 주말을 즐기는지 모여들고 있었다.

아일랜드 대표 문학가 윌리엄 버틀러 예이츠의 고향 슬라이고로 가는 일행이 꾸려져 이 선생 부부와 출발했다. 큰 버스는 들어갈 수 없는 이니스프리 가는 길은 그야말로 감동이었다. 구불구불 겨우 차 한 대가 지날 길을 따라 저 언덕 아래 풍광까지 들어오는 어느 언덕에 서서 이니스프리를 상상해 보았다. 바람은 머리를 휘감고 지평선처럼 언덕 아래 드넓은 평원은 아득했다. 아, 다다르지 않아도 예이츠의 어린 시절 그리움의 아이콘이 된 이니스프리, 내 안에 벌써 열감으로 넘쳐났다. 지나가는 몇몇 자전거 타는 사람들, 인적 없는 집 몇 개를 거쳐 호수 앞에서 차가 섰다. 인근 집에 사는 강아지가 뛰어와 반갑게 인사를 했다. 사잇길을 걸어 탁 트인 길(Gill) 호수를 바라다봤다. 이런, 이런, 인공의 손길이 가지 않은 그대로 자그마한 보트를 댈 만한 부두가 나왔다. 거기 서서 한가운데 떠 있는 이니스프리 섬을 건너다봤다. 일행은 침묵했다. 누군가 예이츠의 시를 낭송했고 나는 눈을 감았다. 첫사랑은 언제부터 시작되었을까? 여기 이대로 있으면 예이츠의 소녀나 조이스의 아일린이 발을 담그고 물장구치지 않을까? 그 뒤로 소년이 뛰어가고 해가 조용히 떨어지지 않을까? 살아있는 이유가 너뿐이라면 믿겠니? 주장도 고집도 없이 이 호흡, 이 중력, 살고자 하는 분연한 의지가 너로 하여 오고 너에게로 간다. 눈뜨고 뒤집힌 또 오늘의 테제가 속살까지 다 벗겨지고 시뻘겋던 불안과 부유가 한바탕 홍수로 쏟아져 와도, 한 번도 대답 없는 너, 가 닿을 곳 없어서 눈만 뜨면, 꿈만 꾸면 그곳으로 간다, 이니스프리, 언제나 갈 수 없는 섬, 언제나 닿지 않는 꿈, 그게 다 부질없는 꿈.

　일행은 예이츠가 걸었다는 헤이즐 우드에 들어가 잠시 물가를 걸었다. 금빛 물결이 일렁이는 고요 속에서 소풍 온 어린 아가가 무릎 반쯤 물에 담그고 물장구를 쳤다. 공기 중에 퍼지는 물방울들은 햇살에 빛이 났다. 슬라이고 카운티 드럼 클리프의 작은 교회에 예이츠는 있었다. 멀리 그가 사랑했던 벤불벤산이 웅장하게 병풍처럼 서 있었고 교회 앞 한산한 구석에 평범한 사람들과 함께 묻혀 있었다. 검은색 수단(사제복)을 입은 사제 하나와 동네 아저씨가 이야기를 나누다가 우리를 보고 인사를 보냈다. 죽기 전 유언으로 남긴

시구 '말 탄 자여, 지나가라!'처럼 수수한 내 무덤 위에 말 탄 자가 지나더라도 전혀 개의치 않겠다는 듯 땅과 하나 되어 있었다. 노벨상 수상자라는 이름에 걸맞지 않게 동네 교회 무덤에 묻힌 모습은 역시 그답다. 근처 예이츠 굿즈를 파는 가게에 잠깐 들러 예이츠 일생 사랑했던 모드곤과의 사랑을 그린 일러스트 책을 구입했다. 어린 시절 이니스프리의 아이콘은 남의 여자 모드곤에게 옮겨가 평생 짝사랑만 한 낭만주의자, 예이츠. 조이스를 만나지 않았으면 아마도 예이츠에 푹 빠지지 않았을까 생각해보며 시청 거리에서 예이츠의 동상을 만나 작별했다.

바닷가 호쓰 기차역에 내려 사람들을 따라 호쓰 언덕으로 올라갔다. 소설 『율리시스』의 주인공 블룸이 몰리와 첫사랑을 나눈 장소인 이 언덕은 각양각색의 꽃이 있지만, 특히 만병초 꽃이 유명했다. 블룸의 연애담을 기억하려고 몇 번이나 저 아래 부둣가를 내려다보고 동행한 여행꾼과 질척거리며 따라다니는 삶의 짐들을 덜어내기도 하고 한숨도 쉬었다. 몰리는 블룸과의 첫 연

애가 향수를 불러일으킬 만큼 좋았다더라, 만병초 숲에서 어떤 꿈을 꾸었을까? 언덕을 올랐다 내려가는 젊은이들을 뒤따르며 내려오다 먹고사리밭을 만나 그냥 오지 못하고 천 가방 한가득 땄다. 아일랜드 사람들은 고사리를 먹지 않는지 부드럽고 통통한 놈들이 지천이었다. 바닷가를 따라 들어선 식당 하나에 들러 맥주 한잔을 하며 요기를 했다. 골목 담벼락에 붙은 할머니들의 벼룩시장 쪽지를 보고 찾아갔더니 이 동네 할머니들 몇몇이 빈티지 책과 그릇들을 팔고 있었다. 붉은 하드커버로 된 1984년 출판 본『크리스마스 캐럴』과 붉은 장미가 그려진 티포트 세트를 구입했다. 어둑어둑해서 잘못 내린 역은 우연이었을까?『더블린 사람들』중「가슴 아픈 사건」에 나오는 '시드니 퍼레이드'역이었다. 조이스가 따라다니며 돕고 있는 게 분명했다.

오스카 와일드는 사랑했던 동성연인을 끝까지 선택하여 2년여의 옥고를 치렀고 그 때문에 사망했다. 그것도 아주 쓸쓸한 어느 병원에서다. 한 달의 여행을 마무리하며 더블린 시내 여기저기 돌며 작별을 고하는 길이었다. 메리온 스퀘어 공원에 들어가 오스카 와일드와 몇 가지 이야기를 주고받았다. 그저 동상일 뿐이지만 사랑꾼 그만큼 인생 선배가 있을라고? 대부분의 동상은 바짝 서 있었건만 그는 다르다. 커다란 바위에 반쯤은 누운 채로 지나는 모든 이를 비틀어 비웃고 있었다. 사랑은 일종의 도전이며 투기여라. 사람들이여, 마음껏 비웃어라. 인생 다 걸어 사랑한 남자, 오스카 와일드. 그래, '사랑이 외로운 건 운명을 걸기 때문이지, 모든 걸 거니까 외로운 거야.' 이제, 집으로 가자.

한없이 풀어지는 피곤한 마음에도

너는

결코

서둘지 말라

너의 꿈이

달의 행로와 비슷한 회전을 하더라도.

-김수영, '봄밤' 중에서

잉글리쉬 라벤다 꺾은 바구니를 들고 갈대 앞에 섰다. 무한정 철없이 허옇던 갈대가 어느덧 꼿꼿이 퍼렇다. 세월 숱하게 흘러 봄밤을 지나 여름이 가고 구구 울어대는 비둘기가 난다. 무수히 외웠던, 그러며 서둘렀던 꽃피우기, 그러며 져가기, 자연스럽자 지켜온 언어가 저토록 칼같이 일어설 줄이야. 달이 회전하듯 몰락할 줄 알아야 비로소 또 달이 뜨거든. 그리고 서둘고 애태울 것 없이 졌던 달이 또 오르건만. 수영의 밤은 깊어 도로 개굴 우는 여름. 그만 서둘라.

굳이 말하자면 가을 같은 기운이었다. 밤새 쓸어 붓던 바람, 이러다 다 버리고 가을인가 쫓아갈 태세이던 새벽 아침, 눈 비비지도 못하는 방 앞에서 '툭' 하고 지던 살구. 아, 살구……싶구나.

마당과 꽃밭은 시기를 놓쳐 예쁘게 가꾸거나 잡풀을 제거해주는 일은 포기했다. 오래 집을 비워둔 탓이었다. 늦 수선화가 함초롬 피었을 때 더블린에서 들어와 혼자 보기 아까워 한 보통 뜯다 자주 가는 카페에 갖다 준 일 말고는 이렇다 할 정원 일은 없었다. 장맛비가 조금 내려 축축해진 틈을 타 마당 블록 틈새로 난 잡풀들을 뽑고 꽃밭에 묵은 풀도 정리했다. 패랭이가 검은 씨를 물고 있어서 잘라다 뿌려주고 엊그제 맨드라미 몇 그루와 봉숭아 꽃을 옮긴 자리에 호미질을 해주었다. 호미질하고 난 자리가 참으로 아름답다. 그러다 보니 익은 수선화 알뿌리가 튀어나와 이참에 한가득 캐었다. 말렸다가 저장하여 11월 바람 추울 때 마늘 놓듯이 심을 것이다. 정원 가꾸기는 하다 보면 재미지고 푹 몰입하게 되어 누구나 취미활동가나 전문가가 될 수 있다. 아침 미사 후 홍성장에서 무언가 심을 것을 사려다 먹을 것만 손 가득 사 왔다. 그냥 씨 뿌려 둔 천일홍과 맨드라미로 가득 채워야겠다.

집 앞 북카페 주인은 늦도록 창가에 앉아 있곤 한다. 봄 어느 날 꽃씨를 가꿔 메리골드에 분홍 백일홍이 찬란하다. 지날 때 뭔 꽃 심었나 물으면 뭔지 많이 심었는데 모르겠다더니 먼저 컸던 파랑 수레국화는 져버리고 늦도록 꽃을 피우고 피우는 놈들만 남겨 뒀다. 골목은 걸어야 맛스럽다. 그 옆집 옆집의 사무실은 주변에 어디도 없는 연하디연한 연분홍 채송화를 심었다. 그 같은 옆집 칼국수 파는 가게는 열흘 전부터 자주 꽃이 하나둘 피기 시작하는 일일초를 심어 놨다. 해마다 사용했을 파란 색 바랜 플라스틱 화분이 정겹다. 미장원집 사장님은 고추 농사를 화분으로 짓고 좋아하는 다육이를 해 따라 다니며 일광욕시킨다. 대문 앞에 차를 세우지 말라는 소방서 차량은 하루가 멀다하고 방송 틀며 지나간다. 나는 언제부터 화분을 내놓았다. 적어도 여기는 차를 세우지 말아 달라는 부탁이다. 며칠 전 누군가 화분을 깨고 가 버렸다. 속상한 마음에 2개 더 내놓고 화분을 한 뼘 더 앞으로 내놓았다. 비 오는 토요일 아침, 향나무 담벼락 뒤로 호미질 소리가 들린다. 거세지기 전 풀을 매려는 뜻인지, 비 뭐 그닥 안 올 것 같다는 의중이신지……

무화과가 익었다. 잎이 가랑가랑 나와 굵직한 줄기에서 새끼 밤톨만하게 따라 나오던 무화과가. '얘봐, 얘봐…… 이…… 시절, 읊써.' 혼자 벼락 중얼거렸다. 며칠 전 한 번 따 먹고 빗소리에 심란하여 나가봤더니 푹 익어 있다. 거참, 엄청 많이 열렸다. 작년, 어찌나 무성한지 여기저기 쳐줬더니 그래서 열매가 이리 실한가, 하며 따온다. 열매일 뿐 무화과는 꽃이 없다고 하지만 난 굳이 숨어 핀 꽃이라고 말하고 싶다. 빗소리를 듣는다. 문득 집어 든 박완서의 책『노란 집』위로 시금텁텁 이태리 배 모양을 한 마른 잎 하나가 툭 떨어진다. 씨익, 뭐든 다 좋구나. 어제 풀 뽑은 마당 블록으로 시원하게 비가 떨어진다.

'그대 보내고 아주 지는 별빛 바라볼 때…… 이제 우리 다시는 사랑으로 세상에 오지 말기.' 광석의 노래가 적시한 낱말들은 귀를 통해 오지 않고 가슴에 와 박힌다. '미워져'라는 시어는 '사랑이 아니었음을'로 이어지지만, 그것의 한쪽도 같은 말이다. '바보!' 한다고 진짜 아니듯.

맨드라미 커 나길 기다리다 지쳐 하나씩 토분에 정식했다. 집이 있어야 이들도 맘껏 클 것이다. 풍선초는 초록 타일을 타고 올라가도록 한 놈만 남기고 서쪽 담 밑으로 옮겨 크리스마스 때 리스로 만들 상큼한 계획도 세웠다. 요즘 하나씩 피어난 화분 속 장미들 덕분에 계단 오르기가 행복하다. 비가 자주 와주니 정원 일을 하기 좋다.

무진에 명산물이 없는 게 아니다. 나는 그것이 무엇인지 알고 있다. 그것은 안개다.

.

.

.

.

덜컹거리며 달리는 버스 속에서 나는 어디쯤에선가, 길가에 세워진 하얀 팻말을 보았다. 거기에는 선명한 검은 글씨로 '당신은 무진읍을 떠나고 있습니다. '안녕히 가십시오'라고. 썩어 있었다.

— 김승옥, 『무진기행』 중에서

덜컹거리는 버스를 타고 무진으로 왔던 주인공 '나'가 얼마 후 다시 덜컹거리며 무진읍을 나가는 버스를 탔다. 어느 여름밤, 수많은 비단조개 껍데기가 한꺼번에 맞부딪힐 때 나는 소리 같은 개구리 울음소리가 마치 수없이 많은 별로 보인다고 속삭이던 '나'는 전보를 받고 무진을 나갔다. 안개 속을 빠져나간 것이다. 무진서 만난 인숙을 옛날의 자신으로 착각했던 '나'는 그것이 사랑인 줄 알았다. 그러므로 사랑은 그의 언어로 바꾸면 '안개 속에서 자신을 만나기'이고 '자신을 햇볕 속으로 끌어 놓기' 위하여 들이는 노력이다. 주인공 '나'는 안개에서 나오기가 무섭게 심한 부끄러움을 느꼈다.

새벽미사 다녀오면서 태양당 앞에 사는 고양이 녀석을 깨워봤다. 혹시 저 가게 문이 올라갈 때가 기상시간인가? 시계방 주인은 아직 안 나왔고 옆 가게 튀김 소보로 빵집은 형제님이 준비 중이다. 녀석과 대화를 마치고 몇 걸음 걸으니 튀김 가게 안주인께서 자전거 페달을 열심히 밟으며 지나간다. 저녁 무렵이면 가게 안에 TV를 쳐다보며 제자리걸음으로 헬스클럽 못지않은 운동을 하던 분이다. 여전히 민소매에 근육이 풍성한 그분. 태양당 고양이 녀석은 순하지만, 운동이 필요해 보였다. 절대 안 움직이는 걸 선택한 건 아닐까? 필경사 바틀비처럼. 전국에서 1등이 11번 나왔다는 로또명당집 근처는 일요일에도 바쁜 도로 건설 일꾼 두 명이 지나다니고, 그 밖의 가게들은 모두 닫은 상태다. 맞은편 은행 옆 꽃집 스피커에서는 라디오방송이 한창이다. 변함없이 생선전 입구 과일 파는 상인은 참외며 복숭아 등을 정신없이 내놓고 있다. 잠이 덜 깨 유난히 졸리던 오늘 대녀 임마누엘라가 강론시간에 꾸벅꾸벅 졸고 그 하품이 이어져 집 가는 중에도 늘어지게 졸리다. 누군가라도 만나면 일요일 아침 커피 마시고 싶은, 하지만 벌써 무덥고 무더운 날이다.

새벽 배를 탔는가 싶었는데 어머니를 만나니 벌써 매미가 시끄럽다. 날이 엄청 좋고 하늘이 높푸르니 진심 가을인 갑다. 오늘 어머니의 반찬은 우뭇가 사리에 조갯살을 넣고 살짝 볶은 묵무침과 대수리와 맑은 양파 들어간 김치 볶음이다. 애기 들깻잎을 넣고 간장 무침 해 놓은 게 짜다, 안 짜다 언니랑 옥신각신. 열무김치 때문에 다이어트고 뭐고 강낭콩 밥 두 그릇이나 먹고 학교나 가본다고 나섰다. 정문 계단은 풀숲에 막혔고 동네용 경운기가 얼마나 오랫동안 써먹질 못하고 묶여있는지 오도 가도 못한다. 반 이상은 쓰러지고 없는 옛날 교회자리를 지나 승길네 집을 쳐다보니 속상함 반 그리움 반, 괜히 능소화만 봤다. 승길네는 아예 대나무가 무성해 집이 있었는가도 모르게 파묻혔다. 아버지는 생전에 저 자리에서 능소화 곱게 피던 여름 배시시 웃으며 사진을 찍었었다.

학교는 매미 차지다. 학교가 개인에게 넘어가고 요즘은 관리인처럼 누군가 내려와 지내고 있다 하더니, 웬 남자 하나가 웃통을 벗고 저쪽에 나타난다. 미안하게도 이제는 사유지다. 안녕하시냐고 내 쪽에서 인사를 먼저 건네고, 학교가 그리워 사진 몇 장 찍는다며 아랫집 딸이라 소개했다. 들었는지 그렇잖아도 아버지 제사라 가족들이 온다고 했다면서 여기저기 소개한다. 교실과 선생님들 방을 고쳤는데 참, 정말 작았구나, 하는 생각이 들었다. 운동장 풀도 깎고. 여기저기 파스텔 페인트를 발라 제법 다듬어졌다. 운동장 북쪽에 위치한 바다가 보이는 벤치에 올라 바다를 보고 매미가 정신없이 울어대는 벚나무를 둘러봤다. 참 추억이 많은 자리다. 에서 밤별을 보던 날들을 아는가, 당신? 하고 묻고 싶었다.

교실은 고쳐지고 있고 남은 의자 하나가 덩그마니 쳐다본다. 유년의 시간이 푸드득 날아가는 순간이다. 여름밤, 교실에 설치된 흑백 TV에서 남북한 군인들이 싸우던 '전우' 드라마를 보던 기억이 휘릭 났다 사라진다. 학교에서 내려와 다시 승길네서 앞 섬, 소도를 쳐나보니 마치 우리 섬인 양 가까이

와 있다. 어머니는 우리 섬이 삼태미('삼태기'의 방언) 모양을 하고 앉아 있는 형국인디 요즘 새로 집을 산 사람이 언덕을 일구며 파놓아 맥이 끊긴 건 아닌지 모르겠다며 걱정이었다. 내 친구 명화네가 아예 집을 팔았기 때문이다. 아, 이 녀석은 어디 가서 유년의 기억을 되새길까, 고향을 찾을까, 생각하다 돌아온다. 집 앞에는 자식을 색색이 거느린 노란 고양이 녀석이 지키고 있다가 웬 여자에게 자리를 뺏기기라도 한 듯 으르렁거린다. "임마, 여긴 내 땅이야, 원래!"

아버지께 술 한 잔 올리고 별구경 나왔다. 건너 안면도에 듬성듬성 켜진 불빛은 바다로 들어가고 꽃동산 바다가 끝나는 곳으로 어제 못 본 달이 나왔다. 못 봤으니 칠석·입추 다 무효다.

홍성 오관리 쪽방골목(옛 저자거리)이 역사 속으로 사라졌다. 2017년 마지막으로 만났던 골목은 스산했다. 모두가 떠나고 마지막 거주자였던 할머니를 본 것도 그때였다. 할머니는 오랜 거주자도 아니었다. 골목이 퇴락의 길로 접어들고 쪽방을 다시 채워나간 분들은 홀로노인이나 생활이 꽤 힘들었던 사람들이었다. 근처에서 장사했거나 그곳에서 밥을 사 먹었다던 분들의 중언으로는 이곳은 5개의 큰 관청이 있어 '오관리'라 불렸고, 관청을 찾아온 많은 고객이 드나들던 곳이었다. 1960~1970년대에도 군청의 일이나 세무, 법원 일을 보고자 하는 사람들이 여기 와서 손님들을 만났고, 저녁때까지 막걸리를 마시며 업무를 수행하기 위한 절차나 정보를 얻어내기도 했다고 한다. 젓가락을 두드리며 육자배기를 불렀고 어느 틈엔가 화투꾼들도 모였으며 밥집과 술집을 이어주는 골목은 다락방마다 집에 못 간 사람들이 들어차기도 했다. 가겟방의 식구들이 기거했을 법한 자그마한 다락방이 쪽방마다 비밀스럽게 만들어져 있었다. 누군가 보았을 '공주대학교' 학보가 그 다락방에서 발견됐고 어느 집 장옥엔 부엌문 뒤로 그해 먹을 생선 나부랭이를 엮어 매놓고 그냥 떠난 흔적도 있었다. 그리고 누군가로부터 받았을 꽃다발도 구슬

피 걸려있었다. 그곳은 이제 역사 속으로 사라졌다. 오후 뜨거운 해를 피하지 못하고 땀 흘리며 걸어오다가 공사 중 천막이 잠시 걷힌 이 자리를 쳐다보다가 한 컷 찍었다. 얼마나 많은 사람의 기억이 있던 장소란 말인가? 이로써 또, 홍성읍은 1900년대의 건물과 골목과 기억을 한차례 지우게 되는 것이다. 지우고 다시 짓는다 한들 무에 새삼스러우랴.

안개 냄새에 색깔이 있다면 그것은 하얀색이 아니라 초록색일 것이다. 옆의 설계실 블라인드를 소리 나지 않게 올린다. 좌우로 넓게 퍼진 남향 창 가득히 안개가흐르고 있다. 가운뎃마당에 있는 큰 계수나무가 안개 속에 가라앉고, 안개 속에떠 있다. 선생님은 이런 숲속을 산책하는 걸까. 길을 잃지는 않으실까.

— 마쓰이에 마사시, 『여름은 오래 그곳에 남아』 중에서

여름에 이 책을 사고 여름을 다 보냈다. 오늘은 우리 집 마당 가득 빗소리모여 책상 앞문 열어 놓고 앉아 있고 싶었다. 책 펴들자 안개 얘기 정신없더니 안개 냄새를 맡아보는 몸짓이라니, 그 냄새는 분명 초록색이라고 굳이 알려주는 소설의 앞자락이라니. 쿵쿵 밖에선 귀뚜라미 담을 넘고 어디서 거기서 뭐라대, 뭐라대? 후다닥 뛰쳐나가고 싶은 밤, 그러니까 여름은 아직 거기오래 남은 거지?

가을장마를 마치고 해가 바짝 났다. 이제 진정 가을이다. 빨래 마르기 좋은 바람이 불어 무명 홑이불을 헹궈 빨았다. 따끈따끈 무화과가 익는다. 게스트하우스 《현옥》에 그레타 책방 민지 선생님이 모카 선생님과 초등 2학년 주한이를 데리고 방문했다. 민지 선생님은 빈티지 여행용 꽃무늬 가방을 들고 왔는데 그 안에 인형극 도구가 들어 있었다. 오자마자 우쿨렐레 반주에 맞춰 나 혼자만을 위한 특별 인형극 공연을 했다. 본인의 책을 인형극

으로 소화하다니 깜짝 놀랐다. 게다가 영어 스토리텔링 전문가였다. 식사를 못 했다고 하여 급하게 김치찌개를 했다. 밤늦도록 여행 이야기 더블린 이야기, 사람과 인연, 그릇과 인형 등 할 얘기가 너무 많았다. 민지 선생님의 티벳 부처님 토굴 이야기는 상상 속 그윽함을 자아냈다. 이야기는 밤을 넘어 아침 모닝커피를 마시며 계속됐다. 살아가는 이야기는 어디서나 우리들의 이야기 소재로 등장했다. 떠나기 전, 투르게네프의 『첫사랑』 필사 노트에 주한이도 한 줄 적고 엄마도 썼다. 손님 보내고 여름 한 계절 보낸 바질 꽃밭에 주저앉아 윗잎을 모조리 땄다. 찬물에 몇 번 가냘픈 잎들 씻어 햇볕에 말렸다.

그동안 속 끓이며 써왔던 책이 나왔다. 그러나 마음껏 무겁다. 누군가가 전해준 기쁜 소식이 또 누군가에게 전해지고, 누군가가 그 때문에 죽임을 당하고, 또 누군가가 그 죽음을 잇고 누군가가 다시 그 복음을 알리고 또 받아 전하고, 누군가가 공소에 모이라고 전하고 또 누군가가 공소 집을 짓고, 누군가가 공소에서 성당을 짓고 또 누군가가 허물고 또 새로운 성전을 짓고, 누군가가 그 소식을 전하고 또 누군가가 거기 모이고 누군가가 사라지고 또 태어난다. 이것이 홍주 지역의 구세사이고 누군가의 구세사이고 또 누군가의 구세사가 될 것이다.

캐어 말렸던 수선화를 한쪽씩 흙에 꽂았다. 겉에 다시 흙을 얹어 준 후 한쪽으로는 보라색 무스카리를 옮겨 심었다. 곁에는 흑종초 몇 개 옮기고, 그간 자라난 잡초도 뽑아줬다. 우단동자와 붉은 톱풀 옮겨 심은 곳에 겨울 풀들이 제법 났기 때문이다. 이미 땅속에 견디고 있는 수선화야 잘 자라겠지만, 이번에 하나씩 편꽂이하는 놈들도 잘 자라 꽃이 폈으면 좋겠다. 옮긴 애들 꽃 못 보는 경우도 있어서 말이다. 늦둥이 맨드라미를 토분에 하나씩 옮겨 심을 때는 무럭무럭 잘 클 것이다 여겼는데, 막상 더위에 잘 못 견디고 잎사귀를 먹어대는 벌레 때문에 그냥 고사하나 싶었다. 요즘 며칠 낮 햇살이 따갑더니만 속에서 닭벼슬을 조금씩 끌어 내밀고 있다. 게다가 잎들은 노란색으로 가장자리는 붉게 물들어 얼마나 예쁜지 모른다. 토분에 심어 하루에 한 번 물을 줘야 하지만 그것도 애정공세로 여기고 적극 퍼붓고 있다. 내년 봄, 일찍 올라올 무스카리와 수선화를 기다리는 기분. 정원의 꽃들은 그것들을 시작으로 5월까지는 정말 황홀 기간이다. 이제는 옮겨 놓은 놈들이 잘 살아가기를 기도하는 시간이다.

전주 서학동 한숙 작가가 아들 학동이를 데리고 올라왔다. 스스로 만든 꽃무늬 덧치마를 나폴나폴 입고 말이다. 우리는 서해로 나갔다. 가끔 불어오는 바람 사이로 파도가 일렁였다. 들물이었다. 학동이는 파도가 들이칠 때 까르르 웃었다. 내가 자주 가는 공방 카페에 들러 꽃분홍 꽃연두, 가지각색 램스울도 한 바구니 사 들고 짬짬이 이야기도 나눴다. 뭣이든지 나누고 보면 기운도 나고 기쁜 것이다. 자주 보고 살 일이다.

다 늦게 주워다 놓고는 아주 깜박했다. 곁을 지날 때마다 문을 열고 오갈 때마다 어라, 우리 집에 이상한 향이 난다? 어라, 어라? 거 참 신기하네, 오렌지 같기도 하고 매실청 시구레하기도 하고 뭐여? 문간에 봉지째 들어 있던 탱자 고놈들. 솜털 간질간질 노란헌 것도 아니고 누런 것도 아닌 것이 모습은 참 보잘것없어 보여도 가슴 속 깊이 배긴 향 하나는 남부럽지 않은 공맹도 부러울 일 없는, 탱자 한가득.

서점에서 나는 늘 급진파다. 우선 소유하고 본다. 정류장에 나와 포장지를 끄르고 전차에 올라 첫 페이지를 읽어보는 맛, 전찻길이 멀수록 복되다. 집에 갖다 한 번 그들 사이에 던져버리는 날은 그제는 잠이나 오지 않는 날 밤에야 그의 존재를 깨닫는 심히 박정한 주인이 된다.

이태준『무서록』61쪽의 글이다. 뭐라니, '급진적 소유'? 나도 매 한 가지다. 범우사의 다른 새 책은 혜영에게 선물로 주고 굳이 이 바둑판무늬의 헌책이 좋다고 주인의 소장품을 팔라 강권하여 갖고 왔다. 그야말로 주인이 읽던 것을 강탈하다시피 사 온『무서록』표지를 보라. 요즘 내가 심취해 있는 코바늘 뜨기 네모 모티브와 너무도 닮았지 않은가? 이태준의 책에 대한 애정을 보니 '고서점에서 먼지를 털고 겨드랑이 땀내 같은 것을 풍기는 것들은 자못 미망인다운 함축미인 것이다'는 표현도 있다, 참.

어머니가 오는 날은 이층으로 간다. 코바늘 바둑판무늬 색깔을 맞추다가 그냥 두고 낮잠 자려고 슬그머니 올라왔다. 무던한 무화과는 잘 자라고 있고 내려가는 햇빛이 어정거려 눈 감기 조금 싫다. 詩(시) 같은 거 읽지 않아도 이 모든 게 詩 같다. 어머니는 소리 내어 내 책을 읽고 있었다.

분명 서리가 왔으므로 담 곁에 기대어 살던 풍선초는 들여와야 했다. 낮간지럽던 햇빛도 입동이 지난 마당에 곧 시들어질 것이고 잘라다가 크리스마스 리스를 만들었다. 올해로 두 번째 심어서 리스 만들었으니 성공이다. 요 녀석, 당분간 연둣빛 청년.

가톨릭 성당에서 신부와 신자들이 번갈아 올리는 기도를
귀 기울여 들을 것.
축구장에서 외쳐 대는 응원 소리와 야유 소리를 귀 기울여 들을 것.
데모하는 군중들의 구호 소리를 귀 기울여 들을 것.
안장이 땅을 향해 거꾸로 세워진 자전거에서 돌아가는 바큇살이 조용해질 때까지 그 소리를 귀 기울여 듣고, 멈추어 설 때까지 바큇살을 자세히 관찰할 것.
콘크리트 믹서 엔진을 켜고 점점 커지는 소리를 귀 기울여 들을 것.
논쟁 때 오고 가는 말들을 귀 기울여 들을 것.

롤링 스톤즈가 부르는 〈텔미〉란 노래를 귀 기울여 들을 것.

— 페터 한트케, 『관객 모독』 중에서

책의 처음 '배우를 위한 규칙들'이라는 소제목은 이렇게 시작되었다. 거기서 잠시 멈춰 롤링 스톤즈를 소리 내어 말해보고 〈텔미〉는 어떤 노랜지 들어봤다. 다시 집중해서 듣다가 1964년 당시 쇼프로그램에 나온 영상도 살펴들었다. 그러다가 그들의 노래 여러 곡을 더 들었다. 비틀즈를 대적했던 영국의 록그룹이었다. 노벨상을 거머쥔 독일문학의 거장 페터 한트케의 1966년 희곡 『관객모독』은 롤링 스톤즈의 노래를 귀 기울여 들어보라 권하거나 또는 지시하고 있었다. 뒤를 이어 더 읽자면 듣다가 '자세히 관찰할 것'으로 바꾸어 명령한다. 모독하기보다는 오독할 지도 모르겠다.

이층으로 가는 계단에서 바람이 숭숭 불어와 바람막이 블랭킷을 만드는 데 네모 모티브 220개가 동원됐다. 꿰매기가 서툴러 버려졌던 놈들까지도 이어 어쨌거나 바람 커튼 목적으로 간신히 완성했다. 보더는 언감생심, 모티브를 꿰매주기도 벅찼다. 더 규격이 잘 맞는 놈들은 '빨초'와 '블루' 블랭킷에 사용한다고 남기고 대략 못난 놈들을 갖다가 이어댔다. 헌데 우스운 건 이래도 색감은 곱다는 것. 이젠 바람, 아주, 가시기 바람.

어머니는 일찌감치 상갓집 가시고 언니와 둘이 바닷가에 나가 절인 배추를 씻었다. 아니 그건 내 담당이었다. 나중에 꾀가 나서 바다에 배추포기를 띄워 놓고 건져가며 씻었다. 뭐 이거 신선놀음이구나 하는 새 배추 떠나갈 뻔했다. 쭈꾸미 낚싯배가 통통통 지나가면 파도가 거칠게 쳤기 때문이다.

모든 인연이란 슬픔과의 인연이라고 그는 말했다.

— 제임스 조이스, 『더블린 사람들』 중에서

그럼에도 불구하고 니체는 어떠한 운명도 맞서라고 촉구한다. 역경이거나 슬픔으로거나 사랑하라고 가르친다, 아모르 파티.

장장 557쪽의 분량『무정』이 낭독되었다. M은 막판에 누워서 읽었다. 책이 끝났다고 하이파이브 세 번을 치고 '목련꽃 그늘 아래서'로 시작되는 소프라노 백남옥의 〈사월의 노래〉를 들었다.『젊은 베르테르의 슬픔』은 분량이『무정』의 삼분의 일 정도밖에 안 된다는 기쁜 소식과 어쨌든 하루하루 조금씩만 낭독하자는 게 M에게 위안이 되려는지. 1917년 일제강점기의 조선에서 다시 서쪽 독일의 1774년으로 돌아간다는 시공간적 이동이 있으나 여전히 '사랑'이 주제다. '인격적 사랑'으로는 턱없이 부족한 자신들의 애정관을 깨닫는 데 수많은 글자와 페이지가 필요했다면 괴테의 젊은 청년 베르테르는 이루어질 수 없는 사랑에 목숨을 바치는 강하지만 허무한 서사를 편지로 남긴다. 결과적으로는 참 덧없는 사랑이로되 피 끓는 청춘의 욕망을 숨기지 않음은 또 얼마나 솔직한가. 첫사랑의 풋풋함으로 말하자면 러시아의 투르게네프만 하랴만, 거기에 '슬픔'을 격조 높게 집어넣은 것이야말로 마냥 아픈 사랑을 하는 이들에겐 '내 이야기'가 될 수밖에 없겠다. 집 햇볕이 잘 드는 꽃밭에선 오늘 수선화가 폈다. M이 간 후 또 다른 헥사곤 블랭킷을 시작했다.

시내에서 걸어서 한 시간쯤 걸리는 곳에 발하임이라 부르는 마을이 있다. 경사진 언덕에 면해서 자리 잡고 있는 그 위치가 아주 재미있거든, 그 마을을 빠져나와서 오솔길을 따라 위쪽으로 올라가면, 갑자기 골짜기 전체가 한눈에 훤히 내려다보인다. 나이에 비해서 쾌활하고 친절하고 애교 있는 주막집 아주머니가 포도주와 맥주와 커피를 따라준다. 그러나 그중에서 무엇보다 뛰어난 것은, 거기 있는 두 그루의 보리수이다. 나는 주모에게 그곳에 작은 식탁과 의자를 내놓아 달라고 부탁한 다음, 거기서 커피를 마시며 내가 좋아하는 호메로스를 읽는다.
— 괴테, 『젊은 베르테르의 슬픔』 중에서

보리수나무 그늘 아래서 호메로스를 읽는 베르테르, 근데, 〈사월의 노래〉 가사는 '목련꽃 그늘 아래서 베르텔의 편지를 읽노라'다. 뭔가 비슷하면서 이 책을 읽어보지 않고는 이러한 노랫말을 이해할 수 없겠구나. 오늘은 책의 절반을 정리하고 알베르트와 베르테르의 토론내용에 이어, 이 보리수나무 근처에서 알베르트와 롯데와 산책하며 이별을 고하는 장면까지 다시 읽었다. 달을 바라보며 "우리가 다시 만날 수 있을까"를 물어보는 롯데를 향해 "우리는 다시 만나게 될 것입니다. 우리는 어떤 모습이 된다 해도 서로 알아볼 것입니다"를 말하며 맘껏 우는 베르테르의 모습까지 제1권이 끝났다. 씩씩거리며 읽었던 느낌을 지우고 오늘 다시 읽은 책은 오로지 주인공 베르테르의 심정이 되어 안타깝고 우울했다. 아직까지도 젠틀한 알베르트와 같은 시각과 사관에서 나아가지 못했지만, 주인공을 '격정이 몰아쳐 판단력을 잃은 술주정뱅이'로 보고야 말 그야말로 사랑의 열병에 빠져 헤어날 수 없는 병중의 환자로 끝까지 그렇게만 볼 일도 아니라는 것. 끝까지 베르테르의 입장에서 이야기를 들어주고 싶다는 것 때문이었다. 베르테르는 롯테와의 첫 만남 때 본 롯테의 가슴에 달렸던 연분홍 리본을 갖고 싶어했다. 영화 〈마농의 샘〉에서 마농의 옷자락을 심장 근처에 꿰매어 다녔던 남자가 떠올랐다. 이름도 생각나지 않지만 선연했던 열병이 기억난다. 첫 수선화를 꺾었다.

밖으로 나와 보니 우리 집 앵두나무가 활짝 피어 담장 밖으로 뛰쳐나가고 있다. 학교 가는 길이라 여고생들의 시끌벅적한 소리가 들릴 법도 한데, 코로나로 발길이 끊긴 지 꽤 되었다. 골목을 지나는 이가 더러더러 있지만 봄이라기에는 믿기지 않는 폼새다. 개천가 산책로를 기도하면서 한 바퀴 돌고 홍성 천에 한가롭게 노니는 원앙들을 관찰하다가 사과, 오이, 장봐가지고 다시 집 마당에 들어섰다. 밖으로 내놨던 대형화분을 들여놓고 꽃대를 올리고 있는 무스카리와 월동하느라 고생한 우단동자 화분만 남겨놓고 물을 한 양동이나 부어주었다. 날은 건조하여 바람결에 편지 같은 건 보내고 싶지 않은 오후다. 집에 머물라는 정부의 권고대로 자진 격리를 하다 보니 요령이 생긴다. 산책 후 내게 선물하는 가래떡 한 줄과 오이 하나, 사과 한 알. 나를 위해 간식을 사 오며 조금 멋쩍었지만, 긴 나날 정신과 육체의 건강을 위해 꾀를 낸 것이다. 책도 읽고 글도 쓰고 시험공부도 하고 보이스톡을 사용해 미네소타의 소화데레사와 공부 얘기도 나누고 강의준비도 한다. 틈내어 풀도 뽑고 고양이와 대화도 나누고. 새로운 일상은 없지만 이런 것이 곧 올 삶에 저축이 되리라고. 간간이 지나며 나보다 더 어려운 이웃을 위해 화살기도와 짧은 희생도 바친다. 어려울수록 이해하려는 태도를 가져야 한다고, 가끔 이해할 수 없는 일들을 마주하게 될 땐 나를 달래본다. 오후인데, 봄이다. 견디어 나가는 시기, 우리들의 사순절.

'타히티 여인'으로 유명한 폴 고갱을 모티브로 썼다는 서머싯 몸의 『달과 육 펜스』에 꽂혀 책방에 간 김에 고갱 관련 책도 여벌로 그리고 주인의 권유로『인생의 베일』도 묶어 가져왔다. 첫 장부터 단테의『신곡』〈연옥편〉끝부분에 영감을 얻었다면서 셸리의 시구를 이렇게 옮겨 났다.

"오색의 베일, 살아 있는 자들은 그것을 인생이라고 부른다."
— 퍼시 비시 셸리

『달과 육 펜스』는 오늘 아침 뜨개질하며 귀로 들었다. M과 하고 있는 낭독은『젊은 베르테르의 슬픔』에 이어『주홍 글씨』가 시작됐다.

뜰 안의 엄나무 순을 땄다.『스칼렛 레터』를 덮고 밖으로 나온 즈음에 말이다. 어제 새벽 언니가 주고 간 표고버섯을 넣고 푸르르 끓인 된장국 옆에, 모두 기쁜 그러나 조용한 부활, 예수 부활하셨도다 알렐루야. 성당에서 미사가 봉헌되지 않았다.

예전만치는 아니다. 꽃을 가꾸는 열정이 나이에 반비례하는가. 늦게 실내 정원 안에서 화분을 꺼내놓았다. 겨울 동안 이겨내고 또 꽃피우는 녀석들은 어제저녁 살랑거리는 바람을 듬뿍 즐겼으리라. 오전에는 화단 이곳저곳을 호미로 긁적거려줬다. 비 오면 더욱 성장하라고. 마당 블록과 블록 틈새로 난 풀들은 길쭉한 후크를 이용해 뽑아냈다. 하지만 뽑아낸 풀들을 정리할 만큼 정원 열정이 뿜어나진 않았다. 보기 싫지만, 그냥 뒀다. 정원 가꾸기에는 도구뿐만 아니라 열정도 필요하다. 라일락이 피려다 망설이고 있다. 어제 화분 여러 곳에 맨드라미와 천일홍 씨앗을 뿌렸고 물도 흠뻑 줬다. 이른 아침엔 동쪽 앵두나무 아래에 어제 홍성장에서 사 온 트레비스 묘목 네 개를 옮겨 심었다. 예전 같으면 꼭두새벽에 일어나 정원 가꾸느라 땀 흘릴 텐데. 그리고 돌들을 주워다가 정원 틀을 만들고 흙을 모두고 나무시장에 나가 갖가지 나무를 사다가 심었을 텐데, 요즘은 여기까지다. 힘에 부치는 일은 많이 못 하고 있다. 바깥 수도꼭지를 교체하려고 먹었던 마음은 또 접는다. 사다 둔 걸 못 하는 수가 여러 번. 조금 천천히 그리고 보기 싫은 것도 그대로 지켜 보는 여유를 부려본다. 대신, 아침저녁으로 소설 『스토너』를 읽었다. 윌리엄 스토너, 농사짓는 법을 배워오라고 대학엘 보냈더니 영문과로 전향하여 석·박사까지 하고 사십여 년 동안 평교수를 지냈다. 끊임없는 연구와 책에 대한 열중이 그를 살게 했고 늦게 몰아닥쳤던 사랑이 삶의 산소가 되었지만 이도 저도 탁월하게 끌고 나갈 배짱도 없던 그는 육십몇 세에 학교를 그만둘 수밖에 없었다. 암이었고 받아들였다. 죽음 앞에서 그는 물었다. 처절하게 그리고 지독하게 생을 열심히 살았던 그, 질문도 그리 단순하고 압축될 수 있었을까? "넌, 무엇을 기대했나?" 책을 끝냈고 쓸쓸했다. 그러게, 나도 말이지 뭘 기대했는지 그냥, 이렇게 흘러 왔을 뿐.

라일락 꺾어다가 — 어맛, 무화과는 잎과 함께 열매가

라일락 꺾어다가 성모님께 드리고 우산 쓰고 수선화 진 곳에 패랭이 묘목을 옮겼다. 꽃도 필 생각 없는 무화과가 열매를 주렁주렁 맺었다. 세상에, 지난 가을 맺히다 끝내 이루지 못한 한을 푸는 건가? 무화과 잎들은 가녀리게 뻗어낸 가지 끝에서 연두색 손을 뻗어 펴고 비에 흔들거린다. 오늘 같은 날은 무슨 노래가 필요할까 하는 것처럼. 보라 무스카리는 더욱 진해졌다. 자세히 보면 조롱조롱 수없이 많은 종을 매달았다. 모두 겸손하게 아래를 보고 있다. 밤새도록 비가 올까 봐 풍선초 씨앗을 더 뿌렸다. 꽃씨가 발아하기 좋은 비, 그득그득 와라. 트레비스를 심고 천일홍 씨앗을 뿌린 동쪽 처마 아래에 비가 많이 떨어져서 양동이 하나 갖다 둔다. 빗물 받아뒀다가 뿌려주려고. 가끔 차들이 흥건한 물을 치고 나가는 소리가 들리고 멀리 기차가 홍성

역을 떠나는 소리도 들려온다. 철없는 새들이 다 저녁에 집에 가다가 떠드는 소리도 나고 떨그덕떨그덕 창문이 흔들거리는 소리까지, 바람은 비를 만나 신이 났나 보다. 패랭이가 피면 섬에 물고기 엄청 잡히겠지? 아마도 고래는 오지도 않겠지만.

어서 와, 쑥 부침개는 처음이지?

먹을 게 없다는 게 믿어지기나 한가? 밥 말고 뭐가 있나 찾아보다가 앵두나무 아래 포실하게 난 쑥 한 모둠이 떠올랐다. 쑥 중에 냉큼 뜯고 싶은 놈들은 솜털이 보송하고 통통한 줄기를 갖춘 것이라 내심 눈여겨보던 중이었다. 한주먹 갖고 들어와 부침가루에 감자전분을 한 수저 끼얹어 쑥을 아주 총총 썰어 넣고 반죽했다. 와, 향 참 좋다. 쑥 개떡을 먹고 난 느낌이다. 이젠 별걸 다 해 먹네. 치즈 벼락같이 들어간 피자 대신이다.

발단은 바람과 싸워가며 아오스딩과 부엽토를 가져오고부터다. 선산을 내려오는데 전에는 과수원이었다가 보리밭으로 바뀐 언덕 주변에 말냉이가 퍼져있었다. 씨를 맺은 동그라미들을 똑똑 떼어 달랑거리면 재미있는 소리가 나는 말냉이. 꺾다 보면 가끔 벌레가 따라오기도 하고 손에서는 말냉이만의 조금 고약한 냄새가 난다. 그러나 안개꽃보다 더 멋진 연두색 드라이플라워가 된다. 정신없이 꺾다 보니 오른쪽 검지 근처에 풀물이 들었다. 많이 꺾어 커피집 동지들에게 나눠줬더니 역시나 말냉이에 환호했다. 마당에 모란 향이 가득하다. 귀티 나는 보라 꽃 모란은 집집마다 부귀의 상징이었다. 아오스딩은 꽃 앞에서 영랑의 시를 읊었다. 나는 가끔 안치환의 거친 음성으로 부르는 '모란이 피기까지' 하던 노래와 이제하 곡 '모란 동백'이 떠오른다. 둘 다 좋지만 둘 다 찬연하다. 꽃 몇 대를 꺾어 선물로 보냈다.

골목을 탐하다 보면 집집마다 심어놓은 소박한 정원이 들어온다. 밭이 있다면 금상첨화겠으나 흙이 부족한 도시인들의 텃밭, 또는 정원 말이다. 입장은 나도 마찬가지여서 마당은 넓지만 늘 흙이 부족하다. 초등학교 앞에서 화분가게를 하는 아네스 언니네 가서 대형화분 네 개를 구입해 왔다. 상토를 충분히 넣고 꽃을 심으면 부족한 텃밭이 조금 보충되리라. 어린 왕자집에서 접시꽃과 붉은 베르가못을 얻어왔다. 나는 상록 패랭이와 무스카리, 무화과를 나눴다. 앵두나무 근처에는 부추와 대파를 심고 새 화분에는 접시꽃과 트레비스, 치커리를 합식했다. 거창해 보이지만 소꿉놀이다. 여름에 피어날 베르가못을 상상하며 타샤 튜더의 여름정원을 들췄다.

나의 의견으로는, 예술에서 가장 흥미로운 부분은 예술가의 개성이 아닐까 한다. 개성이 특이하다면 나는 천 가지 결점도 기꺼이 다 용서해 주고 싶다. 나는 벨라스케스를 엘 그레코보다 훌륭한 화가로 보지만 그는 너무 인습적이어서 칭찬하려면 맥이 빠진다. 그에 비해 관능적이고 비극적인 저 그리스인은 제 영혼의 비밀을 마치 산 제물을 바치듯 우리에게 바치고 있다. 화가이든 시인이든 음악가이든, 예술가는 숭엄하고 아름다운 자신의 장식물로써 우리의 심미감을 만족시켜 준다. 하지만 심미감이란 성 본능과 비슷해서 일종의 야만성을 띠게 마련이다. 예술가는 그러한 점에서도 대단한 재능을 보여준다.

—『달과 육 펜스』, p.8, 민음사, 송무 옮김

주인공 찰스 스트릭랜드에 대한 화자의 특별한 감정은 이렇게 쓰이고 있다. 『달과 육 펜스』에서 예술가에게 특이한 개성이 있다면 천 가지 결점 따위는 모두 용서되고 그것은 천재가 갖는 것임을 밝히고 있다. 그러니 조이스의 『젊은 예술가의 초상』에서 예술가의 기이한 행동쯤이야 뭐 다 용서될 수 있는 것이며 성적 퇴락과 기이함까지도 그 특이한 천재적 개성이 있다면야 용서된다는 것으로 읽어도 좋겠다. 스티븐은 첫 번째 성경험으로 죄의식에 사로잡혀 쩔쩔매지 않는가 말이다. 스트릭랜드를 이해하기 위해 이제 읽어가겠지만, 이해되지 않더라도 나도 그를 위대하다고 평하고 싶다. 뭐 기이한 못됨쯤이야 하고.

지난주일 이른 새벽, 장미덩굴 담장에서 복실한 꼬리를 내려놓고 앉은 고양이 손님, '살짝이'. 오늘도 꽃모종을 하려다 화들짝 놀랐다. 녀석, 또 장미덩굴 담장에 살짜쿠니 앉아서 나를 내려다본다. 맛난 것 주니까 계속 달라는 듯 현관에도 들어오고 계속 왔다 갔다 한다. 편의점에서 밥을 먹는 녀석인데 우리 집에 주일날만 온다. 참 기특허네. 천일홍과 프록스 옮겨 심고 장날 삼천 원 주고 사 온 보라 꽃봉오리 후쿠시아도 예쁜 토분에 옮겨 심고, 덴드롱 지주대 만들어주고, 실내 다육이 물 주고 묵은 잎 따줄 때까지 마냥 기다린다. 그러다 아침밥 먹고 살짝 사라진다. 녀석아, 이름을 그래서 '살짝이'라고 지웅겨. 많은 양의 비 덕분에 맨드라미와 천일홍, 풍선초 씨앗이 많이 발아해 풍성해졌다. 며칠 전 도착한 사강 책과 서머싯 몸 책을 꺼내는 아침, 비가 왔지만, 행복한 아침이다. 몇 년 전 영국 정원에 그득그득한 후쿠시아를 떠올리며 부자 된 기분, 고양이 손님과 함께하는 가드닝도 만족.

동쪽 담 가로 우거진 앵두나무에는 물앵두가 지천으로 익는다. 대문 가로 올라간 넝쿨장미가 하나씩 꽃을 피운다. 무화과나무마다 탐스런 무화과가 성숙해지고, 꽃씨는 발아하여 정신없이 커나간다. 솎아서 모종해주고 또 거름 얹어준다. 동생네 식당에서 모아다 준 계란껍데기와 커피집에서 가져온 커피 찌꺼기를 상토와 섞어 발효시킨다. 밑에는 엄청 큰 지렁이가 꿈틀댄다. 거름을 만드는 일에 푹 빠졌다. 오늘은 홍동의 세천마을 사는 형님이 상토와 거름을 샀다고 나눠줬다. 그 댁에 처음으로 들러 꽃도 얻어왔는데 사실은 눈물이 났다. 십년을 살았던 금당리 집을 떠나며 드렸던 꽃들을 잘 기르고 퍼트려서 도로 내게 준 것이다. '내가 너 돌려주고 싶었다'는 소리와 '이거 너의 집에서 얻어 온 거야' 하는 말에 가슴이 벅찼다. 한 칠 년 만에 다시 온 무늬 사철나무와 알프스 민들레, 무늬둥굴레, 층꽃. 어떠한 인연도 그냥 흘러가지 않고 이렇게 돌아오는구나. 모든 것은 그냥 맺어진 것이 아니었구나, 다 이유가 있었구나.

그러니까 기괴한 천재화가 스트릭랜드가 스트로브 부부의 간호를 받고부터 블란치 스트로브가 이상해진 것이다. 서머싯 몸의 표현에 의하면 '사랑이란 무엇에 사로잡혀 꼼짝 못 하는 상태'라고 했는데 드디어 블란치가 변했다, 그런 상태가 된 것. 거참, 변해버린 어쩌면 처음부터 스트로브를 사랑하지 않았을지도 모르는 부인 블란치를 위해 자신의 집과 부인을 포기하고 쫓겨난 스트로브는 어떤 사람인가? 그의 닭똥 같은 눈물은 집어치우더라도 결국 스트릭랜드로부터 버림을 받고 독극물을 마셔버린 블란치를 어찌 이해해야 하나? 남의 불행과 아픔이란 거들떠보지 않는 이기주의자 스트릭랜드는 알았을까? 끝까지 아무 소득도 없이 거렁뱅이 화가 스트릭랜드를 사랑하다 목숨을 버린 블란치의 머저리 같은 사랑을? 쌀쌀한 기온에 못 이겨 살짝 오른 체온 때문에 혼자 읽는 책모임. 그래도 할 건 한다.

도시재생센터의 프로그램 중 하나로 담장 꾸미기가 진행됐다. 장미 담장과 초록지붕에 반해 이 집으로 이사한 후, 담장 외벽에 그려진 그림에 대한 생각을 계속하고 있었는데 이번에 정말 원하던 흰색으로 칠하게 됐다. '골목' 하면 생각나는 이성복 시인의 '남해 금산' 중 한 구절도 한 귀퉁이에 옮겼다. 어제 아침부터 외벽 물청소를 끝내고 오늘 마무리가 되니 골목을 지나는 사람들이 알아본다. 전화하며 걷는 사람이 시를 읽어주며 통화했다. 세탁소 사장님이 늦은 출근을 하다가 시를 읽고 갔다. 미장원집 아저씨가 궁금한지 몇 번 왔다 갔다 했다. 이 골목을 지나는 사람들이 시를 읽고 가기를 바랐다. 특히나 아침 일찍 뛰어가는 홍성여고 학생들이 더욱.

비 오는 창밖 풍경이 고즈넉하다. 양동이 들고 빗물 받으러 뛰어나갔다가 맨드라미와 천일홍 옮겨줬다. 야호, 얘네들 잘 크겠구나. 토분에 며칠 전 사다 놓은 꽃 옮겨서 비 맞게 내놓고 여기저기 돌아다녔다. 어머니 집에서 꺾어다 삽목한 수국에서는 꽃이 올라온다. 장날 사 온 후쿠시아는 꽃봉오리를 엄청 맺었다. 아저씨가 "이거 가져가서 살것슈?" 하던 그 꽃말이다. 윗부분 잘라주다 아까워 흙 속에 묻어뒀던 놈들도 꽃이 왔다. 땅이 부족해 땅콩 심기가 어렵지만, 2차 땅콩 심기도 완료됐다. 틀 두둑을 하듯 긴 화분에 묵은 나뭇가지 넣고 퇴비와 상토를 섞어 밭을 만들었다. 동생네서 가져와 말린 계란 껍데기도 부수어 넣고, 커피집에서 얻어온 커피찌꺼기와 상토, 잡풀을 섞어 만드는 퇴비 속에는 이제 엄청 큰 지렁이가 산다. 쥐며느리도 밥 먹으러 무지하게 모여 있다. 조금 더 완숙되도록 기다린다. 화분에 있는 장미는 꼭 벌레들의 공격을 받곤 하는데 약을 치지 않고 없앨 방법이 없을까? 어쨌든 냄새 고약한 제라늄 이파리들을 꺾어다 덮어주기는 했는데 방법을 찾아야겠다.

이 뙤약볕에서 식물을 살릴 방법과 물을 받아뒀다가 뿌려주는 방법도 고민해야 한다.

2월, 코로나가 시작될 무렵, 서양 물봉선을 쪼개어 여러 개의 화분으로 나눴다. 꽃을 좋아하는 방문객들에게 하나씩 들려 보내고 잊어버렸는데 "프란치스카가 준 것 말이지, 요즘 너무 예쁘게 피었어" 하고 요새 연락이 온다. 나누면서 하는 도시인의 가드닝, 이럴 때 기쁘다. 우리 집에서 나눠간 무화과나무, 물봉선, 맨드라미가 계속계속 나눠지기를 또 복잡한 마음 사그라트리는 치료제 되기를 빌어본다

> 포옹은 그렇게 끝났다. 그는 실패한 포옹이라 생각했고, 그것은 사실이었다. 열정이란 저항할 수 없는 것이어야 한다. 예의범절이라든가 심사숙고라든가 그 밖에 교양이라는 이름의 각종 족쇄를 잊는 것이어야 한다. 무엇보다 그것은 통행권이 있는 곳에서 허락을 구하지 않는 것이어야 한다.
> ─ E. M. 포스터, 『전망 좋은 방』 p.156 중에서

오늘 읽은 루시의 약혼자 세실의 생각이다. 어쩌면 E. M 포스터의 생각이고. 우리는 제12장, 프레디와 조지 에머슨 그리고 비브 목사가 못가에서 수영하다가 뛰어다니는 지극히 본성적인 장면을 낭독했다. 그들이 낄낄거리듯 우리도 낄낄 깔깔거렸다. 자못, 열정은 조지 에머슨이 끼어든 장면들에서 녹아든, 그따위 예의범절이라는 족쇄를 잊은 장면에서 만나게 된다는 것. 모두, 얼른 다음을 읽어야겠다고 서둘러 돌아갔다.

어느 날부터 골목 보라매 양복점이 굳게 잠겼다. 동네 어르신 두어 명이 둘러앉아 두던 바둑 소리도 사라지고 구석 벽으로 박혀있던 늙어빠진 실타래들은 몇 개는 없고 몇 개는 빈사 상태다. 거기 지키고 날마다 커가는 것은 저

놈의 덩굴, 박자나 음정 모르는 그렇지만 씩씩한 독일 병정같이 이미 손잡이를 넘고 차고 오르는 생존 본능. "나는 남고 싶다" 외치는 집의 목소리.

> 다만 시인들이 이걸 좀 말해줬으면 좋겠어. 사랑은 몸에 속하는 일이라는 걸 말이야. 몸 전체는 아니지만, 몸에 속하는 일이라는 걸.
> —E. M. 포스터, 『전망 좋은 방』 p.288 중에서

앨리스책방 책모임은 『전망 좋은 방』 읽기를 마치고 『인도로 가는 길』을 시작했다.

가는 곳마다 꽃을 심어 본다. 어느 촌락의 담 아래 모아 핀 봉숭아며 맨드라미같이 우리 집 마당엔 천일홍이 저마다 촌스럽다. 벼슬을 달고 거드름피우며 등장하는 맨드라미 곁으로 아침부터 골목 안 여자들의 높은음이 넘어온다. 자기네 집 앞 화분이 하나 없어졌노라며 CCTV를 돌려봐야 않겠냐고, 우리 집은 화분이 몇 개인데 왜 저 집은 더 많느냐고, 꽃은 어쩌고저쩌고, 담을 넘어오는 아침 소리는 눈을 감게 만든다. 도시재생센터에서 나눠준 꽃을 가져간 사람이 있나 보다.

시공간은 앞뒤로 통하는 걸까? 쓰고 있는 원고의 역사 속 1900년대 초반 프랑스 선교사들과 홍성지역 사람들, 적어도 모두 본향으로 돌아간 이들의 역사는 요즘 읽고 있는 소설에서 겹쳐 만나진다. 다시 말해 1차 세계대전으로 흔들리던 세대들, 자전거와 오토바이가 사치스런 교통수단이던 일제강점기의 충남 사람들이 E. M. 포스터의 『인도로 가는 길』에서는 빈곤과 우울과 막돼먹은 제국과 겹쳐진다. 책을 읽다가 영화를 찾았으나 허탕치고 인도를 그려보기 위해 영화 〈시티 오브 조이〉를 봤다. 몇 번이나 본다고 틀어놓

고 가닥 없이 끄곤 했던 영화였는데 오늘은 흠뻑 취해 보았다. 고통이 많기에 기쁨도 많다는 주인공 하사리의 말과 고뇌에 찼으나 너무나 생을 진지하게 살아내는 인도인들, 그리고 같은 시기에 또 그렇게 살아냈던 충청도 사람들, 특히 서산, 덕산, 예산, 홍성, 광천 사람들이 넌지시 가깝다. 비는 쏟아지고 책과 글은 섞이고 마음은 공중을 넘는다.

모든 초대는 천상으로부터 내려와야 하는 것인지도 모른다. 어쩌면 인류가 통합을 시도하는 것은 부질없는 짓이며 그런 시도는 계층간의 벽을 더 높이는 것일 수도 있다. 여하튼 그것이 도살장 너머에서 살며 기차 여행을 할 때는 언제나 삼등칸에 타고 클럽에 올라오는 법이 없는 헌신적인 늙은 전도사 그레이스포드 씨와 젊은 전도사 솔리 씨의 생각이었다. 그들은 가르치기를, 하느님 아버지의 집에는 방이 무수히 많으며 오직 그곳에서만 지상에서 융화될 수 없는 모든 사람이 환영받고 위안을 얻을 수 있다고 했다. 그곳의 베란다에서는 피부색이 검은 이든 흰 이든 하인들에게 쫓겨나는 일이 없을 것이며, 호의를 지니고 찾아온 이

를 밖에 세워 두는 법도 없을 것이라고 했다. 그렇다면 왜 하느님의 친절은 거기
에 머무는 것일까?

— E. M. Forster 《인도로 가는 길》, p.50 중에서

　비가 그친 오후, 책모임 회원들은 커피 한 잔 놓고 세 시간을 앉아 있었다.
예의범절에 어긋남이 없을 것만 같던 영국인들은 드넓은 인도로 가기 시작
했는데 이들이 말이지 얼마나 야만적이며 몰지각한지 지들이 뭔 왕족이나 되
는 듯 뚫린 입과 거적때기 몸짓으로 식민지 인도를 점령하고 다스리신다나?
소설의 초입부터 쎄빠지게 나오는 하시와 멸시에 읽는 족족 가슴이 퍽퍽 아
파오고 분하기 이를 데 없다. 저들이 사는 영국인 마을의 클럽에는 인도인은
출입조차 할 수 없고 저들의 집 대문 안으로 인도인들은 마차를 타고 들어와
서도 안 된다. 이에 반해 신발을 벗고 들어가야 하는 이슬람사원에 영국인들
은 신을 신고 저벅저벅 들어간다. 어디서 본 듯하다. 그러게, 하느님의 나라
에서는 지위고하 막론하고 있을 곳이 많아 모두가 평화롭게 지낸다고. 그래
서 멸시와 차별 같은 건 없다는데, 아, 왜, 하느님의 친절은 왜, 거기에만 계시
냐고? 그렇다고 포기할 일이 아니다. 속 깊은 E. M. 포스터의 글들은 한 줄씩
두 줄씩 끊어 읽어야 맛깔나고, 끝까지 논점을 흐리지 않으려고 애쓰는 의사
아지즈 같은 이를 만나면 그의 표현 하나하나 곱씹게 된다. 단순한 플롯을
가지고 어찌 이리 길게 써놨을까 싶을 정도로 걸쭉한 장면 하나에서 여러 이
야기가 들러붙기도 하고, 거의 뻔한 인간들 입에서 품어져 나오는 말 몇 개에
불끈했다가 치받아 오르기도 한 걸 보면 이것도 잘 고른 작품이리라. 서사에
공상을 집어넣어 아름다운 장면을 만들다 보면 나도 영화 하나 만들고 있다.
아지즈의 구성지고 촌스런 옛이야기 중, 망고과수원 이야기는 어떤가? 친구
들과 삼촌이 하는 망고과수원 서리 갔던 날은 비가 쏟아졌고, 망고를 따 배

가 터지게 먹고 빗속을 뛰어 집으로 온 후 배가 아프기 시작했다고, 인도를 알고 싶다면 망고가 익어가는 걸 기다려보라고 의사 아지즈는 설명한다. 한 번도 비 오는 날 망고를 먹고 싶다는 생각을 못 했는데 이처럼 멋스러운 인도, 이처럼 탐스러운 추억이라니.

내법리 집

주인아주머니의 다리 수술로 어느 날 갑자기 이사통보를 받은 나는 '돌아갈 집'을 찾지 못해 좌불안석이었다. 골목의 끝에 있는 상가 건물 이층에 살던 주인댁은 결국 내가 사는 집으로 들어오겠다고 결정했고 주어진 시간은 한 달이었다. 할 수 있는 방법은 다 동원하여 집을 찾았고 소화데레사와 나는 기도를 했다. 기도 중 만나게 된 아브라함의 하녀 하갈 이야기에서 눈물이 복받쳤다. 젖먹이 이스마엘을 데리고 빵과 물 한 가죽 부대를 들고 주인 사라로부터 내쫓김을 당하여 광야에서 울부짖는 하갈의 심정이 이해가 됐다. 우리의 기도가 하늘에 닿았는지 원래부터 우리를 돌보고 있던 하느님의 손길 덕분인지, 한 달이 지나자 나의 조건과 딱 맞는 단독주택이 나타났다. 이사 일정에 떠밀려 보러 간 내법리 집은 언뜻 보기에 너무나 낡고 초라해 보였다. 그러나 넓은 밭이 있다는 것과 본채와 약간 구별되는 바깥채가 한 건물에 들었다는 장점이 있었다. 게다가 주변은 한적하여 오관리 골목의 번잡함에서 벗어날 좋은 기회이기도 했다.

이사는 두 번에 나눠 진행됐다. 한 번은 정원의 식물들과 화분 식물의 이동이었고 정식 이사는 앨리스책방의 수두룩한 책들과 개인 물건 이동으로 하루에 다 마쳐졌다. 외부 전등을 비롯한 전기 시설을 손보고 청소를 하면서 마당의 살구나무 아래 앉아 집을 바라보니 근사했다. 집이 다소 낡았지만 내 삶의 방식을 누군가 꿰뚫어 보고 있었다는 듯 내법리 집은 훨씬 자연 지향적이었다. 소화데레사는 사랑채와 같은 자신만의 공간에서 생활을 시작했고 나는 책방과 침실, 또 다른 방을 하나 두고 공동부엌 역할을 하는 거실을 사용했다. 방으로 들어가기 전에 만나는 지붕에 달아낸 공간은 식물을 키우고 차를 마시기 적절하게 꾸몄다. 겨울이 깊어지면 엄청 춥게 생겼지만 10월 중순의 기온은 거기서 행복한 시간을 보내기에 충분했다. 앨리스책방으로 쓸 방 창문 앞에는 커다란 보리수나무가 자라고 있었다. 부엌 작은 창문 쪽으로 아침 해가 떠올랐다. 침실 앞 창문을 열면 박태기나무가 쳐다보고 있었고 마당 앞에는 늙은 살구나무가, 밭 저쪽으로 맛있다는 자두나무가 늙어가고 있었다. 주인 할아버지 부부가 가꾸고 있던 밭에는 서리태와 김장 무, 배추가 크고 있었는데 내년부터는 내가 이 밭을 사용할 수 있었다.

오관리 집에서 이동해온 식물들을 차례로 화단에 심었다. 어차피 이 집도 영구적인 나의 땅이 아니어서 언제 옮길지 모른다는 잠정적 걱정이 앞서는지라 수선화는 일정하게 한 줄로 심었다. 나중에 캐내어 옮기기 쉽도록 꾀를 낸 것이다. 베르가못과 나머지 꽃들, 그리고 받아온 여러 꽃씨를 뿌리고 심었다. 걱정했던 소화데레사의 출근길은 개천가 둑길을 따라가면 시내를 거치지 않고 더 빨리 다닐 수 있었다. 매일 아침저녁 녀석을 데려다주고 데려오는 수고로움이 있었지만, 차 안에서 아침기도를 함께 할 수 있는 데다 오가는 길에 해가 뜨는 경이로운 장면이나 석양의 붉은 노을을 맞닥뜨리게 되어 오히려 은혜로웠다. 천변엔 자주 안개가 자욱했고 논밭 저편에는 노오란 은행나무들이 집들과 어울려 익어가고 있다. 언제 집 걱정을 했는가 싶을 정도로 그간의 고민들은 사라지고 우리는 평온을 찾았다.

이사 축하 겸 시월의 마지막 밤 파티가 마당에서 열렸다. 카페 봄 동지들인데 고기와 과일, 와인을 들고 나타나 불을 지피고 고기를 구웠다. 누군가 이용의 〈잊혀진 계절〉을 틀었고 모닥불이 활활 타올랐다. 축복과 감사가 가득한 밤이었다. 이사 집 방문이야 어머니를 빼놓을 수 없다. 어머니는 내게 더 겸손해지라고 작달막한 빗자루를 만들어 선물로 건넸다. 여름 한 철 자라는 빗자루 식물을 이용해 색색 끈으로 묶어 언니와 내게 각각 나눠준 것인데, 떨어진 은행잎을 쓸어 담기 참말로 좋기는 하지만 하도 짧아서 허리를 땅 쪽으로 갖다 대야만 가능했다. 자꾸 작아지라는 주문으로 읽혔다.

찔레 열매를 따오려고 나섰다가 감국을 따왔다. 꽃 하나하나 따서 씻어 꽃차용으로 말렸다. 온 집안이 감국 향으로 가득했다. 며칠 아팠던 소화데레사는 아오스딩과 신이 났는지 떠들썩하다. 오랜만에 모두 모였다. 마당에서 생선을 굽고 밥상을 차렸다. 솔잎 불에 구운 전어는 불내가 났다. 세상 어디서 찾아볼 수 없는 맛이었다.

주인 어르신 부부와 딸이 밭 가운데서 콩을 걷는 모습을 보고 커피와 빵을 갖다 드렸더니 초록색이 완연한 무를 여러 개 담아오셨다. '자꾸 와 미안하다'면서. 고마운 무를 썰어 넣고 들기름과 마늘을 추가해 포옥 끓여 아침밥을 먹었다. 바야흐로 무나물과 무생채의 계절이다. 월요일부터 재택근무하는 소화데레사와 창밖 풍경 놓고 커피를 마시며 건조가 끝난 감국을 유리병에 담았다. 점심 메뉴 타령하는 녀석을 위해 버섯무밥을 해줬다. 밖에는 언제 오셨는지 두 노부부가 마무리 콩 작업을 하시기에 밭으로 비빔밥 보내 드리고 저 밭에다 무엇을 심나 생각했다. 농부는 봄이 오기 전 겨울이 바쁘다고, 가을 끝 무렵에 뿌릴 꽃씨들을 기억해야 한다.

언니가 놓고 간 대파를 수돗가에서 씻는 순간 저도 모르게 흔들리는 단풍

잎 녀석들, 대파를 씻는지 단풍잎을 씻는지. 동동거리며 달려가는 놈들이 어찌나 우스운지 말이다. 어떤 놈들은 바람에 열린 현관문 안으로 뛰어들어가는 건 아닌지 밤새 비 오더니 아침부터 바람이 장난이 아니다. 과테말라 커피 들고 아침 손님이 왔다. 커피 달달 돌려 오붓하게 앉아 창밖으로 달려 다니는 단풍잎 감상했다. 손님 가고 꽃씨를 뿌렸다. 마침 비가 와 땅이 축축해서 세모괭이를 이용해 콩이 심겼던 이랑을 대충 긁어 듬성듬성 뿌린 것이다. 나는 놈은 나고 살 놈은 기어코 살아나리라. 이스라엘 사람들 농사짓듯이 씨를 던져둔지도 모른다. 끈끈이대나물이나 개양귀비, 패랭이, 흑종초 등 이런 일년생 꽃들은 가을에 뿌려 난 새싹들이 겨울을 이기고 이듬해 꽃이 피는데 어쩌면 너무 늦었는지도 모르겠다.

이제 꽃삽을 들고 너무 오래 묵혀둔 땅을 고르고 평탄히 하여 씨앗을 뿌릴 터, 이제 녹슨 꽃삽을 들고 열매 낼 모종 옮길 터, 고스란히 바두울 땅[7] 가만

---

7) 바로잡아가며 누드릴 땅이라는 의미로, 약을 치지 않고 땅의 본성으로되돌리면서 지을 땅.

히 건드릴 터.

고작 두 고랑 풀을 뽑았을 뿐이다. 경우가 없어도 원체 없다. 지난해 주인 어르신네가 콩을 거둔 밭에서 플라스틱 조각과 타다만 녹슨 못, 비닐 조각이 한 대야가 나왔다. 잡풀과 플라스틱을 따로 분류해 모으느라 오전 내내 허둥댔다. 오토바이를 타고 우체부가 지나갔다. 허연 자동차를 몰고 지나가다 인사를 꾸벅하는 저 윗집 아저씨도 두 번이나 지나갔다. 등허리는 따숩고 땀이 제법 났고 시장기가 돌아 다리가 후들거려 집중하지 못할 때쯤, 손을 털고 집으로 들어왔다. 오늘처럼 따뜻한 풀을 뽑아야 힘 안 들이고 쉽다. 겨우내 땅이 얼었다 녹기를 반복하여 풀이 위로 솟아나 잘 뽑히기 때문이다. 작년 늦가을 이사하고 갖고 있던 꽃씨들을 대충 건성으로 뿌렸는데 몇 두둑 안 되지만 혹시나 봄에 싹이 나줄까 싶어 굳이 잡풀을 뽑고 싶었다. 욕심인지 플라스틱 줍기에 제동이 걸려 들인 시간만큼 소득은 별로 없는 노동이었다. 뭐랄까, 땅에 고마움을 느낀 시간이었는데, 되도않는 플라스틱 조각들을 가슴에 품고 살며 콩을 키워냈다는 생각에 기특하기도 안쓰럽기도 했다. 앞으로 2년간 이 땅을 고르고 심고 풀 매면서 별 소득 없는 일로 보일 땅 아껴주기 프로젝트에 매진할 생각이다.

이사 들어오기 전에 먼저 이사 온 수선화들이 싹을 뾰죽뾰죽 내밀고 있다. 방 창문 아래 주인이 심었을 상사화 싹도 제법 푸르다. 정원을 가꾸는 이들에게는 바쁜 시절이 시작됐다. 버지니아 울프와 남편 레너드가 구입하고 가꿨던 몽크스 하우스의 수선화밭을 뚫어져라 바라보고, 그들이 즐겨 산책하던 사과나무밭을 상상해보면서 이 따사로운 토요일을 다 지난다. 호미질에 오른쪽 팔이 무지하게 아파오고, 지난번 해리네 가서 사온 『버지니아 울프의 정원』 벗 삼고.

뒀던 책을 다시 펴 읽었다. 금요일 늦게 연락한 작가님 덕분이다. 다시 내 삶 전부를 되돌아 훑어본 계기가 됐다. 여전히 미명뿐, 된 자리 없는 삶이었다. 해보고 또 달려가 보고 놓아주고 떨쳐 일어서길 반복했으나 어머니 말씀대로 뭐 하나 이룬 것 없는 쓸쓸한 삶이었다. 그렇더라도 어제 라디오방송 시간은 또 다른 길로 이끄는 징검다리가 되리라고. 풍랑에 맞선 아버지를 위해 드린 강퍅한 기도가 다시금 뭉클하게 했고, 그 서원대로 나는 뭐든지 다 드리리라. 가르쳐 주신 그 길로 그리고 이끄시는 그 길로 가고 있는 줄, 그러나 하느님 보시기에 너무 늦지 않은 건지, 이 고집쟁이가.

심장이 가는 길을 이렇게 선명하게 들킬 수 있을까. 모름지기 피가 지나고 밥알 삼킨 흔적이 흘러가는 길, 마음이 거기 그 길을 따라 살고 있다면 회초리라도 들 수 있으련만. 밖으로 내뱉는 것 모두 심장이 살고 쏟아낸 단어들이라 기쁠 줄 알았으나, 덧없다. 자고로 사람은 알 길 없다. 나무여, 네 고집이 참 선명타.

양철지붕에 떨어지는 빗소리, 창문 곁으로는 땅으로 투닥이는 소리, 어쩌다 가끔 고인 물을 치고 지나가는 자동차 그리고, 이 모든 게 합쳐져 꾸준히 음악이 되고, 보리수나무 힘껏 물 올리는 일들, 수선화 더 위로 으라차차 힘쓰는 일들, 자두나무 붉은 가지에 뚫고 나오는 눈물, 떨어지며 애써 숨죽이는 일, 비가 너무 가깝다.

마당으로 나가는 새시 문 앞으로 작달막한 잡풀이 크고 있다. 호미 중에서 가장 날카로운 놈을 들고 냉이도 아닌 것이, 풍년초도 아닌 것이, 하며 캐냈지 뭔가. 지난겨울 상수도 공사한다고 뒤엎어 놓은 마당은 그럭저럭, 그러나 겨울 큰 추위도 버쩍 이겨낸 풀들을 몇 군데 뽑다 보니 아침 힘 다 써버렸다. 요놈들 우쨌든 곧 수선화가 핀단 말이여, 쫌 비키라고! 힘껏 캐낸 일도 돌아보니 겨우 쬐끔, 내 방 창가 밑에 떡허니 버티고 있는 명자나무, 보리수나무, 박태기나무, 그 아래 쭉쭉 뻗은 분홍 상사화 새순들 숨 쉬라고 이러저러 풀들을 뽑아줬다. 그러고서 어머니가 매다 준 빗자루를 들고나와 쓱쓱 쓸고 나니, 하루 반은 다 쓰고 난 듯하다. 커피고 뭐고 생각도 못 하고. 문득, 성모께 드릴 명자꽃 한 가지 꺾고, 커피 집 사장 갖다 줄 몇은 둘둘 싸고.

책 쓰는 일 과부하를 풀고자 밭으로 나갔다가 또 플라스틱과 비닐, 녹슨 철사 등을 골라내는 데 골몰했다. 머리는 양옆에서 휘날리고 팔다리 허리 머리 다 아픈 끝에 그나마 일이 끝났다. 겨우내 잠가뒀던 외부 수도를 틀어 호미를 씻고 물 한 동이 무스카리 화분에 뿌렸다. 시원하다. 머리를 식히겠다는 목적과는 다르게 온몸이 쑤셔온다. 소화데레사를 꼬셔서 홍성장에 들러 바나나, 콜라비, 콩나물, 건 아니고, *끄들끄들* 밴댕이까지 사와 풀어놓고 아이고야, 아퍼 죽것네, 근데 우리 꽃밭 너무 이뻐진다이, 씨 뿌린 수레국화가 났더라고.

묵은 고구마 상자 정리하다 밖에 풀을 또 뽑노라니 허당 소화데레사, 하는 일이 맹탕이다. 그래도 녀석의 일손을 빌리니 사뭇 쉽지 뭔가. 수선화 나온 걸 보고, 파 심었냐는 질문을 하고, 참. 그래도 쑥은 아는지 저거 뜯어보잔다. 뜯는 김에 밭가에 소리쟁이도 한 주먹 뜯었다. 어린 시절 이맘때면 삐죽삐죽 나온 요놈들 뜯어다 어머니 갖다 드리면 된장국을 끓이시던 생각이 났기 때문이다. 된장 풀고 꽃게 작은 놈 하나 넣고 어제 사 온 콩나물 한 주먹 넣고 소리쟁이와 마늘, 멸치, 쪽파 뭐 이땐 거 넣고 파르르 끓인 후 쑥 몇 개 올렸더니 엄청 시원한 된장국이 되었다. 노동 후 배고픈 덕인지도 모르겠다.

날은 좋아 창문을 열어도 어지간해선 춥지도 않은데, 점심을 먹고 책과 씨름하다가 홍성장으로 나가 감자 씨 한 됫박을 사고 이른 아침 내리는 서리는 걱정도 않고 상추 모를 덥석 샀다. "괜찮을까요, 오늘 아침 서리 왔던데?" 그랬더니 아주머니 가르침이 시작됐다. "비닐을 씌워주고 콕콕 숨 쉴 구멍 뚫고 활대도 세운다이" 하시는데 머릿속이 많이 복잡해졌다. "비닐이 없는데

요." "가만있어봐." 쓰던 비닐 한쪽을 쥐어주신다. 아, 몰라, 샀으니 그냥 심어, 심어! 생선전에서는 쭈꾸미가 키로에 이만오천 원이라고 소리 지른다. 뭣이 그리 비싼지 얼굴이나 구경하자고 실례를 무릅쓰고 사진만 처억 찍었다. 만둣가게 수경 씨 얼굴 보고 1인분 3천 원어치 사고, 콩나물 마무리 2천 원어치를 샀다. 그런데 어머나, 옛집 이웃 책방아저씨가 꾸벅 인사하고 지나간다. 신발 파는 아저씨를 뚫어지게 쳐다본다고 건너편 아저씨가 지나는 아주머니 두 분에게 너털웃음 짓고 있을 때, 내 어깨를 치며 반가이 인사한다, "잘 지냈지?" 와우, 옛집 앞 미장원 원장님과 이층아주머니다. 이젠 장에 와서도 다 만나네? 사람들이 살아있네! 꽃장사 나무장사 아저씨들이 가장 인기 있었지만 난 서성이다 왔다. 그래도 씨앗 파는 할아버지 좌판을 못 지나가고 아욱 씨 이천 원어치를 샀다. 이런, 따뜻한 홍성장. 밭에 나가 두둑 두 개 풀 매며 플라스틱 주워내고 밭 가에 있는 달래 캐다가 간장양념해서 콩나물밥 한 솥 지어 저녁으로 먹었다. 봄날은 할 일도 많은데 너무 쏜살같이 달려간다. 이러다 목련이라도 피는 날엔 어쩔까?

출산을 준비하는가, 고양이 녀석 조금 느려졌다. 이젠 내가 근처에 있어도 밥을 먹는다. 눈치는 여전하다. 괜히 무스카리 화분만 만졌다. 녀석이 놀라 도망칠까 봐. 어제 심은 상추들은 별 탈 없고 수선화 꽃대는 정신없이 올라오고 어중간하게 서 있는 자두나무는 붉은 꽃을 물었다. 어쩌나 홍매처럼 붉다. 그냥 봉오리는 다 이리 붉은 건가?

거대한 파밭을 꿈꾸지 않는다. 먹은 마음대로 꾸준히 자라며 흙을 저버리지 않고 고만고만 자라주기를. 인간처럼 무진장 복된 맘 가지고 총총 일해도 사사건건 트집 잡고 앞으로도 옆으로도 갈 수 없게 부여잡고 발 걸지는 않을 것이니만큼.

2015년 로맹가리의 『자기 앞의 생』을 읽었다. 필명 에밀 아자르로 1975년

출간된 책이다. 사창가의 아이들을 키워주는 로자 아줌마에게 키워진 '모모'에 관한 이야기다. 자신의 나이를 열 살로 알고 있다가 어느 날 열네 살임을 알 정도로 자신에 대해서는 아는 바가 없는 아이였다. 그런 그가 양탄자를 파는 할아버지에게 묻는 것은 "사람이 사랑 없이 살 수 있어요?"였다. 책의 끝에서 그는 사람은 사랑 없이 살 수 없다고 결론짓는다. 어제는 우연히 넷플릭스에서 영화 〈새벽의 약속〉을 보게 되었다. 그냥 나도 모르게 로맹가리의 이야기로 느껴졌다. 다 본 뒤 찾아보니 그랬다. 프랑스 니스 바닷가가 풍경으로 나왔다. 그의 자서전적 소설이었다. 거침없는 어머니의 사랑, 집착과도 같았던 전적인 희생이자 아들 로맹가리의 삶의 원천인 어머니. 웃음 자아내는 이야기도 지루한 이야기도 모두 짙은 슬픔이 밴 깊디깊은 사랑에서 나왔다. 그러고 보니 로맹가리 인생의 끝부분에 출간한 『자기 앞의 생』의 어머니 없음과 키워준 로자 아주머니에 대한 끝없는 애정, 그것이 〈새벽의 약속〉에서 지독한 어머니에 대한 사랑과 맞닿아 있음을 깨닫는다. 우리에게 있어 그것이 어머니이든, 연인이든, 삶이든, 사랑 없이 살 수 없다고 다시 로맹가리로부터 배운다. 그리고 오늘에서야 1978년 김만준의 노래, 〈모모〉가 뚜렷하게 이해됐다. 끝부분의 '니스의 새'가 프랑스 시골마을 바닷가 니스의 새였다는 것도 말이다. "그런데 모모 앞의 생은 왜 행복할까?"와 "인간은 사랑 없이는 살 수 없단 것을"과 같은 대목을 알아들을 수 있게 됐다.

면천책방에 가서 로맹가리의 책들을 한 아름 사 들고 왔다.

운월리공소 가는 길. 냉이꽃 하품을 하고 벚나무 정류장엔 버스가 오질 않고 어린왕자집 목련은 고양이가 주인이었다. 바람은 왜 부는고 하니, 하느님이 민들레 편이어서 홀씨 될수록 머얼리 떠나가라고.

서쪽으로 해가 넘어가고 사과가 꽃을 닫는 시간, 마늘이 단단해지는 저녁에 어쩌면 감자가 싹이 나고 길가 말냉이가 열매를 달고 신맛 나는 그 꽃, 피는지도.

밭으로 나가는 신발을 끌어 올리며 생각한다. 겪어야 할 일이 경운기 짐처럼 엎어졌다고, 농부는 삶이 아니라 밭을 가는 거라고. 밭이 너무 넓은 게 문제였다. 또 목표설정은 어떠했는가? 우선 꽃을 심고 보자는 심리는 천상 돈 되고 밥 되는 일에 몰두하기 싫다는 적극적인 표현이긴 했다. 작년 11월 중순 춥던 날 뿌렸던 꽃씨들이 몇 종류 나왔는데, 고귀하기까지 한 루피너스 몇 촉, 무더기로 난 흑종초 흰색, 모양은 알리움 흉내 내는 셀서피 스무 촉쯤, 흰색일거나 핑크일거나 궁금한 패랭이 군단, 청보라 수레국화 등이다. 홍성 장날 서리가 끝나기도 전에 사다 심은 상추류 온갖 것들이 이제서 복스럽고, 언니가 준 대파는 어떻든 성장 중이다. 비 오는 날 직파한 당근, 적채 등 바글바글 싹트고, 감자 두 고랑 뒷줄로 늦게 심은 감자밭은 작년 주인이 털다 만 검정 서리태가 싹 터 콩밭이 됐다. 밭에 물꼬를 틀 줄 몰라 비만 오면 저수지가 되고, 가끔 땅에 적조 현상도 일어났다. 요즘은 풀이 빛의 속도로 쳐들어오고 있다. 눈 감고, 눈 감고. 부득불 완패하게 생겼다.

당근이 갈갈이 잎을 달았다. 적근대가 마치 맨드라미마냥 드넓어진 것은 어젯밤의 일이다. 정신없는 바람이 자고 새벽녘 떨어진 비 꼬투리 맞고 그동안의 일 깊이 반성이나 하듯 두텁게 컸다. 언니가 벌써 놓고 간 아주까리 모종을 옮기고 풀이 우거질 곳을 찾아 호박모종도 몇 개나 심었다. 사실 가장 먼저 한 일은 흑종초와 락스퍼 꽃모종이었다. 분홍 낮달맞이랑 톱풀도 조금 심었다. 어린왕자집 선생님이 주신 모종들이다. 그리고 뿌렸던 흑종초 흰색 모종을 냈다. 씨를 부어 자란 놈들이 기특하기만 하다. 감자밭에 물 주고 이곳저곳 풀 더 뽑느라 시간이 꽤 갔다. 아욱이 더 잘 크라고 거름도 얹어주고

부추에게도 줬다. 모두 잘 성장하기를 바라며 아침에 읽은 시편 1편부터 5편까지를 밭에다 내려뒀다.

매년 한 번씩 열리던 홍동 모종장은 코로나 때문에 2년째 감감무소식이고, 홍동농협 로컬매장 모종장이 4월 30일부터 열리고 있었다. 농사꾼은 아니지만, 또 아닌 게 아니라서 "델피늄 4, 휴버유 2, 디기탈리스 핑크 1, 무늬 비비추 1, 땅콩 모종 35"라고 기록용으로 적는다. 마침 금요일은 땅이 축축해 아침나절 여기저기 꽃모종을 옮겼다. 밭의 맨 끝에 내가 천일홍 씨를 뿌려둔 걸 잊고 있다가 그날 발견하고 얼마나 기뻤던가.

2000년대 초, 식물원을 할 생각으로 3년간 식물도감을 끼고 살았던 때가 있었다. 이중 하우스도 짓고 식물 3천~4천 종을 키웠다. 후에 하우스는 걷었고, 집 주변 정원은 10년 가꾸었다. 매일 밤 읽고 찾고 풀·꽃·나무에 푹 빠져 살았다. 시간이 지나고 집을 여러 번 옮기게 되면서 지금처럼 나만의 가드닝 스타일이 생겼다. 돌아보니 일년초 사랑하기다. 제때에 파종하고 옮겨 심고 키웠다가 씨앗을 받고 이렇게 몇 년 하다 보니 특별하게 좋아하는 식물이 고정됐다. 천일홍, 백일홍, 맨드라미, 패랭이, 끈끈이대나물, 수레국화, 개양귀비, 흑종초 등이다. 물론 수선화와 우단동자, 램스이어, 베르가못, 톱풀도 마찬가지다. 그러므로 넓은 지금의 밭도 대략 그그러한 놈들로 채워지고 있다. 작년에 길에서 받은 코스모스 씨앗을 이번에 뿌렸다. 천일홍 흰색과 핑크, 자주색, 백일홍, 맨드라미를 뿌렸는데 잘 나줄지 걱정이다.

큰 주홍부전나비, 처음 봤다. 붉은 개양귀비 꽃 옆에 있어서 오렌지빛 개양귀비인 줄 알고 들여다보니 허 참 나비다. 수컷은 요래 주홍이고 암컷은 점박이 무늬가 있다고 한다. 참 예쁘다.

양철지붕 '당당'거리는 비, 주구장창 개구리 떼창, 아침저녁으로 시절 없

이 왔다가는 동네 개들의 발자국 소리, 풀 뽑는 소리에 화들짝 눈동자 넓히며 펭귄처럼 뒤뚱 걸어 다니는 참새나 비둘기, 신호등 없는 호젓한 길 일부러 '쌕쌕' 달리는 자동차 엔진 소리, 저녁 무렵 집으로 돌아오는 윗집 아가들의 반가운 귀가 소리, '졸졸졸' 우리 집 밭에 뭐가 커 나나 지켜보며 지나가는 할머니의 전동차 모는 소리, 어쩌다 길 만드느라 '쒸리릭'거리는 포크레인 소리, 아침마다 창문을 '탁' 하고 열어 제치는 내 기상알림과 '탕' 하고 닫히는 자동차 문소리, 그다음으로 나는 '쒸잉' 출발음 소리, 이런 것을 듣고 크는 우리 집밭의 홍당무와 늦은 감자와 대파, 상추, 토마토, 붉게 또는 푸르게 피어나는 꽃들. 뭘 먹고 클 줄 알겠나, 이 소리 저 소리 다 듣고 커나가는 놈들, 너희들이 장하다.

너무 가깝게 비비대며 살아왔던 홍당무, 농부는 식객이어서 이놈들도 품고 왔다. 오렌지 연두 그리고 흙 말고도 농부의 한숨도 먹었으리라. 이때껏

애쓴 당근의 일 고대로 향기가 났다. 먹는 대로 죄다 향기가 될 것 같다.

감자꽃이 올라오는 유월, 석잠풀, 수국 뭐든 피고 싶은 꽃들이 의지 두고 하는 일, 머리 들고 익어갈수록 중력에 힘 딸리는 인간의 일 말고도 보리가 익고 거듭 땅으로 내려오고자 하는 '성숙'은 보통 흙이 되는 일이라고 끈끈이대나물이 우체통으로 자꾸 들어가며 전한다. 편지여, 별일 아니지만, 혁명은 흙과 친해야지.

"넌 농사 못 져!" 어머니 말씀은 귓등으로 듣고 꽃밭인지 채소밭인지 풀밭인지 감질나게 난 이 바람에 칠성사이다 의자에 앉아 썬탠한다. 바람이 지나는 길목은 바닷가 어디쯤 같다.

델피늄이 모두 폈다. 하늘색이 오랫동안 피더니 이젠 보라색 흰색까지 합동이다. 이젠 램스 이어도 귀여운 꽃을 보여준다. 무엇보다 반가운 건 분홍 넝쿨장미가 피고 있다는 점이다. 2017년 '평사리의 아침' 사장님이 나눠준 작은 가지가 화분 두 개에 가득 찼다. 3일 전부터 고양이 녀석이 합류했다. 동생네서 데려왔는데, 소화데레사가 오디를 먹다가 입가에 오디를 묻혔다고 말하다가 고양이 녀석 이름을 '오디'로 지어버렸다. 코에 검은 점이 있기도 하고. 워낙 사람 손을 타지 않아 보이는 대로 숨기만 하더니 오늘 저녁부터 점프를 배워 털실 바구니와 꽃씨 말리고 있는 종이상자에 들어가 앉아있다. 재밌기도 귀엽기도 한데, 털실 바구니 치워놓느라 분주했다. 다육이 화분들도 전쟁이다. 어이구, 빨리 컸으면 좋겠다. 바깥 밥 먹으러 오는 고양이 녀석들도 밥 달라고 타전한다. 어쩌다 고양이네 맛집 되었다. 세 놈이나 번갈아 온다.

'열릴지 말지 콩' 키우고 있다. 게다가 '당연히 열릴 땅콩'도 가꾼다. 가을에 수확하면 《현옥》 이름으로 판매할 꿈도 함께 키운다. 애정과 친근함을 거름으로 사용하고 기도가 거의 최고치 비료고, 풀은 손으로 매고 곁에 꽃도 심

었다. 아침저녁 내 발소리를 들으며 크느라 조금 성장이 더디다. 모종은 홍동 로컬매장과 광천장에서 샀다.

마른 보리수나무를 태우면 그윽한 향이 나면서도 연기가 없다. 그 아래 깨달음을 얻은 부처의 나무인지도 모르겠다. 안개 그득한 새벽부터 밭을 매고 책방 앞 득도의 붉음 지경인 보리수 여남은 열매 허겁지겁 먹었으니 어쩌면 깨달음은 있었는지도.

상실, 그것은 글로 읽는 것이 아니어서 어느 시인은 글씨를 지워버렸다고 했다. 상실이란 몸으로 느끼는 것이라며. 아버지가 심어놓고 몇 번 따서 드시던 천도복숭아를 올해 처음으로 맛봤다. 참 이상도 하지, 아버지는 몸이 불편해지면서 유독 육지에 나가 과일나무를 사다가 심곤 했다. 감나무, 매실, 복숭아, 천덕꾸러기가 된 사과나무까지. 돌아가실 무렵 사과가 열렸는데

몇 안 됐다. 아버지를 하느님께 보내드린 것은 상실이 아니었으나 이러한 추억은 분명 그렇다고 해야 옳다. 어찌 부모 보내드린 그 일들을 글로 알 수 있으랴. 덜 익은 천도복숭아를 그리운 마음에 밭에 앉아 먹었더니 배가 알싸하게 아팠다. 이제는 또 어머니와 추억 쌓느라 분주하다. 몸도 마음도 곤할 뿐만 아니라 애틋하기도 하다. 몇 줄씩 심어놓은 참깨며 녹두밭 고랑에 질펀하게 난 풀들을 뽑노라니 올봄에 밭 가득 심어놓은 어머니의 농작물이 서글프다. 왜 이리 욕심을 내어 심어놓으셨나. 어머니 지팡이 짚고 올라와 던지는 말, "나 없으면 이런 것 다 어찌 먹을라는지…… 나 없으면 알 거다". 상실은 몸으로 깨닫는 것이므로 어머니가 백번 옳다.

앞만 보고 열심히 사는 것을 선택한 것이 잘못은 아니다. 학교 마치고 외국 여기저기 그리고도 공부 마치기까지 꽤나 오래 정직하게 열중했던 소화 데레사 녀석이 돌아오고도 내내 코로나 백서를 만든다고 과로를 하더니 결국 갑작스런 병을 만났다. 다행히 의사 선생님의 도움으로 제자리로 돌아왔고, 그동안 녀석의 정신과 육체는 쉬기도 치유하기도 또 극복해내기도 하며 인생의 전환기를 맞았다. "잘 죽는 준비를 해야" 잘 사는 것이라 깨달았다는 녀석의 말이 올바른 답이었다. 공부하는 일에 성실하던 녀석의 일상에 새로운 자연이 들어왔고 쉬는 동안 관심이 늘더니만 이제는 제법 밭에 나가 풀 뽑기도 자원하고 풀·꽃 이름을 궁금해하기 시작했다. 어제와 오늘 감자 캐는 일에 동원되어 나름 기쁘고 만족스런 저녁을 보내는 듯했다. 감자밭에 부족했던 거름 탓으로 죄다 올망졸망 감자일지라도 개수는 꽤 되어 우리끼리는 풍작이다. 제법 밑동이 커진 당근과 샐러리, 풋고추를 먹을 만큼 거두어 내일 간식으로 보낼 요량으로 씻어두었다. 저녁은 이 세 가지와 계란프라이다. 그냥 잠들 것 같다는 녀석의 피곤만큼 행복도 깊었으리라.

필립 로스의 『에브리 맨』이 저절로 떠오르는 시기다. 모든 이는 죽음에 이른다는 아주 평범하면서도 절대절명 진리가 너무도 가깝게 와 있다, 흔든다. 병원을 오가는 어머니와 자식 간의 사랑과 애증의 흙물들은 내려놓더라도 꿋꿋하게 하느님 쪽으로 걸어가는 한 인간의 고독은 어찌할 것인가? 곁에 있어도 혼자 있어도 복받치게 끓어오르는, 산다는 일. 그것은 모든 이에게 죽는 그 순간까지의 명령이다.

장마철 잡풀 크는 속도를 사람 손이 따라잡겠다는 욕심은 버렸으나 속도, 크기, 수량으로 몰아부치는 잡풀들의 무대뽀 식 삶에 대한 의욕에 두려움마저 든다. 겁 없이 커 나는 잡풀을 잡기에는 제초제만큼 쉽고 간단한 것이 없다. 어쩌면 그 쉬운 제초제가 필요할지 모른다는 생각도 했다. 하여튼 연이틀 내린 소나기로 아침저녁 풀 뽑기가 쉬워 꽃밭이며 마당이며 텃밭을 찾아다니며 잡풀을 뽑고 있다. 한 번 밭에 나갈 때마다 모기에 20~30방 물렸고 쏟아지는 땀은 눈을 뜰 수조차 없게 했다. 고양이 오디 녀석이 쫓아다니며 장난질 쳐서 중간중간 소리소리 지르기도 했다. 여전히 풀과의 전쟁이지만, 하느님 편에서 보면 내 삶의 방식이나 태도 또는 죄로 기우는 본성 등 고쳐 지지 않고 들러붙는 모든 것들이 장마철 득세 중인 '바랭이' 같을지도 모르겠다. 하느님, 제발 저한테 제초제는 뿌리지 마슈.

게르하르트 리히터의 그림을 보고 깜짝 놀랐다. 몇 년 전부터 손뜨개로 색 감을 늘어놓는 작업에 열중했고, 이즈음 아무렇게나 꼼지락 바느질로 색 늘 리기에 골몰했다. 이 사람 따라 할 생각 없었는데 내 바느질과 비슷하다는 생각이 치밀자, 오호 나는 자칭 자체적 화가였다.

늦게 밭에서 내려오는데 분홍 노을이 하늘에 깔렸다. 고추 망태기를 비닐 하우스에 부려놓고 간단한 저녁을 챙겨드리고 바닷가로 나갔더니 원산안 면대교가 화려하다. 앞 섬 소도 쪽으로부터 전구를 밝힌 밤배 하나가 건너 온다. 밤낚시 중인가보다. 윙윙거리는 모기떼를 따돌릴 수 없어서 바다 앞 에 몇 걸음 섰다 돌아섰다. 에어컨 펑펑 나오는 집에서 저 광경을 본다면 얼 마나 좋을까만, 둘러보니 다섯 집 거주하는 동네에 두어 집 두런두런 사람들 소리 들린다. 아주 오랜만에 현숙이네 형제간들이 와 고기를 굽는가 보다. 친구 명화네 집에 새로 이사 온 집은 초저녁부터 바비큐 파티 중이고, 소식이 없던 태현이는 아주 오래간만에 집에 왔다고 그 집 창가가 환하다. 몇 걸음 우리 집 쪽으로 걸어오다 우뚝, 나도 섰다. 몇 달간 집을 비워둔 안주인 우리 어머니와 저녁 배를 타고 들어온 언니가 마루에서 오락가락하는 모습에 울 컥 저 아래 깊은 곳에서 올라오는 게 있다. 집이란 게 이런 거구나. 훤하게 불 을 밝히고 두런두런 떠드는 소리, 살아있는 소리. 야경이다, 우리 집.

나쓰메 소세키는 소설 『풀베개』에서 "산길을 올라가면서 이렇게 생각했다.

이지(理智)에 치우치면 모가 난다. 감정에 말려들면 낙오하게 된다. 고집을 부리면 외로워진다. 아무튼 인간 세상은 살기 어렵다"라고 쓰면서 '살기 어려운 세상에서 살기 어렵게 하는 번뇌를 뽑아내는 것이 시'라고 했다. 학교로 가는 계단에 올라서면서 나는 '참 덥다' 생각했고 번뇌를 뽑아내지 못했다.

동치미 맛 돋우는 데 최고, 청각

팔월 찬바람이 나고 사리 때 되면 청각을 뜯어다 시큰하게 말린다. 뜯다가 배고프면 소라 하나 주워 굵은 짱돌로 그 자리서 으깨 바닷물에 헹궈, 이놈 청각에 처억 올려 입속에 넣으면, 오도독 오도독 소라고둥 깨무는 소리가 청각에 묻어나 초록이 됐다가 스르르 바다로 되돌아가는 맛, 짠 물이 도로 되는 맛이다. 두어 달 가을바람에 짠기 빠진 청각은 동치미 무 속에 따라 들어가 억수로 헤엄치다 동지섣달 얼음 걷어낸 속에 바다 내음 삼켜 산다나 뭐라나. 거의 바다 유전자 저장소다.

어머니가 돌아서자 배가 왔다. 대천해수욕장 쪽으로 난 꽃동산이 홀로 외롭다. 게서 밤 일찍 은하수가 뜨고 어렸던 섬마을 아이들의 발자국을 기억하는 보리수가 늙는다. 해가 얼마나 이 뒤로 떴더란 말인가. 막배가 고동을 쳤다. 별이 우수수 떨어졌다. 아름다운 섬, 추도.

근 일주일간 나비 천국이다. 처음엔 호랑나비만 날아다니더니 이젠 흰나비까지. 꽃밭에 앉았다가 땅바닥으로 장관이다. 비 오고 메리골드와 맨드라미가 더 탐스러워졌다. 고락인가, 식물들도 견디어 낸 놈들에게 주어지는 혜택인 듯도 싶다. 맨드라미와 천일홍을 꺾어 이웃에게 전했다. 발터 벤야민에 따르면 난 죄인이다. 자본주의 사회에서는 돈으로 환산되는 일을 하지 않는 것은 죄의식을 불러일으킨다고 썼으니 말이다. 나날이 행복은 돈으로만 살 수 없다고 하면서도 자본의 논리 치하에 사는 자본노동자 신세는 못 벗어나고 있다. 그러면서도 나는 여전히 꿈쩍도 않고 꽃과 나비 타령이다.

그동안 철없이 꿰매던 사각 퀼트가 10×10이 됐다. 처음부터 선언하고 지어진 것이 아니다. 운명이 거기여서 거창한 스토리를 의도한 것 아니기에 여러 날 고민과 소란함이 바늘땀에 묻혀들었다. 갑자기 고양이 오디가 하늘나라로 가버리고 오늘 아침에는 찬바람이 더럭 집으로 들어왔다. 고향으로 돌아가지 못한 제임스 조이스는 스위스 취리히에 묻혔고 그가 낳은 스티븐 데덜러스는 영원히 책 속에 묻혀 읽는 사람들 입술에서 부활하거나 다시 죽는다. 겨우 한 장, 그림을 팔아봤던 고흐는 몇 번이나 마음의 문을 닫아걸었던 걸까. 바늘땀 속으로 기어 들어오는 우중충한 사람들의 소리, 벌컥, 사랑한다는 것은 살아간다는 것, 사는 일에 바람, 구름 폭풍 그것쯤이야.

"나도 나중에 아이를 낳으면 엄마처럼 산도 데리고 가고 고운 식물원도 데려갈 거예요"로 시작하는 아우구스티노의 이야기는 입가에 미소가 번지면서 사르르 웃게 만들었다. "엄마, 그때 초롱산인가? 이른 봄에 꽃 보러 갔다가 뱀 만나서 내 손 잡고 줄행랑친 거요. 난 보지도 못한 뱀을 엄마는 쫓아온다고 예수님께 기도하면서 뛰었잖아요. 하하하. 그리고 청양인가 거기 저수지 근처요. 자장면 사준대서 고사리 뜯으러 갔는데 아 진짜 그 자장면 진짜 맛없었잖아요. 저도 이담에 제 아이를 그렇게 키우고 싶어요. 저는 어릴 적 그 행복했던 순간들이 있었기 때문에 어려움이 있어도 행복한 것 같아요." 짜아식, 잡초 뽑는 엄마 따라 나와서 김용택의 시 '콩, 너는 죽었다'를 읊어대던 네 녀석이 더 멋졌다. 잘 크고 잘 늙으렴. 붉은 열정은 네 가슴에 콕, 박고.

『율리시스』열세 번째 에피소드, 나우시카 장에는 아침에 집을 나와 이리 저리 배회하다 디그넘의 장례식 참가 후 샌디 마운트 해변에 잠시 들른 주인공, 광고업자 블룸의 행동과 의식이 너저분하게 설명된다. 오래도록 생각의 짐을 끌고 다니는 부인 몰리와의 첫 만남을 떠올리는 장면에서는 샌디 마운트의 북쪽에 위치한 호우드 언덕이 나오는데, 고사리밭에서의 데이트였다고 한다. 그렇구먼, 더블린 있을 때 하루 시간 내어 갔던 호우드 바닷가, 그리고 그 언덕, 고사리가 엄청 많아서 가방에 가득 따와 숙소에서 라면스프 넣고 감자찌개에 넣어 먹었던 그 고사리 말이다. 그때는 블룸과 몰리 불룸의 첫 데이트 장소는 꿈에도 생각 못 했지. 어쨌거나 『율리시스』를 읽고 감동하는 일요일이다. 분명한 건 달에겐 힘이 있다는 것이다. 파도의 일은 거지반 달의 일, 사람들 일렁임도 다 그 뜻이지. 반딧불이가 찾아왔다. 빛을 내며 날아다니다가 아예 유리창에 앉아 내 쪽을 지켜보고 있다. 내가 켜 놓은 전등 빛이 녀석 마음에 쏘옥 들었나보다. 갈 때 가더라도 방명록은 쓰고 가거라.

할아버지가 장벌에 그물을 늘어뜨리고 그물 손질하시던 여름이 떠오른다. 해마다 날이 어지간히 따뜻해지면 큰 나무에 걸고 새로운 그물을 뜨던 광경

도 잊히지 않는다. 이제 주벅에 그물을 들이고 봄가을로 고기를 잡는 집은 태현네밖에 없다. 저 붉은 실로 찢어진 그물을 꿰매고 있는 아저씨 모습은 램스 울을 들고 다니며 뜨개질하는 내 모습과 같지 않나? 손질 바구니는 또 얼마나 아름다운가, 저 그물바구니에 한 해 바다 농사가 달려 있다. 아저씨는 거의 말씀이 없고 쓸쓸하다. 아니 인생의 그물을 다듬는 일 또한 이 못지 않게 쓸쓸하지 않으리오. 기울 일이 많은 몇 번의 실패와 팍팍한 고집 나부 랭이들, 그물 손질이 필요할 때다.

빈 꼬투리를 따다가 문득 이런 생각이 들었다.

-주인님, 당신이 심으신 대로 저도 콩을 맺어보려고 지난 일 년간 부단히 노력했습니다. 옆에 있는 녀석은 벌써부터 자기는 열매를 냈노라고 자신만만했지만, 지금의 저로서는 맺을 게 없습니다. 사실 저는 지난 한 해 동안 살

아내느라 참 어려웠거든요.

그려. 삶은 살아내는 것이다.

수선화가 혁명적으로 뚫고 나올 봄을 먼저 기다린다. 거창하게 물들다가도 모두 떨어질 작정을 하였다가도 함박눈 어떻게 맞을 건가 아득한 겨울, 하지만 꼭 봄은 오기 때문에.

어제 병원에서 암 선고를 받았다

껌껌한 성당이 무섭다가도 들어올 때 두런두런 얘기를 주고받는 두 형님의 소리가 얼마나 큰 힘이 되는가? 이른 시간 기도하러 오는 그분들의 공덕으로 나는 언제나 무임승차 중이다. 정해진 그 길 찾아가는 우리 모두 구도자, 무명에서 벗어나기 위해 안개 속 걸어가는 이 순간은 어쩌면 은총인지도 모르겠다.

병원에 와 보니 이럴 땐 뭐 할 게 없다. 그동안의 일에 대해 감사하고 모든 것을 받아들이는 것, 슬퍼하는 이들을 위로하는 것, 아주 조그만 섬에서 태어나 이렇게라도 글 쓰고 공부하고 산 것에 감사하고, 여자아이와 남자아이 둘을 낳아 잘 성장시킨 것에 감사하고, 이즈음까지 자연을 벗 삼아 꽃 키우고 콩 심고 파 심고 자연주의자로 살게 해주심에 감사하다. 세상에, 이 모든 게 감사하고 자랑스럽다. 오늘 읽은 로마서의 한 구절, "우리는 환난도 자랑스럽게 여깁니다"처럼 고생스러웠던 여러 편의 삶도 엄청 자랑스럽다. 생각보다 내 안에 있는 녀석이 크다는 이야기는 오히려 담대하게 해 주었다. 내일부터 항암 시작이다. 사람마다 편차가 다 달라 얼마나 힘든지 여부는 장담하지 못하지만 분명, 이 모든 것 다 견딜 수 있으니 온 것이겠지. 지난여름 길가에서 여물었던 루피너스 열매를 가을 동안 바싹 말렸다가 일일이 하나하나 꼬투리를 까서 꽃밭에 뿌렸다. 그간 모른 척했던 고구마 몇 개를 소화데레사에게 부탁해서 거두었고 서 작가님이 남겨 준 토란도 거두어 카레에 넣어 먹었고 10월 초 뿌려둔 꽃씨에서 싹이 나서 내년 봄 예쁜 꽃을 볼 수 있겠다. 거두고 정리하고 온 이유가 분명 있었으리라. 이승석 선생님이 밭 가는 농기구 내놨다고 소개했는데 내년엔 농사는 못 짓고 그냥 저절로 피는 꽃들만 지켜보기로 했다고 말씀드린다. 일일이 모두에게 문자 답하기 어려워 몇몇에게만 내 소식을 전했으니 혹여나 서운해하지 않기를. 혹시 나에게 속상했던 이들, 여기 지면을 빌어 용서 청하고 이제, 나는 새로운 삶의 방식을 배워나가려고 한다. 사실, 나도 이 일이 처음이어서 흔들리거나 담대하거나 뒤죽박죽일 것이나 잘 견디어 갈 것이다. 모두에게 그리고 하느님께 감사드린다.

화분에 사는 놈들 누구 집에 보내야 하나 고심했는데 아오스딩에게 부탁해 방안에 들여놨다. 작년에 이사 온 이 집은 특별히 책을 넣어 둘 큰 방이 없어 방 한가득 벽을 차고 책꽂이가 있고 겨우 가운데 공간이 남는데 작년에 이어 이곳이 몇 개월간 책방 겸 식물원이 된다. 제라늄이 얼마나 다소곳이 피었는지 그리고 여름내 탐스럽던 가랑코에는 모두 꽃을 물었고 인천 출신 에그 플랜트는 노오란 열매 곁에 보라색 꽃도 계속 핀다. 종류별로 들어와 서로 교감하며 살겠지만 해가 부족한 1, 2월 어찌 잘 살아줄까 걱정도 된다. 견뎌주는 만큼 또 내년 봄 밖으로 나가자, 동안거다.

예당저수지 근처 '푸른 언덕' 목사님이 보내준 히아신스는 하필 서리 많은 아침에 심었다. 수선화 앞으로 빼곡히 모아 심어 내년 봄에 꽃 자랑 좀 늘어지게 해야겠다. 꽃밭 구기자 열매 몇 개와 수레국화 꽃이 햇빛으로 영롱하다. 로제트된 풀들도 알고 보면 다들 기분 좋은 듯 웃고 있다. 여전히 아오스딩의 손을 빌렸다. 천사다, 만만한.

아버지가 사랑했던 예수님상 아래에서 어머니와 처음으로 사진을 찍었다. 양념게장을 조금 담았는데 너 주고 싶다는 어머니의 말에 만나러 갈 수밖에 없었다. 치료 중에 그거 못 먹는 줄도 모르고 담그셨는데 그래도 받아왔다. 어머니의 사랑을 받아온다 생각했다. 또, 여기 노오란 수선화 가득 피면 사진을 찍자고 약속도 해본다.

바닥을 쳐라. 우럭을 잡으러 나갔던 첫날 아버지의 말씀이었다. 그리고 거기서 시작하여라. 인생의 바다 어디, 그 바다 내려치며 든든한 것은 거기 손톱만큼 위에는 우럭이 수도 없이 오간다고, 그러니 희망을 가지라고.

11월부터 시작된 아즈미노천 퀼팅 가방이 완성 단계에 접어들었다. 갑작스런 건강문제로 중단됐다가 콘디션이 아주 좋은 시간을 정해 몇 번 바느질했더니 거의 마무리되고 있다. 누빔이 재미있어 또 하나 시작하고 싶다. 이제 양옆을 꿰매고 손잡이만 달아주면 널따란 가방이 된다. 무엇이든 완성은 기쁨을 준다. 인생도 마찬가지여서 잘 꿰매며 살다 보면 그것도 완성으로 자꾸 나아가고 기뻐지겠지.

벌써 3개월 항암이 지났다. 벌모레 약을 바꿔 1주일에 한 번씩 3개월 동안 해야 한다. 머리카락 한 올까지 알고 계신 하느님 덕분에 잘 먹고 잘 자고 시간도 이렇게 퍼뜩 지났다. 무엇을 마실까, 무엇을 입을까, 걱정 말라는 성경 말씀은 하나도 틀린 데가 없었다. 매일 누군가가 나를 위해 기도해주고 하나를 주면 여러 곳에서 다시 되돌아왔다. 가슴 아픈 이들의 한숨까지도 모두 들어주길 청하며 주변의 어려움 겪는 이들을 기억해본다. 밝게 웃을 수 있는 매일을 허락하심에 황급히, 그리고 즉시 하느님께 감사드린다. 책 사러 가는 날을 기다리며.

어제는 늑장을 부려 새벽 조배는 하는 둥 마는 둥 여덟 시가 안 되어 천안 병원으로 향했다. 기도제목이 있어 순천향대 지날 때까지 묵주기도를 바치고 나서야 가톨릭성가를 틀어놓고 따라 불렀다. 항암주사를 맞기 바로 전까지 있는 대로 기운을 내고 즐거운 시간을 보낸다. 의사 선생님은 나의 질문에 이것저것 열심히 대답해주고 불어난 몸무게는 항암이 끝나면 포그르 빠질 것이니 걱정 마라 했다. 늦게 도착하여 주사실에 베드가 없어 암체어에 우선 앉아 주사를 맞았다. 잠이 오면서 가끔씩 코를 골았다. 제발 예쁘게 있다 갔으면 싶지만, 주사약만 들어가면 저절로 이런다. 중간쯤 침대로 올라갔고 어느결에 집에 갈 시간이 됐다. 쏟아지는 졸음을 달래기 위해 치과대 인근 주차장에 차를 놓고 한참을 쉬었다. 가지고 간 딸기와 고구마를 챙겨 먹고 집으로 오면서 신창휴게소에서 한 번 더 쉬었다. 금요일 라디오에서는 김혜영 씨가 여자가수와 기타 치며 노래하는 남성 가수의 라이브 프로그램을 진행한다. 〈보랏빛 향기〉와 〈사랑two〉가 들려오고 이어서 김광석의 〈일어나〉도 나왔다. 집에 오니 4시가 훌쩍 넘었다. 잠시 쉬다가 립스틱을 바르지 않아도 입술이 예쁜 윤정이가 맛난 누룽지오리백숙 사줘서 저녁으로 먹었다. 그러고 보니 사순시기 금요일인데 금육재를 못 지켰다. 아이구 하느님도 내게 필요한 음식이 뭔 줄 아시니 이해하시겠지 하며 스스로 안심한다. 저녁미사를 드리고 이어지는 십자가 길에 참여했다. 사순시기를 지내는 나의 금요일은 한마디로 예수님 수난에 동참하기다. 이 시간쯤 되면 뒤꿈치가 아파 서 있기 힘들다. 14처의 절반인 7처까지만 견뎌보자고 애써본다. 그러면서 예수님의 수난에 동참하면 저절로 14처에 당도해 있다. 이렇게 금요일이 갔다.

새벽조배를 거를까 고민했다. 이렇게 편하고자 자꾸 핑계를 대며 빠지다 보면 버릇이 될까 싶어 벌떡 일어났다. "너의 도움 어디서 오나?" 하면서 성당으로 갔다. 이제는 해가 일찍 떠올라 앉아있노라면 밝아온다. 오늘은 프란치스카 형님이 꼭두새벽부터 성당 입구서부터 십자가 길을 하고 있었다. 누군가 성모 동굴 앞에 자그만 촛불 하나를 켜놓았다 싶었더니 그 형님이었다. 오늘은 잡념이 없을까 했더니만 여전히 잡생각이 어디서 나오는지 또 치근댔다. 괘념치 않고 앉아있다가 밝아오는 밤을 느끼며 집으로 돌아온다. 첫 번째 신호등에서 나도 모르게 노랫말이 떠올랐다. 검색해서 들어보니 한동준의 <너를 사랑해>다. 늦도록 누워있다고 안 아픈 건 아니라는 생각에 가장 기쁜 일을 해보자고 호미를 들고 꽃밭으로 나갔다. 기온이 올라 밖은 따뜻했다. 수선화 근처 풀들을 매어줬다. 올해엔 기력이 없으니 큰 밭에는 꽃 심기가 어려울 것 같아서 직사각형 마당에 꽃모종을 할까 한다. 마당만 가꿔도 큰일이 될 것이다. 수레국화와 개양귀비 싹이 많이 나와 있었다. 사월 초에 모종을 옮겨야겠다. 작년에 심어둔 복수초와 노루귀가 올라왔다. 붉은 베르가못이 월동을 마치고 촉이 많이 나왔고 화분의 장미들도 새순을 내고 있다. 노지 월동한 여러 가지 꽃들이 장하기도 하고 그들 덕분에 나도 한동안 기운이 펄펄 났다. 아기 사과나무 아래 떨어진 붉은 열매들을 치워주고 직사각형 마당에 그려질 꽃밭을 상상했다. 사과 꽃이 피는 건 아직도 먼 이야기지만 그때엔 항암도 끝나고 나도 다시 꽃 피울 것 같다. 내일은 비가 온다고 한다.

이들이 숨소리도 안 내고 밤마다 손톱만큼 땅을 밀고 나왔을 때, 나는 기침 소리 창밖으로 몇 차례나 보내었을까? 창 주인의 한숨과 발걸음까지 뒤척이며 들었을 그 겨울, 이기고 보란 듯 자라난 상사화 무리 좀 보게. 눈발에 언 땅 다 녹이고, 살아야 한다, 결기가 시퍼런 상사화 좀 보아라!

2년간 보듬어 오던 『홍성본당 70년사』가 햇빛을 보려고 마무리 편집에 들어갔다. 무슨 업보가 있는지 전공한 문학책은 내지 않고 천주교회사 책만 쓰고 있다니, 어찌 보면 소명이겠고 둘러치면 고집이겠다. 써지지 않아 밤과 낮을 하얗게 지새우며 끙끙 앓던 일이 얼마나 많았던가, 한 줄 부여잡고 몇 달을 그냥 보내며 괴롭던 밤들은 어찌 다 표현하겠는가. 그냥 받아들이던 병은 어떻든지, 마무리해야 할 원고를 붙들고 병원 가기 전에 대충 끝내 놓았건만 수정과 수정을 거듭하고 지금껏 내 곁에서 가실 줄 모른다. 수정본, 수정본,

이제 무거운 몸에서 빠져나가 오늘로 정리되었으면. 새벽부터 쏟아진 비는 홍성 전역을 우울로 데려가고 이층 카페에는 아무도 없지만 내 원고 속 형제자매들은 시끌시끌하다. 이제 더는 무거운 원고, 인쇄소로 가주시길 빌며, 나로부터 독립해주길 빌어본다. 홍성본당은 70년사를 내놓지만, 홍성지역에 뿌리내리기를 1780년경 전으로 기록되니 사실 그 역사부터 기술되어 있다. 긴 여정이었다.

> 먼 세상이 언제나 낯선 곳은 아니고, 그곳이 불러일으킨 동경이 언제나 미지의 상태에 대한 유혹은 아니며, 오히려 가끔은 집으로 돌아오고자 하는 부드러운 동경일 수 있다는 점이다.
> ― 1900년경 베를린의 유년시절, 『선집3』 p.42 중에서

발터 벤야민의 말처럼 어쩌면 여행은 집으로 돌아오고자 하는 부드러운 동경일지 모른다. 조이스의 『율리시스』 주인공 블룸조차도 집으로 돌아오기 위해 아침 일찍 집을 나가 더블린 일대를 산책하며 밤늦도록 방황하지 않았는가. 모든 여행의 촉발은 집으로 돌아오기 위해 시작된다고 규정해도 틀리지 않는다. 그러므로 그해 나는 집으로 돌아오기 위해 여러 번 비행기를 탔고 수없이 헤맸고 많은 시간을 길에서 보냈다.

작년 11월, 여기저기 대충 뿌려놓은 꽃씨가 발아해 싹을 틔웠고 긴 겨울을 땅바닥에 들러붙어 견딘 후 요즈음 하루가 다르게 성장하고 있다. 주로 4월이나 5월에 피는 일년초들이다. 끈끈이대나물, 개양귀비, 수레국화, 오렌지코스모스, 니겔라, 패랭이, 우단동자 등 밭에 있는 그들이 잘 자라도록 풀을 좀 뽑아줬다. 밭에 무엇인가 심을 수 없으므로 그네들이 풀처럼 자라주길 부탁했다. 꽃밭에는 수선화와 히아신스가 꽃대를 조금씩 올리고 유월에 필 베

르가못이 삐죽삐죽 더 컸다. 큰 밭에 조금 심었던 분홍달맞이꽃이 조금 자라면 마당에 옮겨 줘야겠다. 이들의 봄에 대한 신뢰는 또 어떠한가. 그들이 자그마치 기다린 시간은 또 얼마나 어마어마한 분초인가. 수선화 앞턱에 뿌려 놓은 루피너스가 오늘 오후 살펴보니 떡잎을 내밀고 있었다. 이들은 이 땅과 이 봄을 무궁무진 신뢰하고 기다려온 것이다. 꼭 오고야 만다는. 몸이 무거워 그들 맘에 꼭 차는 정원사는 못되어도 조금씩 조금씩 정리하며 함께 성장할 것이다. 조금 움직였더니 오늘 저녁은 천근만근이다. 허나 밭에 있을 때 얼마나 행복했는가.

작년 11월 아오스딩과 심은 히아신스가 꽃대를 내밀었다. 온통 보라색이다. 뒷줄에 서 있는 수선화가 올라오면 잘 어울릴 것 같다. 복을 가져온다는 복수초가 피었고 노루귀 하나 피었다. 마당에 풀 나서 크기 시작하면 통제할 수 없어 일찌감치 잡풀 매주고 부직포를 하나 깔았다. 소화데레사의 힘을 빌렸는데 그 애 왈, 블랙카펫이란다. 블랙카펫 길 양옆에 꽃모종했다. 아직 키가 안 자라 표시 안 나도 곧 사월 말부터는 꽃 필 거다. 장마가 지기 전까지는 예쁜 꽃밭일 것이다. 오늘 소화데레사의 손을 빌려 책방에서 살던 화분 식물들 죄다 꺼내놓았다. 아직 밖으로는 나오지 않았지만, 햇빛 구경 실컷 시켜줬다. 온통 사방이 예뻐질 사월이 코앞이다.

점심으로 풀잎을 먹어볼까 하고 밭으로 나갔다. 풍년초가 지천이다. 이즈음 풍년초를 먹을쏘냐, 그냥 지나던 예년과 달리 그 앞에 잠시 섰다가 뜯어냈다. 세 갈래 네 갈래 포기를 기른 놈들로다가 한 주먹 담고 밭도랑을 거쳐 약간 물이 흐르는 자두나무 아래 진흙에서 자라는 돌미나리를 흔들어 깨웠다. 흙 반 나물 반 채집하고 눈길 가는 대로 민들레 잎 몇 개 손에 넣었다. 밭에 약간 심어둔 미나리는 아직 키가 깡뚱하고 작년 가을부터 풀숲을 이루던 뒤꼍에서 어린 머위 스무 잎 정도 떼어왔다. 벌써 머위 꽃 하나가 피고 있었다. 찬물에 풍년초를 씻다 보니 손끝이 시리다. 다른 풀은 먹어도 풍년초까지 먹는 건 아니라고 말리던 친구 얼굴이 떠오른다. 가난한 이들이나 먹는 거다, 몇 번이나 말렸다. 사실 이 풀은 독특한 맛은 별로 없다. 그래서 나는 꼭 쌉쌀한 엄나무 잎이나 쓴 오가피 잎을 섞어 삶아 무친다. 소금과 마늘 그리고 고소한 들기름을 넣고 조물조물 무쳐 깨소금을 조금 넣으면 그만이다. 오늘은 쓴 나물로 머위를 넣었다. 미나리와 민들레 잎에는 아삭한 사과를 채 썰어 넣고 고추장과 개복숭아 효소를 섞어 마늘 조금 하고 살살 버무려 먹는다. 쓴 민들레가 속에서 쓴내를 풍겨 가끔 하품하며 먹어야 한다. 아직 이른 풍년초를 뜯어 왔지만, 그 풀은 여름이 오기 전 단오 경에 제일 윗부분을 똑똑 따서 삶아 무치는 게 좋다. 점심 반찬이 귀하게 차려졌다. 풀 뜯는 소리다.

버지니아 울프는 큐 가든의 산책에서 붉고 파랗고 노란 꽃잎에 햇살이 내려앉아 땅에는 세 가지 색깔이 섞인 점이 생긴다고 햇살 그림자를 설명했다. 그와 같은 빛이 달팽이 등딱지에도 생겼다고 그의 단편에 적었는데, 오늘 아침 일찍부터 밥 먹으러 온 고양이가 다녀간 뒤로 떠오른 해는 유난히 황금빛 햇살을 마구 뿌려댄다. 그 햇살이 수선화 줄기마다 비집고 들어가 흙바닥에 그림을 그리고 있다. 빛도 그늘도 한순간 그림이다. 서 있는 수선화의 잎들은 마치 겨울 이긴 보리 같지 뭔가.

벚꽃 피면 꽃구경하겠다는 약속은 지켰다. 항암의 끝 무렵이라 온통 부어 걸음 떼기가 버거워도 꽃 보는 일 앞에 아픈 건 다 잊었다. 원래의 내 모습으로 돌아가기는 할까, 몇 밤 자면 몇 밤 자면…….

드디어 『홍성본당 70년사』가 출판되었다. 참 오래 가슴앓이로 썼다. 담긴 내용보다 담기지 않은 수많은 일이 더 주인공이다. 1793년 오관리에서 원시장 베드로가 첫 순교하고 1950년 홍성본당이 대교리에 설립되어 70년이 더

흘러 2020년 설립기념의 해를 보내고 그 결실이 책으로 만들어졌다. 턱없이 부족하지만 못 채운 것들은 앞으로 더 채워지기를 희망하며 하느님 아버지께 감사드린다. 그 안에 살아있던 많은 믿는 이들의 신앙이 전해지기를 빌어본다.

수선화 만개하여 카페 친구들에게 꺾어가라고 불렀다. 뜨겁지 않은 날씨였고 샌드위치와 샐러드를 먹으며 봄 소풍했다. 나는 꽃밭에 심어놓은 아직 피지 않은 꽃 이야기를 늘어놨고 그들은 꽃을 들고 배시시 웃었다. 다음 수레국화 가득 필 때 또 소풍하자.

수선화 꽃 진 후 꽃대를 얼른 잘라줬다. 구근이 조금 더 튼튼해지기 바라며. 왜으아리 꽃이 비를 맞고 더 생생해졌다. 클레마티스 분홍은 이제 더이상 피어날 봉오리가 없을 만큼 만개했다. 원예종 장구채 색감이 좋아 한 포트 구입하여 한쪽에 심었더니 어제부터 밝게 모두 피었다. 일부러 일년초 위주로 씨앗을 받아 뿌리는 정원을 가꾸고 있는데 올봄에는 클레마티스 종류와 붉은 인동을 장만해 키우고 있다. 꽃 본 후에 삽목하여 조금 더 늘리기도 하고 나중에 덩굴로 올려볼 생각이다. 아침밥을 하면서 작년 메리골드 심은 자리에 니겔라 싹을 줄줄이 모종했다. 며칠 새 풍선초가 싹 터 그것들도 담 곁으로 옮겨줬는데 나중에 줄을 달아매어 담으로 올릴 것이다. 크리스마스쯤 둥그렇게 돌려 말릴 수 있을 것이다. 옥신각신하던 천일홍이 조금씩 발아하고 있었다. 토요일 모종장에서 구입한 아메리칸 포피 퍼플 세 포트도 옮겨 심었다. 비가 두 차례 정도 더 오고 나면 마당에 꽃이 제 색을 낼 것 같다. 루피너스 싹 근처에 너무 정신없이 올라오는 봉숭아 싹들은 보이는 대로 뽑아 줬다. 몇 놈만 키워도 괜찮기 때문이다. 채송화는 아직 옮기기에 어렸다. 축축한 꽃밭이 어느 날보다 산뜻했다. 아, 여름이 오기 전 한 달이 가장 행복한 시간이다, 가드닝하기에.

어제 오후 상토 두 포대와 맵지 않은 고추 묘목 5개, 방울토마토 4개를 구입하여 집 마당에 내리자마자, 비바람에 쓰러진 화로 위 대리석 돌판을 제자리에 놓은 아오스딩 따라 살짝 반듯하게 밀어 놓는다는 게 오른손 넷째 손톱을 눌려 다치고 말았다. 순식간이었고 손톱 중간이 찢어져 피가 났고 통증이 심해 병원 두 군데 거쳐 의료원 응급실로 갔고 엑스레이로 확인하니 골절은 아니어 상처 부위 소독하고 붕대 감고 항생제 주사에 진통제 등 처방받았다. 그렇지 않아도 부은 몸에 오른손까지 못 쓰니 여간 불편한 게 아니다. 그나마 감사한 것은 크게 다치지 않았다는 것. 그제, 비오기 전에 홍동 어린왕자 집에서 얻어온 여러 가지 모종들을 옮겨 심었는데 다행히 비를 맞고 생생하게 살아있는 듯해 맘이 놓인다. 물망초 아주 작은 놈을 심고 잘 살까 조심조심, 누운 주름잎을 여러 갈래로 나눠 심었고, 꽈리 씨를 터트려 화분에 뿌렸고, 락스퍼 몇 개를 심었다. 어린 락스퍼는 니겔라와 너무 비슷하여 성장해야 구별이 된다. 선생님이 화이트캔디라고 나눠준 것은 아마도 노랑 상록코스모스 같다. 붉은 베르가못이 어느새 많이 늘어나 개양귀비가 지고 나면 꽃을 보려고 밭에 함께 심어줬다. 지난번 뿌려둔 치마아욱이 줄줄이 싹이 났다. 한주먹이나 되는 무 싹도 앙증맞게 났고 노란 창포 씨앗을 곁에 덮어뒀더니 올해 식구 수를 많이 늘렸다. 뭐니 뭐니 해도 램스 이어는 이 즈음이 가장 앙증맞다. 풍선초가 많이 싹 터 이웃들과 나눴다. 작년 맨드라미를 심은 자리에 분홍 낮달맞이를 옮겨 심어뒀는데 이번 비에 보니 맨드라미 싹이 올망졸망 나고 있다. 낮달맞이는 빈 밭에 많은 땅을 점령하고 세력을 넓히고 있다. 감자를 심었던 밭에는 분홍 끈끈이대나물과 수레국화, 개양귀비, 수염패랭이가 꽃 필 준비를 거의 끝냈고, 작년에 수레국화가 무리진 밭에는 끈끈이대나물과 하얀 니겔라가 크고 있다. 향기 프록스와 비슷한 꽃인데 잎과 줄기는 어린 페츄니아 같은 놈이 땅으로 기어 퍼지고 있다. 7년 전 보스니아 헤르체

코비나에서 가져온 산자고가 흰 꽃을 피웠다. 몇 년 전 지리산 자락 한 카페 사장님이 나눠준 애기 분홍 덩굴장미 싹이 복스럽게 퍼져 유월이 기대된다. 아스틸베와 루피너스는 잘 크고 있다. 작년 채종하고 땅에 직파한 루피너스는 올해 꽃을 볼 수 있기는 한 건지.

긴 여정이 끝나고 새로운 길이 시작되었다. 어제 강경 언덕에 앉아 구구한 금강을 내려다보고 소금 집 이야기 몇 자락 꺼내다가 어딘가 있었을 포구 그 너머 사람들을 떠올렸다. 강이 바다로 흐르듯 또 나도 더 큰 물길로 흘러야겠지, 마지막 항암을 마치고 오후 늦게 라디오 생방송에 잠깐 나갔다. 그러고 나니 진정 6개월이 지나고 선뜻 바다로 나갈 듯, 내가 참 대견한 항해꾼 같다. 어떤 삶이든 오라.

자신은 "바위 안에 숨어 있는 작품을 꺼내놓은 것"뿐이라던 위대한 조각가 미켈란젤로의 말과 같이 정원사는 꽃이나 나무속에 숨어 있는 아름다움을 꺼내주는 일을 하는 사람이다. 어제 오늘 아오스딩의 손을 빌려 풀을 깎았다. 풀 마르는 냄새가 바람결에 물씬 났다. 나도 낫을 들고 상사화잎과 정신없이 키가 큰 박태기나무, 명자나무 가지들을 쳐줬다. 어느새 열매를 매단 보리수 곁가지 정리하고 나니 창밖이 훨씬 안정적이다. 작년엔 비실비실하던 매실나무에 매실이 엄청 달렸다. 밭 가장자리에 서 있는 자두나무에 참새들이 정신없이 들고나는 것을 보니 벌레가 많이 생겼나 보다. 가문 날씨 덕에 키 작은 코스모스가 벌써 꽃을 맺었다. 저녁나절에는 붉은 베르가못 잎들을 베어다가 삽목을 했다. 워낙 삽목이 잘 되는 놈들이라 물만 잘 뿌려주면 된다. 손에 베르가못 향이 남았다. 늦게 보려고 텀을 두고 천일홍 씨를 뿌렸고 할미꽃 씨앗과 디기탈리스 씨를 파종했다. 작년 홍동 로컬매장에서 사 왔던 디기탈리스가 엊그제 분홍색으로 꽃을 피웠다. 끈적한 끈끈이대나물이 제 색을 내면서 개화했다. 그리고 무더기로 밭 한쪽에 살던 분홍 낮달

맞이가 방긋방긋 해를 쳐다보며 폈다. 톱풀이 곧 필 것 같다. 해질녘에는 노
랑 꽃창포가 곁에 있는 붉은 개양귀비와 함께 금빛이 난다. 눈이 부시다. 작
년에 씨 뿌려 났던 패랭이를 여러 번 옮겨줬더니 올해는 패랭이 잔치다. 서
로 교잡되었는지 형형색색이다. 지나가는 사람들이 잠시 멈췄다 간다. 오월
은 참 많은 꽃이 피고 진다. 언니가 나 없는 새 들려 거름 한 포대를 두고 갔
다. 비 올 때 뿌리라고. 언니가 줘서 심은 단호박 곁에 얹어줘야겠다. 물론
토마토에게도.

할머니네 꽃밭은 촌스럽기 그지없는 분홍 낮달맞이꽃으로 둘러싸여 있었

다. 새벽미사를 끝내고 집으로 오다 보면 그냥 지나칠 수 없어 몇 번이고 서다 온다. 녹슨 대문 앞은 작약 몇 송이와 붉은 장미 몇 개와 그리고 또 분홍 낮달맞이로 발 디딜 틈 없다. 할머니가 시간 날 때마다 호미를 들고 앉아있는 텃밭에는 강낭콩이 비를 기다리고 있다. 흙벽 곁으로 언제 연기가 피었을까 가늠도 되지 않는 땅딸막한 굴뚝이 튀어나와 있고 오가는 길로 다 빼앗긴 마당은 거의 없어 조마조마한 땅이 집 전체 분위기를 휘감는다. 기도를 가거나 저녁 무렵 집으로 돌아가다 할머니 집을 지나다 보면 꽃을 가꾸고 그 꽃이 작년에도 올해도 계속 피어나고 또 피어날 것이라는 생각에 슬그머니 웃음이 지어진다. 어쩌다 할머니 집 대문이 꼭 닫혀 있으면 혹여 편찮으신가 궁금해진다. 이제 곧 엔젤트럼펫이 대문 안에서 자라나 문밖으로 고개를 내밀고 인사할 때가 온다. 계속 꽃은 피어나고 씨가 떨어지고 할머니는 내년 봄에도 강낭콩을 심겠지만 무탈 안녕하시길 지날 때마다 빌어본다. 그 꽃 유산으로 이어받을 예쁜 손주 있으면 좋겠고. 내법리 길을 지나며 드는 생각이다.

수술 방에 들어가면서 '하느님이 부르시면 이렇게 모든 것을 놓고 갈 수밖에 없다. 정해진 이 시간을 이젠 물릴 수 없구나' 생각하니 눈물이 맺혔다. "김현○입니다." "네?" "김현○이라고요." 여러 차례 나를 보며 인사하는 얼굴, 그제서야 마스크 속으로 눈물이 쏟아졌다. 어린 시절 이 녀석은 어찌나 예뻤던지 우리 가족의 사랑을 많이 받았다. 커서 간호사가 되었고 아이 둘의 엄마가 됐다. 오늘 마침 심장 수술이 취소되어 옆방 수술실로 들어왔는데 이름을 보고 설마 했고 친정에 전화해서 알아봤다고 했다. 서로 얼굴을 보며 말문이 막혔다. "울지 않습니다. 언니가 울면 저는 어떻게 합니까?" 녀석은 하나하나 잘 챙겨줬다. 마지막 마취가 될 즈음 살며시 손을 잡아줬다. "이제 졸음이 올 거예요." 순간이었지만 하느님 품에 갈 때도 이렇게 갈 수 있겠구나 싶었다. 평화롭게. 수술은 잘 끝났고 나는 새 세상으로 또 태어났다. 회복하여 내일 퇴원한다. 모든 인연은 이렇듯 돌아온다. 정과 의를 줬으나 배반으로 돌려받기도 하지만, 대부분 어느 알지도 못하는 공간 속에 다시 만나지게 된다. 두 번째 관문도 잘 넘기고 있다. 집에 비가 왔다고 한다.

오토바이를 타고 지나가던 아주머니가 멈춰 서서 물었다. "뭐 뿌려유?" "꽃이 져가서 비 온 뒤 다른 꽃모종 하려고 거름 뿌려요." "뭐 다른 건 안 심고 꽃만 심어유?" "예." "원체 이뻐유. 아, 이 꽃이 뭐랴? 참 신기허네." 오토바이에서 내린 아주머니는 허리가 반쯤 구부러지셨는데 하얀 니겔라 앞에서 탄성을 올리신다. 자신도 꽃을 좋아하고 저 언덕 위에 산다고 설명한다. 그 꽃 한 뿌리만 얻을 수 있냐 해서 아예 호미로 캐 드렸다. 땅이 딱딱해 사실 그분이 캐셨다. 분홍 낮달맞이도 캐가셨다. 램스이어가 삐쭉 허니 서 있으니 뭔 꽃이냐고 물으셨다. 주인이 아파 풀들이 여기저기 성한 꽃밭을 보시며 연신 예쁘다고 하신다. 꽃밭에 거름 뿌린다고 그 거름 이름이 뭐냐며 당신도 뿌려야겠다고 말한다. 노란 가지 꽃모종이 많아서 뽑아 드렸다. 나중에 또 필요하다면 여러 가지 드려야겠다. 비가 오면 맨드라미와 천일홍, 가지 모종을 해야 한다. 마음 같아선 예쁘게 잡풀을 뽑아준 뒤 심고 싶지만, 몸이 성치 않아 그것은 미루기로 한다. 꽈리 열매를 물에 담갔다가 파종했더니 많이 났다. 그것도 모종해줘야 하는데 결국 비가 오느냐의 문제다. 잔뜩 흐렸는데 이러다가 그냥 날이 개는 건 아닌지 모르겠다. 화분에 가득한 수국을 보고 그 아주머니는 자신의 수국은 왜 잘 안되는지 모르겠다고 중얼거렸다. 꽃을 키우는 이들끼리 자꾸 이야기를 나눠야 한다. 정보를 얻고 나누며 조금씩 전문가가 되어간다. 난 씨앗을 받아서 많이 뿌리는 재미에 빠진 정원사다. 내가 앉아 쉬는 초록 의자 곁으로 개양귀비꽃이 그림처럼 늘어져 폈다. 작년보다 엄청 많이 피어났던 셀서피는 수줍은 애들처럼 입을 닫고 뭉게뭉게 씨앗을 솜사탕만큼씩 뽑아내고 있다. 정원의 맨 뒤쪽에 세워야 할 만큼 키가 크다. 파랑 수레국화 옆에 함께 있으면 색 배치가 얼추 맞는다. 락스퍼가 폈다. 진한 파랑이다. 델피늄과 락스퍼는 다른 꽃들과 섞어 심으면 색 조화가 환상적이다. 연분홍 파라솔이 한번 폈다가 지고 또다시 좌라락 폈다. 분홍 프록스도 참 단아하다. 버바스쿰이 여러 가지 색으로 앙증맞게 계속 핀다. 캘리포니아 포피는 오렌지 색으로 피는데, 이처럼 자주색으로 꽃피는 놈은 처음이다. 씨앗을 받을 수 있을지 의문이다. 폭스 글러브, 즉 디기탈리스 싹이 엄청 나왔다. 지난번 삽목한 베르가못과 잘 섞여 살고 있다. 그나저나 비가 와야 한다.

3일째 걸어서 새벽 성체조배를 나갔다. 성당까지 걸어갔다가 기도하고 또 걸어왔다. 일찌감치 나온 고양이들과 마주치거나 묶어 매 놓은 염소와 눈이 마주치는 일, 해가 오렌지 색 탁구공처럼 떠오르는 장면을 목도하는 일, 허리를 꼿꼿이 세워 걸을 수 있음에 감사하는 일, 길가에 핀 금계국이나 기생초 꽃 얼굴을 보며 반가워하는 일. 이러한 모든 일에 감사하다.

그동안 줄곧 피어왔던 끈끈이대나물과 수레국화, 개양귀비가 여물어가면서 볼품없어지고 있었다. 아침나절 가위를 들고 나가 사포나리아와 클레마티스 씨를 받아 놓고 순서대로 차근히 씨앗 채종에 나섰다. 이즈음 되면 채종하는 것도 꽤나 시간이 걸려 대충 몇 개씩만 받을까 하고 고민하게 된다. 그러나 이들도 씨앗을 만들기 위해 얼마나 최선을 다한 삶이었던가 생각이 드니 정성껏 채종하게 된다. 그리고 한 번 더 꽃을 볼 생각으로 꼬투리를 따낸 아래 한 뼘씩 더 잘라주고 마른 잎은 정리해줬다. 그러면 꽃들은 더 꽃을 피워내는 성질이 있다. 저녁 무렵에는 긴 호스로 물을 푹신 줬다. 다시 잎을 내어 2차 개화를 부탁하는 마음으로. 미사 다녀온 후로는 껌껌해질 때까지 패랭이 씨 꼬투리를 잘라왔다. 조금 더 말렸다가 가을에 뿌릴 생각이다. 패랭이, 끈끈이대나물, 수레국화, 개양귀비는 가을에 씨 뿌려두면 싹이 났다가 겨울을 보내고 사오월에 꽃을 피운다. 사포나리아도 마찬가지. 패랭이는 조금 일찍 뿌려줘야 이듬해 꽃을 볼 수 있다. 정원에 꽃을 가꾸는 일도 부지런하지 않으면 시기를 놓쳐 헛수고 될 때가 있다. 거두는 일도 심는 일만큼 중요하다.

새벽 아침 성당에 도착하니 하늘이 너무나 아름답다. 문 열어놓고 산들바람 맞으며 앉아있었다. 백 육십도 되지 않는 키에 뭣이 다 많은지 어수선한 주변과 삶의 영토를 성모님의 가슴에 묻어두고 평화로워지도록 예수님 안에 40분 앉았다가 가만히 나왔다. 성당을 내려가다가 담벼락 아래 루드베키아가 고와서 이렇게 저렇게 사진에 담고 거듭거듭 신선한 바람 맞으며 집으로 오는 길에 며칠 전 만난 페츄니아 화분 내놓은 집 할머니와 수줍은 눈인사하고 옛날 변소로 쓰였을 법한 조그만 창고가 하도 귀여워 또 이렇게 저렇게 사진에 담고, 늦모 심은 논가에 흐드러진 풍년초 꽃 쳐다보다 또 이렇게 저렇게 사진에 담고 돌아온 아침. 그리고 저녁이 됐다. 동생 갖다 주고도 남은 보리수는 아직도 붉고, 간간이 내리던 비가 그쳤는지 청개구리 소리가 요란하다. 집집마다 평화가 보리수 개수대로 익어 넘치길 빌어본다.

장마철 분위기다. 촌스런 진분홍 끈끈이대나물이 지니 연핑크 끈끈이가 조금씩 핀다. 화분 아래 팬지는 아가들마냥 방긋 웃는다. 지난 비에 쓰러진 락스퍼를 지지대에 살짝 걸쳐줬고 담배초 꽃이 연둣빛으로 겸손하게 고개 숙이고 보았다. 분홍 디기탈리스가 끝까지 피고 열매를 달그락달그락 달았다. 녹색이다. 톱풀의 심장은 붉었다가 사그라진다. 아침저녁 걷는 길에 논두렁 개망초가 어찌 저리 고울꼬. 비 한번 왔다고 늦모가 수를 늘려 초록 벼로 변신하고 있다. 푸른 바다를 옮겨 놓은 염색 천으로 꿰맨 가방이 완성됐다. 이지영 선생이 만들어 온 각양각색의 파스타 모양에 푸른 계열 또는 그와 비슷한 컬들까지 색들은 정말 찬연했다. 어둑해진 마당 보리수 몇 주먹 따먹고 들어와 앉으며 혹여 부처님처럼 깨우침 있을까, 여러 번 외우다 만 기도 끝까지 못 채워 그냥 당신의 뜻 이루어지시라 눈 꼭 감는다.

생전 처음 인형을 만들었다. 토끼 인형이다. 마카롱 실로 만든 초록 가방에 달고 다니니 순간순간 우쭐거려진다. 어쩌다 앨리스가 되었고 그래서 토끼는 늘 관심거리였다. 솜 넣고 꿰매고 하는 과정이 꽤 많고 잔손이 가서 만드는 데 이틀 걸렸다. 내게 베푼 많은 은혜 어찌 갚나 순간순간 기도하며 만든 가방들 가고 싶은 곳으로 가고 있다.

정식으로 밥 먹으러 오는 고양이가 둘이 되더니 오늘 아침은 둘이 다정히 먹으러 왔다. 노란색 고양이는 어린애로 근래에 오는 놈인데 야옹야옹 얘기

를 건네고 대답도 곧잘 한다. 1년 이상 오는 잿빛 고양이는 할아버지처럼 오는데 이제껏 한 번도 말소리를 낸 적이 없다. 두 녀석에게 밥을 주니 잿빛은 먹고 차 밑으로 가서 잠을 자고 노랑이는 내 곁에 앉아 잠을 참으며 재롱을 피우기 시작했다. 자리를 옮겨 의자에 앉으니 따라와 그 앞에서 자다가 내가 나비를 보러 꽃밭에 들어갔다가 사진을 찍으니 다가와 거기서 눕는다. 이 녀석은 참 인간 친화적이다. 아직 밖에서 사는 티를 내며 마른 체격에 털도 지저분하다. 그럼에도 불구하고 나를 따라다닌다. 머리를 쓰다듬게 한 번 기회도 줬다. 예전에 말이지, 너와 비슷한 금순이라는 애가 있었단다, 하고 이야기도 해줬다. 어쨌거나 녀석들이 평화롭게 와서 밥 먹고 가길 바란다. 잠도 자고 놀기도 하고. 장마가 오락가락하면 이즈음 나비 떼가 오는데, 시작되었나보다. 노랑 문빔꽃 근처에 돌아다니며 꽃에 앉았다 돌아다니다 정신없다. 비 오는 기간 동안 옮겨준 맨드라미며 천일홍 등이 잘 활착했다. 먼저 큰 맨드라미가 제법 몸집을 불려 잎에 노란빛을 띤다. 맨드라미는 꽃 피기 전에 크는 모습도 예쁘다. 그 곁에 댑싸리도 한몫한다. 오랜만에 꽃밭도 땅을 말리며 씩씩해지는 시간이다. 봉숭아가 지금이 가장 예쁠 때다. 여름이 짙어지면 병도 생기고 나른해진다. 봄 결에 선물로 받은 웨딩찔레에 꽃이 많이 왔다.

애초부터 불완전한 인간에게 완전을 요구하지 마시고
완전해지려는 마음을 받으소서
그리하여 선과 악의 사선을 넘고 있는 우리 모두
공평한 구원의 햇살을 받게 되기까지
우리를 기다리고 기다려 주소서
— 고정희, '구정동아 구정동아' 중에서

먹고 살기 어려운 시대로 가고 있다. 라면값이 소줏값이 바벨탑 부럽지 않게 높이 쌓아 올라가고 있다. 공기 한 스푼 떠먹고 하느님 한 번 쳐다보기, 이런 날이 올까 두렵다. 고정희 시인의 시집 『모든 사라지는 것들은 뒤에 여백을 남긴다』를 펼치면 한 마디 한 마디 똑 부러지는 문장들이 쏟아진다. 이런 입 가진 사람 어디서 찾을 수 있나?

살얼음 추위 이기고 매섭게 피어난 매화, 영혼 육신 마음껏 익어 겸손도 차고 넘치자, 이 꼴 저 꼴 다 놓고 땅으로 떨어져 붉을 리 없던 가슴 태워 끝끝내 흙이 되고자 한단다. 결 고와 살구일 리 없고 더더욱 복숭조차 아닐 진데, 무진 무진 열매는 썩어 다시 나고자 한단다, 매실, 너도 삶에 진실하구나, 진심이구나. 썩는 일도 열심인 매실.

맨드라미가 올라왔다. 거칠지만 내 머리카락도 자라서 어제부터 모자를

벗었다. 익숙했던 이들이 잠시 깜짝 놀라기도 하지만 자신 있게 빡빡머리를
내놓고 다녔다. 흰머리가 더 많다. 병원으로 방사선치료를 다닌 지 3주차다.
땀을 내지 말고 그려진 그림 지워지지 않게 지내야 한다는 안내를 받고 고민
스러웠지만, 병원을 엄청 좋아하게 되었다. 새로 지어진 암센터는 냉방이 잘
되고 사람이 붐비지 않아 복도를 따라 걷기가 그만이다. 치료 후 15분 정도
걷기운동을 한다. 치료는 10분도 안 되어 끝나니 최대한 병원에서 뭔가 이룩
하고 싶은 내 의지인데 묵주기도를 겸하는 걷기를 하니 일석이조다. 매일 병
원 가는 일이 행복해졌다.

　대학병원까지 차로 1시간 30분~40분, 운전하며 목소리를 내어 묵주기도
20단을 드린다. 2학기 수업에 지장이 없도록 목소리를 내는 연습 겸 기도시
간이다. 끝나고 '김종배의 시선집중'을 유튜브로 듣는다. 주차장에 파킹하고
서 일부러 계단으로 걸어 내려가고 더 돌아서 치료실까지 간다. 물론 갈 때

도 오른손에 묵주를 들고 흔들며 걷는다. 기도하러 병원에 오는 셈이다. 그러고 보니 28일의 피정인 셈이다. 1주일에 5일씩 꼬박 여름을 다 보내면 치료에서 벗어날 것이다. 가볍게 걸어 다니고 붓기 없는 발을 유지할 수 있다니 이 얼마나 감사할 일인가? 허리를 꼿꼿이 세우고 여기저기 걸어 다닐 수 있는 기쁨은 또 어떤가? 병원 복도마다 걸어놓은 고흐의 그림 앞에 서서 뚫어지게 바라볼 수 있는 여유는 또 어떻고? 병원이 참 고맙다.

여기저기 모아뒀던 조각 천과 몇 겹씩 접어 보관하던 천들을 얼마 전에 4센티 정사각형에 시접 0.7센티를 각각 주고 그려 오리는 재미에 빠졌다. 집에 있는 참에 이것들도 꿰매어 노트북 넣는 가방 만들어야겠다고 시작했다. 밑판 만들어 좌라락 붙이면 된다. 하지만 우선 안감과 솜을 대고 꿰매어 뒤집은 후 하나하나 누벼줘야 한다. 지난번 누빔을 끝낸 리버티원단 퀼팅은 가로세로 2.5센티로 아주 작은 사각형이었다. 어쨌든 이런 네모를 덧붙여 무늬를 만드는 일은 꼭 도화지에 그림 그리는 것 같아 작업하는 내내 기분 좋다. 오늘은 유튜브로 영국과 프랑스, 이탈리아 테마여행 프로그램을 보며 바느질했더니 해외여행 다녀온 것 같다. 추억 돋는 여러 일이 주마등처럼 스쳐 지

나가고 다음에 기회 있으면 꼭 피렌체에 가보고 싶다고 맘먹고 말이다.

새벽이슬에 젖은 딜꽃 한 가지를 꺾었다. 어제 꽃은 상사화 곁에 꽂아준다. 근처에 온다는 친구 편에 상사화 한 묶음 꺾어 보냈다. 먼저 핀 맨드라미 붉은 녀석도 함께 넣었다. 아침결 꽃밭에 들어가 바랭이와 쇠비름 뽑던 장갑이 뜨거운 햇볕에 익고, 밥 먹으러 오던 고양이도 뵈지 않는다. 덥긴 덥다, 이 날. 중복이라지.

초록 의자에 앉아 우유커피를 즐기는데 빗방울이 떨어진다. 너무 시원하여 들어갈 수 없어 우산 받고 즐기고 있다. 밥 먹으러 온 고양이 녀석과 몇 마디 주고받고 걸어 다니는 꽃밭은 온통 풀냄새와 풀벌레 소리다. 어느 유럽 시골 동네 부럽지 않은 풍경이다. 게다가 기온이 내려가 얼른 에어컨이 있는 곳으로 가고 싶다는 생각이 나질 않는다. 지난번 확 쳐준 애플민트가 옹기종기 잘도 자라고 있다. 남은 음식물을 버리러 갈 때는 일부러 녀석들을 살짝 밟고 지나간다. 그러면 민트향이 살그머니 발걸음에 묻기 때문이다. 꽃들은 저들만의 향을 지녔는데 잡초를 뽑아주다 보면 저절로 향기 테라피하게 된다. 뻐죽대고 큰 취나물을 베어낼 때 나는 향은 짙고 고소하다. 베르가못을 정리해줄 때는 베르가못 향수 냄새가 나고, 방울토마토 곁을 지나며 천일홍밭을 매주다 보면 기가 막힌 토마토 향이 그들의 이파리에서 배어 나온다. 일부러 몇 번 건드려 보기도 한다. 연약한 코스모스는 어떤가? 코스모스 향기에 빠져 기특하다는 생각이 끝나기도 전에 녀석들의 생명력에 감탄한다. 조금이라도 휘어지거나 쓰러지기라도 하면 여지없이 그 자리에서 다시 뿌리를 내린다. 쓰러진 대로 또 살아나는 그 생명력, 누가 코스모스더러 한들한들 연약하다고 했는가? 가을꽃 중 층꽃 또한 향내로 그만이다. 잎을 건드리면 베르가못보다 더 건강하고 상큼하며 시큼한 냄새가 난다. 사실 시큼은 모르겠지만 내가 기억하는 그들의 냄새는 그렇다. 여러 꽃 중 천일홍은 이렇다

할 냄새가 없다.

삼사일에 한 번 토마토와 풋고추를 수확한다. 토마토가 두껍지 않고 맛도 좋아 기쁨 가득이다. 먹이를 찾아 날마다 찾아오는 노랑 고양이, '치즈'가 어제 아침엔 비가 오락가락하는 가운데 자신과 똑 닮은 애기 고양이를 데리고 와서 밥 먹고 갔다. 아직 내게는 비밀로 하고 싶은 듯 살짝 피했다. 저녁미사 다녀와 어둑한 마당에서 내가 야옹야옹거렸더니 어디선가 치즈 녀석이 달려와 깜짝 놀랐다. "이 녀석이 내 소리를 알아듣네?" 그러면서 주인의 목소리를 알아듣는 양이 나오는 성경 구절이 떠올랐다. 저도 한참 대답하더니 마당 한 구석에 널브러져 누워 졸다 가는 치즈 녀석이 기특하기만 하다. 1년도 안 된 듯 어린 것 같은데도 자식을 낳아 잘 기르고 있는 모습이 엄청 짠하다. 처음 밥 먹으러 오던 모습은 몹시 초췌하고 꾀죄죄했다. 마른 몸집에 엄마 노릇하느라 볶였던 어린 엄마, 치즈를 응원한다. 내가 토마토 맛있게 먹듯 우리 집 사료를 날마다 맛나게 받아먹기를 빈다.

삶이 무엇이냐고 물었다는데, 산이 한 대답이 퍽 마음에 든다. "견디는 일"이란다. 견·딘·다·는·것, 억수로 잘하는 일이지 말이다. 지난해 11월부터 받은 항암치료부터 수술, 그리고 방사선치료라는 일련의 과정을 잘 견디었다. 내가 내 삶을 잘 살았다는 뜻이다. 오늘로써 그동안의 일련의 암 치료 과정들이 끝이 났다. 이제 다시 시작이다!

항암하면서 계단 한 개를 오르기가 버거웠었다. 허리 펴고 꼿꼿이 걸어가는 기쁨을 그리워했었다. 이제 치료가 끝났고 자유로 걸을 수 있음에도 아침 일찍 걸으러 나가는 것과 뜨거운 햇볕이나 땀으로 범벅될 것이 두려워 주저앉기 일쑤였다. 지난 토요일부터 둑방길 40분 걷기를 오늘 아침까지 세 번 하고 나니 오후에는 내가 이제는 더 걸을 만하다는 것을 깨달았다. 해서 오후 5시에 출발하여 용봉산행 둑방길을 1시간 20분 걷기 시작했다. 시간을 이렇게 정한 이유는 걷는 동안 묵주기도 환희·빛·고통·영광신비 20단을 40분이면 바칠 수 있고 이것이 끝나는 지점에서 돌아오면서 바로 또 20단을 바칠 수 있기 때문이다. 시간 잴 것도 없이 거의 정확히 끝난다. 운동도 하고 하늘에 보화도 쌓고 일석이조다. 물론 거창한 기도는 아니지만 나름 가난하고 어렵고 고통받는 이들을 위한 지향과 기도가 필요한 사람들을 위해 온 시간을 드린다. 용봉초등학교 거의 못미처 40분이 되었고 다시 돌아왔다. 오는 길에 퍼뜩 이런 생각이 들었다. "내 입술이 모두 하느님께 드리는 찬미로 가득하여 그 찬미로 바뀐다 해도 좋다." 잡생각이 가끔 쳐들어오지만, 오직 기도문 외우며 걷는 데 집중하며, 내 안에 있는 태만, 교만, 질투 이런 것들이 땀으로 빠져나가기를 빌었다. 그러다 보니 집에 도착했고 나는 1시간 20분을 계속 걸은 것이다. 야호! 쉬지 않고 이렇게 걸을 수 있다니! 10개월 만의 일이다. 대견한 조현옥! 그래서, 앞으로 100번 이렇게 1시간 20분 걷기 프로젝트를 해보려 한다. 석 달이 걸릴지 넉 달이 걸릴지 모르지만 이뤄내기를 하루하루 빌어가며.

1년 만에 어머니 섬에 왔다. 학교로 가는 대숲은 너무 우거졌고 운동장 잔디가 경중경중 걷기에 너무 키가 컸다. 사리 여섯 매 만조, 바위 결을 치는 파도 소리가 운동장까지 들려왔다. 혼자 자갈밭까지 내려갈 수 없어서 사진 한 장 찍고 되짚어 왔다. 혼자 거두고 가꿀 만큼 자연이 만만한 것이 아니라고, 어쨌든 어머나 이곳 사는 어르신들에게도 벅찬 자연이라는 생각이 강하게 들었다. 로빈슨에게도 그의 섬은 그러했고, 성장이 빠른 풀이며 대나무에 포위된 이 섬도 그러하고. 슈퍼문이 뜬다는 오늘 저녁을 기다리며 여러 차례 보일러 기름을 나눠 옮기는 막내동생을 쳐다본다. 어쨌거나 계속 고된 섬 생활

이다. 저녁 먹고 동생 혼자 간다는 걸 심심할까 봐 머리에 랜턴을 쓰고 따라
갔다. 오늘은 유난히 어린 갑오징어들이 많았다. 어떤 놈은 검은 먹물을 잔
뜩 뿌리고 달아났다. 발레도 아니고 희한한 춤을 추던 어떤 놈은 내가 잡으
려고 하니 후다닥 줄행랑을 쳤다. '돌싼모퉁이'를 돌자 물고기 떼가 이리 뛰
고 저리 뛰고 야단법석이다. 박하지(돌게)가 엄청 많이 나와 있었다. 안면도
고남 쪽이 보이는 삼상지 갯벌 밭을 지나고부터는 박하지는 더이상 담을 그
릇이 없어 포기하기로 했다. 이 와중에 나는 수영하고 있던 세발낙지 두 마
리를 잡았다. 새끼 복어들이 왔다갔다 하고 피부에 닿으면 쏘이는 붐치놈들
이 야광을 띠고 여기저기 출몰했다. 예뻐서 만져보려고 하는데 동생이 안 된
다고 저지해줘서 알았다. 역시 화려한 놈들은 조심해야 한다. 낚시꾼들이 안
면도 쪽에서 건너와 원터치 텐트를 쳐놓고 야밤 낚시를 하고 있었다. 한 무
리의 박하지 사냥꾼들이 우리 뒤를 쫓아 왔다. 남은 박하지는 그들에게 선물
로 남겨 두었다. 들고 들어오기도 우린 무거웠으므로.

할아버지만 새잡이 줄을 뗑그랑 잡아당기는 게 아니었다. 어느 날 오후에는 할머니가 집 앞 의자에 앉아 새잡이 줄을 감아놓은 실패를 홀그덕 잡아당기는 것이었다. 그러자 연이어 매달려 있던 윤활유통과 식용유통이 제걱떡 철거덕 소리를 내는 것이다. 할머니는 쿨하게 일어나 집으로 들어가셨다. 혹시 새들이 많이 와 있는가 하고 살그머니 자세히 살폈으나 글쎄, 나는 놈들은 없다. 그래도 걸으러 나다니는 동안 그 댁 할머니, 할아버지마냥 나도 논에 새가 많이 앉아있는가 어쩐가 들여다보곤 한다. 오늘 아침에 보니 벌써 논에서 물을 빼놓아 바닥이 말끔히 말랐다. 익는 대로 추수할 요량인가 보다. 이 논길을 지날 때마다 토마스 하디의 『비운의 주드』를 영화로 만든 〈Jude〉 첫 시작 장면이 떠오른다. 가난한 시골 소년 주드는 석공의 아들로 학교에 가기 전에 드넓은 밭에 달려드는 새들을 쫓는 일을 해야 했다. 마이클 윈터 바텀 감독은 영화의 시작 부분에 이 장면을 넣었는데 정신없이 달려드는 까마귀 떼를 쫓는 슬픈 아이 주드를 그린다. 물론 내용도 참으로 슬프고 기구하다. 토마스 하디의 여러 소설을 참으로 좋아하는데 할아버지네 논을 걸을 때면 불쑥불쑥 떠오른다. 책 보기 좋은 가을날이다.

100번 걷기 어떻게 됐을까? 오늘이 25번째다. 하루에 평균 2시간 정도 걸은 셈이다. 아침저녁 두 번 나눠서 걷거나 비 오는 날은 못 하고 다음 날 더 걷는 식으로 조바심내지 않고 허용되는 대로 했다. 그렇다고 해서 쉬웠다는 소리는 아니다. 시간을 내어 규칙을 지키려는 수고는 '절제'라는 덕목과 함께 성실한 삶의 태도를 가르쳐줬다. 새벽 눈뜨자부터 시작한 감사기도나 매일의 성경 묵상, 맨손 운동, 걷기, 묵주기도, 과일이나 채소 위주의 식사, 두꺼운 책『율리시스』소리 내 읽기, 그와 관련된 책 읽어가며 정리하기, 일기쓰기, 매일 미사와 성체조배 등이 주로 일과표에 들어간 내용들이다. 물론 밥 먹을 때 듣는 '김종배의 시선집중', 낮시간 대바늘 뜨기와 바느질, 저녁 졸아가며 드리는 밤 기도는 최상의 기쁨을 느끼며 살고자 하는 나만의 방식이다. 기쁜 일을 해야 더욱더 기쁘므로. 그간 (1학기) 쉬던 학교 수업을 시작한 것은 커다란 변화이며 영광이다. 학교로 다시 갈 수 있을까 생각하던 작년 마지막 수업을 떠올리면 지금 상황에 엄청 감사드릴 수밖에 없다. 학생들이 고맙고 귀하여 매번 내 수업을 들어줘 고맙다고 표현한다. 어제저녁 아오스딩의 꼼꼼한 PT 조언에 의하면 근육량을 늘리기 위해 이제 평지걷기에서 다른 운동으로의 전환이 필요하다고 했다. 그래서 40분 정도 아침에는 성당 다녀오면서 '매봉재'에 오르기로 했다. 집 근처라 오가기도 좋고. 날씨가 추워지면 실내수영장에서 물속걷기를 하기로 결정했다. 지금은 방사선치료 후유증이 완전히 가신 상태가 아니어서 물속에 들어가는 것은 옳지 않다. 아오스딩은 간간이 유튜브를 보면서 근육 올려주는 스트레칭 따라 하라고 첨언했다. 앞으로 남은 4분의 3, 꾸준히 걸어갈 내 인생이다. 참, 그동안 나는 벌써 긴 털목도리를 떴고 지금은 따뜻한 가디건을 짜고 있다. 조금씩 반복되는 대바늘 움직임 따라 유튜브 책 듣기도 기쁜 일과 중 하나다.

바다!

바다를 못 본 사람도 있다.

작년 여름에 갑산 화전지대에 갔을 때, 거기의 한 노인더러 바다를 보았느냐 물으니 못 보고 늙었노라 하였다. 자기만 아니라 그 동리 사람들은 거의 다 못 보았고 못 본 채 죽으리라 하였다. 그리고 옆에 있던 한 소년이 바다가 뭐냐고 물었다. 바다는 물이 많이 고여서, 아주 한없이 많이 고여서 하늘과 물이 맞닿은 데라고 하였더니 그 소년은 눈이 뚱그래지며

"바다? 바다!"

하고 그윽이 눈을 감았다.

여기를 펴들고 집에도 있는 이태준의 『무서록』을 또 가방에 넣었다. 범우 문고판이다. 날은 춥고 쓸쓸한데 비 내리고 바람 그칠 줄 모른다는 롱펠로의 시 '비 오는 날'이 담겨 있는 책과 릴케, 장석남, 이성복, 이병률, 안도현의 시 집과 '그만 쓰자'는 최승자의 수필집도 가지고 왔다. 생일을 맞는 사람과 몇 몇 사람들에게 줄 요량인데 몇 개는 다 내 것이다. 서점 이층 옥상 의자에 앉 아 하나하나 읽어보고 간간이 편지글도 썼다. 한 번도 바다를 못 본 노인이 나 어쩌면 그렇게 죽을지도 모른다는 마을 사람들을 그려보며, 돌아오는 길 에 자꾸 "바다"를 되뇌어 봤다. 정처 없다는 이성복 시인의 시구와 바다는 잘 있다는 이병률의 시 구절은 먼 먼 가을일 것 같은 내 집으로 이끌고 있었다. 면천, 책방 오가는 길에 노랗게 물들고 있는 논밭과 누구를 위해 기도하러 갈 한적한 교회가 등장했다. 책 읽는 가을이다. 바다는 쓸쓸하겠지?

걷다 보면 자주 스치는 인연들이 있다. 두어 명 무리 지어 올라오는 이들이 있고, 라디오나 팟캐스트를 틀고 혼자 걷는 이들, 남자가 먼저 가고 나무 막 대기를 등허리에 끼고 의지하며 따라가는 부인, 몇 걸음 올라와 벤치에 앉아 재잘재잘 수다를 떠는 할머니들도 있는데, 그분들 중 왼쪽이 불편한 어르신 이 유독 눈에 띄고 가끔 만나게 된다. 그분은 라디오방송을 듣는지 올드 팝 송이나 가곡, 중국어 방송이 흘러나오는 가방을 메고 걷는다. 어떤 때는 일 행이 있어 그들과 걸어가는 것 같고, 주로 혼자 걷다가 매봉바위 지나 운동 기구 구역에서 팔 돌리는 운동을 열심히 하는 모습이 눈에 띄었다. 물론 이 것은 한 달 가까이 매봉재를 오르내리다 보니 어쩌다 발견한 것이다. 오늘, 그분이 내 앞쪽에서 걸어 올라가다가 멈춰 서더니 찰칵찰칵 사진을 찍고 있 었다. 참나무 숲으로 아침 햇살이 들어와 눈이 부시고 있었다. 햇살 샤워 중 이었다. 아직 초록 잎인 참나무 사이사이 내려 들어온 햇살은 마치, 그 아저 씨를 위한 조명 같았다. 나도 한 장 사진으로 담았다. 그리고, 나는 요즘 좀 더 건강해져 뚜벅뚜벅 걸어가고 그분은 나의 발소리와 약간 다른 소리를 내고 있었다. '나는 내 몸속 감옥 수인'이라는 BBC 어느 뉴스 제목처럼 맘먹은 대로 걸어지지 않는 그분의 발소리가 자꾸 크게 들렸다. 어찌, 육체적 수인만 감옥에 갇혀 지내는 것이겠는가? 마음속 저 깊은 감옥에서 나오지 못하는 아픈 영혼들이 얼마나 많은데, 하며 마음으로 응원하고 내려왔다.

8월 말부터 시작한 평지걷기가 힘을 받아 그간 매봉재 야트막한 산을 오르내려 왔는데, 오늘 아침은 용봉산에 올라보았다. 집을 나서면서 만난 가을 안개는 되돌아올까 고민케 만들었고, 새로 산 등산화는 몇 걸음 걸으면서 발 고장을 부를까 걱정케 했다. 그러나 그것들은 모두 기우였다. 용봉초등학교 지나서 올라가는 코스는 복장 터지는 일이 있는 때마다 오르던 길로 어느 핸가, 매일 서너 시간을 걸어 다니던 추억이 있다. 아오스딩이 네 살 때부터 데리고 다녔는데 상하리 미륵불로 오르는 오르막이 보이자, 그 많은 추억이 밀려오면서, 용봉산이 감사했고 반가웠다. "야, 용봉산아! 반갑다!" 용도사는 사라졌다. 미륵불을 지키던 절이 사라졌다는 건 느티나무 아래 잠시 쉬고 일어서다가 깨달았다. 예전엔 늘 이 시간이면 불경이 아니라 좋은 말씀이 흘러나왔는데, 더 예전엔 그 아래 졸졸졸 약수도 있어 아오스딩과 마시고 올랐고. 비구니스님이 미륵불 앞에 맑은 물을 올리고 지나갔다. 몇 번이고 쉬면서 경사가 급한 이 코스를 괜히 택한 건 아닐까, 가다가 어려우면 팔각정에서 돌아와야겠다고 맘을 굳혔다. 역시, 병이 지나갔다고 해도 오르막 바위산은 조금 어려운 듯했다. 그러나 팔각정도 지났고 그 위 습관처럼 앉아 쉬던 곳에 도착해 산 아래를 내려 봤다. 운무! 산 아래 내포신도시와 홍성읍 뒤 컨 마을들이 안개에 싸여 장관을 이루고 있었다. 노적봉 지나 투석봉까지 도착하는 데 1시간 걸렸다. 흥건한 땀을 말리고 되짚어 내려오는 데 50분 걸렸으니 1시간 50분이 소요된 셈이다. 미륵불 아래 경사진 길은 뒷걸음으로 걸어 내려왔다. 나를 다시 받아준 용봉산에 감사했다. 이젠 억새가 아름다울 오서산을 오를 생각이다.

지난번 용봉산 도전 후 힘을 얻어 해발 791미터 오서산에 올랐다. 장곡 주차장에서 오전 10시 반 출발하여 내원사 가는 임도를 따라 복신굴까지 가는 데 1시간 반 걸렸고 잠시 쉬었다. 거기까지 오는 동안 떨어진 낙엽과 아직도 남아 있는 잎들의 색감, 그리고 햇빛을 받은 잎들의 반짝임, 차갑거나 따뜻했던 바람, 모든 게 감사했다. 거기서 10여 분 쉬고 커피 한 모금과 어제 샀던 호두과자 두 알을 먹었다. 다시 매무새를 다지고 1시간 걸어 억새가 끝물을 달리는 전망대 정상에 도착했다. 길이 좁아지면서 만난 산벚나무의 흔들림 아래에서는 내년 봄 벚꽃 피면 꼭 오리라 다짐도 하고, 억새가 들썩이는 정상에서부터는 서해바다 넓게 터진 산 그 아래 엄마가 살고 있는 섬, 추도를 눈 씻으며 찾았다. 고즈넉한 빙도를 지나 고정리 화력발전소 굴뚝 몇 개 건너 원산안면대교를 찾았으니, 우리 섬은 그 바로 앞 다섯 개 섬 중 네 번째로 보였다. "저어~기 있네, 있어!" 억새밭 너머로 펼쳐진 보령 앞바다와 안면도, 효자도, 원산도 그 더 너머, 그리고 유난히 해가 비추는 금빛 바다 호도와 녹도가 눈에 띄었다. 거기 멈추었다. 아, 저리 아름다워도 되는 건가?

점심으로 컵라면 하나를 맛나게 먹고 하산했는데 복신굴 즈음 되짚어 내려올 때부터는 무릎이 아파 오기 시작했다. 나무지팡이에 의지해 경사로 대부분을 뒷걸음으로 내려오게 되었는데 성모송 한 소절 한 소절이 힘이 되었다. 하산 길 소요시간은 1시간 30분, 주차장까지 내려오니, 환희 빛 고통 영광 세 바퀴, 60단이 막 끝났다. 오르고 내리는 데 4시간, 쉬는 시간 총 1시간. 가을이 깊어진 오늘 같은 날, 오서산에 오를 수 있었다니 모든 게 다 은총이고 복되었다.

8월 29일 시작한 1시간 20분 걷기 100번 도전은 오늘까지 80회를 이어가고 있다. 처음엔 둑방길 평지를 걸었지만, 지금은 매봉재 야트막한 산을 오른다. 일부러 가파른 길은 여러 번 땀을 내 걷고 편한 길도 여러 번 걸어 시간을 잘 맞춘다. 갑자기 비가 억수로 쏟아져 물에 빠진 생쥐 꼴로 돌아오기도 하고 어제 같은 날은 중간에 소나기를 만났지만, 그럭저럭 걸을 만했고 어떤 때는 게으름 피우며 쉬기도 했다. 그럼에도 목표까지 20회가 남아 있다. 본문만 644페이지, 주석까지 936페이지에 달하는 김종건 교수의 번역본『율리시스』하루 7장씩 낭독하기는 약 3일 정도면 완독이다. 영어 원본은 늦게 시작하여 올해를 넘겨야 끝낼 수 있겠다. 관련 서적은 꾸준히 덧붙여 읽고 있다. 그동안 신약성경 낭독도 끝냈고 지금은 영문 신약성경 마태오복음을 거의 끝냈다. 잠들기 전에는 시편을 낭독한다. 낭독은 굉장한 힘이 있다. 보컬 트레이닝도 되지만 주변을 정화하는 힘이 있고 눈과 귀와 입으로 세 번 읽는 효과가 있다. 호흡을 조절하기에 건강도 좋아지니 일석 몇 조인지 모른다. 언어를 잘 구사하고 싶으면 나는 낭독하라고 조언한다. 단, 30분 이상 꾸준히 해야 한다. 걷기와 함께 했던 묵주기도는 부족한 의지력을 돋워주는 데 일조했다. 알게 모르게 도움을 주시고 기도해주신 은인들을 위해서도 기도했다. 하늘에 쌓는 재화를 글로 굳이 표현할 일 아니지만, 그동안 수많은 은인 덕분에 오늘까지 기쁜 얼굴로 살 수 있었다. 하느님께서 갚아주시기를. 계획하고 주저앉고 또 나아가기를 반복하며 암 선고 후 1년이 지났다. 이제 예수 탄생을 기다리는 대림 4주간 동안 또 뚜벅뚜벅 걸어갈 일이다. 준비하고 있는 책과 논문 조금씩 써나가는 일도 잘 마무리되길 빌어본다. 오시는 예수님 잘 기다리는 방법은 매일매일, 즉시 행복하게 현재를 정성껏 사는 일이다. 진심을 다하는 일이다.

며칠간 쏟아진 눈 때문에 남의 동네에 가서 자고 새벽 아침에 공항에 왔다.

크리스마스 휴가를 소화데레사와 함께 보내기로 했는데 생전 처음 따뜻한 크리스마스를 겪어볼 것 같다. 조금 걷고 쉬고 생각하다 올 것이다. 정기 검사 후 의사 선생님은 여행을 떠나도 좋다고 허락했다. 지난 1년간 잘 견디고 살아온 내게 주는 하느님의 선물 같다.

한 열흘간 성당에 가지 않고 집에서 성체 조배한 습관으로 침대에서 일어나 삼십 분 알람을 맞추고 앉아있었다. 이것은 5시간 비행할 때도 많은 도움이 되었다. 여러 번 그렇게 조배를 할 수 있었다. 어쩌면 땅에서 더 높이 하늘 가까이 올랐으므로 하느님이 더욱더 가까워진 건 아닐까, 혼자 웃어보기도 했다. 내 일상의 두 번째 루틴인 '소리미사'를 들으며 맨손 체조하기는 앱이 움직이지 않아 소리 없는 스트레칭으로 바꿨다. 비행 탓이었는지 밤에 쥐가 났고, 몸풀기를 제대로 해야 했다. 소화데레사를 따라 운동복 차림으로 거리로 나갔다. 추웠다. 한국서 입던 경량패딩을 입고도 성당에 앉아선 냉기가 느껴졌다. 걸으러 나가던 중 성 요셉 대성당 종소리를 듣고 성당 안으로 들어갔다. 미사 전 기도를 하고 있었다. 성당 내부는 헤아릴 수 없이 아름다웠다. 고딕양식 성당에서 그것도 베트남미사는 처음이었다. 경건한 어르신들의 조용조용하지만 희망찬 기도 소리를 들었다. 미사가 시작됐다. 젊은 청년들은 연인끼리 손잡고 미사 참례하러 왔다. 독서 후 화답송은 수녀님이 하셨고 강론시간에는 말을 알아듣지 못해 졸음이 쏟아졌다. 성체를 모시고 나왔다. 소화데레사는 더블린 여행 때처럼 맛집을 알아보는 데 열심이었다. 오늘 아침도 아주 유명하다는 쌀국수집으로 안내했다. 거의 삼십 분은 걸었다. 초록색 라임을 많이 짜 넣으면 약간 신맛이 국물 맛을 개운하게 한다고 배웠기에 오늘도 역시 많이 넣었다. 풋고추를 너무 넣었다가 계속 기침을 했다. 튀김처럼 생긴 것을 국물에 담가 먹는 것이 그 집의 특색이었다. 국숫집은 아침인데도 사람으로 미어터졌다. 아가와 아이들을 데려온 가족들이 엄청 많았다. 우리네 1970년대 시장 국밥집처럼 다닥다닥 붙어서 먹는 일들에서 사람 냄새가 났다. 어제 먹은 라임주스가 생각났다. 국숫집 앞에서 과일을 깎아 파는 여인을 만나 밤톨처럼 생긴 과일을 맛봤다. 꼭 돼지감자나 야콘을 먹는 것 같았는데 시원한 식감이 좋았다. 그녀는 딱딱한 망고도 권했다. 두 가지를 사는데 저울에 달아 파는 모습에서 광천장 날 엄마랑 삼천 원짜리 백반을 사 먹던 삼십 년 전 기억이 떠올랐다. 저울질하는 그녀의 웃음에서 세상 어디서도 못살 것 같은 선함이 배어 나왔다. 옆에서 파는 찐 고구마도 두 개 샀다. 동티모르에서 6개월간 구경 못 한 소화데레사를 위한 거였다. 길마다 커피집이 얼마나 많은지 모른다. 내 눈을 사로잡는 건 파리의 유명한 카페마냥 더덕더덕 위로 올린 다양한 집 형태의 건물 밑에 낚시용 의자들을 내놓은 커피집들이었다. 해가 잘 드는 커피집 앞에 앉았지만 실상 인도와 접해 있었기에 바로 지나는 오토바이나 차들이 쌩쌩 달렸다. 그러나 뭐가 문젠가? 라떼를 마시는 동안 길가에 앉아있던 신발 닦는 어르신이 신발을 닦을 것인지 물으러 왔다. 우린 둘 다 운동화를 신었는데? 하지만 자세히 보니 운동화도 말끔히 닦아주고 있었다. 우리는 괜찮다고 사양했다. 소화데레사는 아일랜드, 골웨이에서 탔던 투어버스가 가장 인상 깊었다고 회상하며 투어버스를 타자고 제안했다. 와이 낫? 뜨거운 낮시간이 되었고 기다리는 동안 내가 겪는 더웠다 내리는 증상 때문에 피부가 따가웠고 부채질을 하게 됐다. 주위에서 한 분이 베트남 모자를 건넸다. 투어용 무료제공인데 우리가 안 챙긴 것뿐이었다. 의외로 엄청 시원했다. 투어가 시작되자 바람이 불고 시원했고 복잡한 하노이 시내를 달리게 됐다. 참말로 이 복잡하고 뒤죽박죽인 도로를 차는 차대로 오토바이는 오토바이대로 사람은 사람대로 움직이고 있다. 호치민 무덤도 지나고 하노이에서 가장 크다는 호수도 지나 중간에서 내렸다. 어제 공항에서 숙소로 오던 길에 만난 꽃시장 길을 가보려고 택시를 불렀다.

여기 사람들은 정말 꽃을 사랑하나 보다. 이렇게 많은 꽃가게가 장사가 잘되
는 걸 보면 말이다. 자전거나 오토바이에 진분홍 부겐베리아 화분을 싣고 달
리는 거리는 얼마나 아름다운가? 많이 걷고자 했으나 갑자기 피곤이 몰아쳐
택시를 불렀다. 집 근처 국숫집에서 비빔국수를 먹었다. 다행히 쌀로 만들었
기 망정이지 밀것 같았으면 무지 힘들었을 것이다. 속에 함께 들어 있는 상
추가 정말로 맛있어서 신나게 먹었다. 숙소로 돌아와 낮잠을 잤다. 소화데레
사가 해리 왕자의 다큐멘터리를 틀어쳤는데 난 자장가로 들렸다. 오던 길에
먹음직스럽게 보였던 귤은 이 맛도 저 맛도 아니었다. 채식레스토랑에 저녁
예약을 했다는 소화데레사는 신났다. 녀석은 이것저것 음식 기행 하는 것에
기쁨을 느낀다. 난, 조금 자고 나니 힘이 생겨 이 길고 긴 기록용 글을 쓸 수
있게 됐다. 밖에서 웬 남자가 문을 두드려서 내다보니 집주인 미스터 추안을
만나러 왔다고 한다. 없다고 하니 돌아갔다. 에어비앤비 숙소여서 그도 그럴
것이다. 비좁은 골목길 입구를 들어와서 이층 삼층을 함께 쓰는데 나름 괜찮

다. 이제 꾸물럭거려야겠다.

　밤 장시간 침대버스를 타야 하는 오늘은 서로 모른 체하며 자유 시간을 갖기로 했다. 오래 앉아있어도 되는 카페에 들어가 내년 계획을 하거나 책을 읽기로 뜻을 모았다. 그동안 먹은 것 중 가장 좋았던 첫날의 닭고기 쌀국수를 아침으로 먹고 마땅한 카페로 가는 중, 새장에 새를 가둬 파는 상점 앞에서 잠시 멈췄다. 필립 로스의 소설 『휴먼 스테인』에서 포니아가 찾아가는 까마귀가 떠올랐다. 붉은색 천으로 가린 새장들이 걸려있었다. 주위 환경을 가려주기 위한 최선의 배려인가 궁금했다. 여기선 새소리가 별로 안 들린다고 생각한 어제와 다르게 오늘 새벽 숙소에서 쨱쨱거리는 소리를 들었다. 문득 새장 속의 새들을 모두 깨우고 싶다는 생각을 하며 지나갔다. 분홍장미와 여러 가지 꽃들을 꺾어와 바구니에 놓고 파는 아주머니 옆을 지났다. 큰 두루마리 천들을 세워놓고 팔고 있는 포목점을 만났다. 첫 번째 집에서 파는 붉은 잔 꽃무늬 천을 만져보다가 건너편 포목점으로 갔다. 파스텔톤 천들이 두루마리에 감겨 쌓여 있었다. 어쩜 이리 고운 색들이란 말인가? 가격을 묻고 2미터씩 구입했다. 각기 다른 무지 6가지와 핑크와 연두색 공단 천 각 2미터씩 구입하는 데 700k(70만 동) 들었다. 주인 부부는 연신 천을 끊으며 바삐 움직였고 옆 가게 사람들이 지켜보고 있었다. 더 많은 색감을 주문하고 싶었지만 짐 가방에 꼭 찰 듯해서 멈췄다. 아휴, 그림 한 장 그린 느낌이네. 헤어지기로 했다가 그냥 로스터리 커피집에 둘이 들어와 따로따로 앉았다. 한 사람 간신히 올라다닐 수 있는 계단을 이용해 삼층으로 왔다. 내년 계획을 세우며 소화데레사가 추천한 에그 커피를 마셨는데 부드러운 식감이 좋긴 하였으나 너무 달아 다시 라떼를 주문했다. 옆자리에서 나이 조금 든 베트남 여인과 영어를 쓰는 남성이 한참을 떠들다가 사라졌다. 오늘은 계속 흐리고 서늘한 가을 날씨다.

야간버스를 계획했을 때는 다섯 시간 이상 견딜 체력이 될까 두려워 머뭇거렸다. 하지만 곧 언제 다시 야간 침대버스를 경험해보랴 싶어 그러자 했다. 어제저녁 발 마사지숍에 들러 풋 케어를 받고 주인과 직원들과 즐거운 대화를 나눴고 다시 숙소로 갔다가 짐 들고 택시를 부르러 나왔을 때부터 뭔가 꼬이기 시작했나 보다. 소화데레사의 하루치 데이터가 소진되어 택시를 부를 수 없게 되었고 잠시 걱정하다 아까 들어갔던 마사지숍에 가서 도움을 청하자 했다. 다행히 가까웠고 주인은 너무도 친절하게 택시를 불러줬다. 얼마나 친절하던지. 하노이 돌아오면 또 들른다고 인사했다. 야간버스가 서는 정류장에서 기다리기 시작하자 이슬비가 내렸다. 하나둘씩 승객들이 나타났고 한 남성이 티켓을 확인했다. 곧 두 대의 버스가 섰고 우리도 탑승했다. 이층 침대버스가 거의 오픈된 상태로 정렬되어 있었는데, 우리가 예약한 번호가 없었다. 나중에 아니라고 해서 다음 버스로 가려는데 버스가 떠나버렸다. 동시에 웬 덩치 크고 무섭게 생긴 남성이 다가오더니 따라오라고 한다. 아, 우리가 예약한 좌석이 있는 핑크색 버스다. 그러나 이 양반은 영어 한마디도 못하고 오로지 베트남어만 구사한다. 막무가내가 따로 없다. 알려주지도 않고 이층으로 올라가라 손짓한다. 방법도 없이 그냥 양쪽으로 나눠 2층 좌석에 앉았다. 아니 누웠다. 그렇게 여행이 시작됐다. 졸음이 쏟아지는가 싶을 정도로 거리마다 잠시 정거하여 손님들을 태우고 있었다. 9시 반에 탔는데 11시부터 멀미와 배탈이 시작됐다. 멀미 탓이었다. 고속도로를 달리는지 사위는 조용했고 버스는 멈출 기색이 없었다. 묵주기도만 의지했다. 그렇게 12시 50분이 되어서야 휴게소에 들렀다. 같은 곳으로 떠나는 아까의 그 버스까지 세 대의 차량에서 손님들이 우루루 쏟아져 나왔다. 모두 화장실을 다녀왔고 일정 시간이 지나자 점검도 없이 차는 출발했다. 소화데레사도 멀미가 심했던 모양이었다. 다행인 것은 그 뒤로 편안해졌고 중간중간 새우잠을 잘 수 있었다. 간이역에 서는 것처럼 두 번인가 서서 잠잠히 머물렀다. 어차피 아침에 닿아야 하므로 운전사도 쪽잠을 자는지도 몰랐다. 우여곡절 끝에 우리의 종착지에 다다랐다. 손님을 태울 택시 운전사들도 우리를 기다리고 있었다. 아, 이 새벽에 이토록 기다리고들 있다니. 호객행위를 하는 사람들이 여럿 지나갔다. 착하게 생긴 한 택시 운전사와 이야기 끝에 숙소로 올 수 있었다. 사위는 안개 속이었다. 우리가 예약한 삼 층짜리 세모 모양 맨션이 안개에 싸여 고개를 내밀었다. 얼리체크인이 가능했다. 안내에 나온 미스 장이 참말로 고왔다. 영어도 잘하고 친절했다. 7시 20분 프렌치토스트를 주문하고 각자 객실로 들어왔다. 천국이다. 여기서는 둘이 따로 머물기로 했다. 이 집을 선택한 이유는 정원이 아름다워서라는데, 진짜 맘에 든다. 1층 로비는 분홍과 연노랑 백합으로 여기저기 꾸며져 있었다. 누구의 데코레이션인지 목조 건물과 다양한 나무 가구와 꽃들과 방석의 색깔까지 마음에 쏙 든다. 따라 나와 앉아있는 두 마리의 강아지도.

미스 장과 소화데레사가 두런두런 얘기하면서 화로에 불을 붙였다. 석쇠에 라임과 오렌지, 계피를 올려놓고 불을 피우면 향내가 좋다고 했다. 아니나 다를까 조식을 먹으러 내려오는데 계단마다 장작 타는 냄새처럼 구수한

향이 났다. 하노이에서 북쪽으로 다섯 시간 이상 달려온 이곳은 춥다. 32도 더운 지역에서 살던 소화데레사는 걷기 위해 경량 패딩을 하나 샀다. 손이 시릴 정도로 기온이 적당히 내려가 한국 같다는 생각이 들었다. 짐이 될까 봐 조금 얇게 준비한 탓에 걱정은 되지만, 걸으러 왔으므로 괜찮을 것도 같다. 아주 약한 이슬갱이 비가 내려 마을을 조금 걷다가 돌아왔다. 우리가 걷기로 한 깟깟 마을까지는 3킬로. 오늘은 그냥 왕복 6킬로만 걷기로 했다. 아직도 안개 속에 갇혔고 좀 자야 할 것 같다.

안개 도시 사파, 오후 1시 10분 시작한 걷기는 깟깟 마을로 내려가서 조금 더 걷다가 되올라오다 보니 총 3시간 걸렸다. 오히려 높은 곳에 있어서 숙소 쪽 동네가 안개 천지인가보다. 아침 날씨가 추웠으나, 걷는 오후 내내 따뜻했다. 다랭이논에 벼들이 누렇게 익을 때 왔어야지 지금은 뭐 볼 게 없지 않느냐고 두런거리며 다녔다. 만화영화 장소였는지 재미지게 생긴 곳에 올라가 건너다뵈는 깟깟 마을 여러 풍경을 바라봤다. 고소공포증이 심한 터라 이 정도도 다리가 후들후들, 내일은 어찌할 건지, 영화 〈바람과 함께 사라지다〉의 주인공처럼, 내일 일은 내일 걱정하련다. 내려갈 때는 몰랐는데 다시 돌아오노라니 엄청 가파른 오르막이다. 천천히 걸으며 지나가는 병아리와 수탉, 암탉들, 얌전한 강아지들, 저희 동네라고 길을 가로막고 앉은 강아지 녀석들과 대화를 나눴다. 구운 옥수수를 사서 의자에 앉아 먹으면서 신나게 뛰어노는 여자애들을 바라보며 웃었다. 어이구, 저어기 저 녀석은 우리 소화데레사 어렸을 때랑 똑같이 적극적이구나, 어쩜 저렇게들 예쁘게들 놀고 있을까? 그네들 어머니가 구운 계란을 팔고 있어서 하나 주문했다. 뜨끈뜨끈했다. 어머니 허락에 사진도 함께 찍었다. 사파로 접어들자 다시 안개에 갇혀 앞이 뵈지 않는다. '안개만이 자욱한 이 거리' 정훈희의 안개, 김승옥의 『무진기행』밖에 떠오르지 않는다.

밤새 그치지 않고 비가 내려 오늘 판시판 오르기는 다 틀렸다고 생각했다. 어제부터 간다 안 간다, 아카시아 잎을 수도 없이 따다 비 핑계로 안 간다고 생각하니 차라리 다행스러웠다. 늦은 조식을 먹고 들어오며 소화데레사는 그래도 평생 또 사파까지 올 수 있겠느냐며 후회하지 말고 타러 가자고 했다. 물론 걷는 이들도 있겠지만, 판시판은 너무 높아서 모노레일 타고 올라가 계단을 걷고 또 케이블카를 타고 다시 모노레일 타야 갈 수 있는 산이었다. 결국 티켓팅을 할 수 있는 사파 선 플라자까지 가봐서 이런 날씨에도 타러 가는 사람들이 있다면 가고 그렇지 않으면 돌아오자고 결정했다. 에고, 난 고소공포증이 엄청 심한데, 발걸음이 떨어지지 않았다. 마침 조식 후 갑자기 걷힌 구름 사이로 숙소 앞 높은 산이 보여 탄성을 질렀는데 산꼭대기의 날씨가 다를 수 있으니 정상에선 분명 기뻐할 일이 있을 것이라고 스스로를 안심시켰다. 빗속을 걸어가다가 접이우산을 둘 샀다. 비가 계속 내렸기 때문이다. 기온이 내려가 손도 시리고 추웠다. 웬걸, 선 플라자 내부에 들어가자 케이블카를 탈 사람들로 붐볐다. 세상에나, 세상에나 나는 가야겠네, 어쩐다나. 우리는 티켓을 구매했다. 관광청에서 찍은 케이블카 영상이 계속 상영되고 있었다. 모노레일도 무서울 텐데 저 저 저 케이블카를 어찌 탈 수 있단 말인가? 발아래가 보여 아마 나는 몇 번은 기절할 것인데, 이젠 취소할 수도 없다. 곧 모노레일 문이 닫히고 출발했다. 아뿔싸! 아니 오호~~~굿 잡! 하얗게 쌓인 구름밖에 안보이니 전혀 무섭지가 않았다. 아, 고마운 구름! 모노레일도 케이블카도 전혀 무섭지 않으니 이건 뭐 행운인지 불행인지, 중간에 있는 절에 들렀다가 해발 3,143미터 판시판 정상까지 무사히 도착했으니 말이다. 그러나 어쩌다 살짝살짝 새색시처럼 보여주는 판시판의 풍광은 아쉬웠다. 그래도 정상에서 잠깐 보여준 모습과 내려오면서 본 다랭이논, 기암괴석 등에 감사할 뿐이다. 정상에 오르는 계단에는 어젯밤 살짝 내린 눈이 조금 남아 있었고 한 번도 눈을 보지 못한 사람들은 그 눈을 만져보며 신기해했다. 꼬마들의 모습은 정말 감동이다. 판시판의 모습보다는 처음 본 눈에 정신이 팔려 눈덩이를 봉지에 싸서 가져간다는 아이들, 아휴 귀여워라. 판시판 아래 동네에 사는 사파 사람들도 한 번도 눈을 본 적이 없다는데 산꼭대기에서 눈을 보았으니 얼마나 기뻤을까? 판시판행 케이블카는 6월부터 수리 중이어서 얼마 전 12월 초에 재개장했다고 한다. 그동안 엄청난 인파가 몰렸는데 다행히 우리가 온 이때는 적당한 인원이었다. 오서산에 올라 컵라면 먹던 재미에 또 시작, 우리는 컵라면을 먹었다. 반은 익고 반은 설은 컵라면, 추위와 떨며 맛나게 먹었다. 내려오는 케이블카에서 잠시 눈물이 났다. 작년 항암을 시작할 때 과연 다시 살아갈 수 있을까 막막했는데 이 높은 산꼭대기까지 와볼 수 있었다니, 소화데레사에게 너무나 고마웠다. 밖에 드러나는 산의 여기저기 몸짓을 보면서 복받쳐 오는 감동은 말로 다 할 수 없었다. 모든 게 감사했다. 비 온다고 그냥 숙소에 머물렀다면 이 순간 감동을 느껴볼 수 있었을까.

앉은뱅이 의자에 둘러앉아 모닝커피를 주고받는 시간에 거리로 나왔다. 다시 하노이다. 어제 짐을 푼 숙소는 전기매트가 없어 옷 여러 개를 입고 잤음에도 더 머물 수 없어 서둘렀다. 처음 눈에 들어왔던 옥탑방에 옥탑방을 얹은 풍경 건물처럼, 날림으로 빚은 방이어서 기온이 더 떨어진 어제오늘은 견디기 쉽지 않았다. 물론 거실엔 벽걸이 온풍기가 있었지만, 방은 영향권 밖이었다. 세탁소에 옷을 맡기러 가는 길에 현지인들로 북적이는 길가 쌀국수집에서 소고기쌀국수를 시켰다. 자리가 없었으나 이내 종업원은 옆 가게 문앞에다 자리를 차려준다. 여전히 아침 출근하는 오토바이는 쌩쌩 지나가고 그거 아랑곳없이 뜨끈한 국물에 해장하듯 후루룩거렸다. 옆자리는 두 번이나 손님이 바뀌었으나 줄담배 냄새는 끊이질 않는다. 그러나 소고기가 참말

로 부드러워 국물 맛이 끝내준다는 이 아이러니는 어쩔까. 비단거리 일쩍 문
열고 있는 집에 들어가 울긋불긋 실크 스카프 몇 개 고르고 새, 토끼, 물고
기, 닭 등 자그마한 인형 고리를 골랐다. 어쨌든 우리가 베트남 돈으로 바꾼
것은 끝나가고 있었다. 노트북을 들고 나온 소화데레사를 스타벅스에 남겨
두고 할 일 없는 배회를 할 참으로 나왔다. 지난번 보다 기온 차이가 많이 났
다. 하노이 구도심의 매캐한 매연과 쌀쌀함과 몇 년 동안 만나도 다 못 채울
만큼의 많은 사람 속에서 하염없이 걸었다. 이층 삼층으로 쌓아 올린 건물들
이 좋아 올려다보느라 고개가 빠질 것 같았다. 사람들과 상관없이 가게 앞
나무 아래 화단을 정비하는 아저씨는 대야에 담긴 시멘트를 열심히 바르고
있었다. 세제를 풀어 오토바이와 차량을 닦는 것을 보니 세차장인가보다. 많
기도 한 오토바이는 다 어디로 가나 하자마자 길가를 막고 선 오토바이 중고
매장, 커다란 병원을 만났고, 우리네와 같이 의료용품을 내다 놓고 파는 약
국거리가 있다. 몇 번이나 본 제복과는 다른 색깔의 제목을 입은 군인이 아

니면 경찰이 이발소 앞에서 이야기를 나누고 나와 눈이 마주친 점원은 배시시 웃는다. 퀼트 숍을 하나 만나서 구경했는데 그런 가게는 가뭄에 콩 나듯 드물다. 맛있는 라떼 집을 만나지 못해 이젠 포기하고 발도 쉴 겸 들어온 민트색 카페에서 라임주스 대신 파인애플주스를 시켰더니 그동안의 온갖 피로가 다 날아가는 듯하다. 내년 계획을 세웠다.

어머니 집에서 나오는 일이 출생이고 인생의 시작이라면 다시 어머니 집으로 돌아가는 것이 죽음이고 인생의 목적지다. 어느 누구도 이 과정을 피할 수 없고 이 길은 진리다. 어머니로부터 분리된 육체의 집을 잘 보듬고 살기 위해 필요한 터전은 1평도 되고 50평도 되겠지만 암과 싸우다 보니 겨우 1평의 방에서 오락가락하기도 벅찼다는 것이다. 열심히 모은 책들과 찻잔, 마당 가득 심은 꽃들과 화분 내가 그토록 아끼는 피붙이까지도 돌볼 수도 함께 할 수도 없는 상황에 직면하기도 했다. 내 육신의 집 가꾸고 돌보기도 어려웠기 때문이다. 아무리 내 터를 넓혀 살아도 돌아갈 때는 모두 공평하고 그때는 예고 없이 닥치기도 한다.

나는 2021년 11월 암 선고를 받고 지금까지 집을 가꾸고 돌보는 일에 열중해왔다. 이전에 몰두했던 주택이라는 집 개념보다 물리적으로 더 작은 집이지만 그 안을 채우는 영혼의 일도 같은 무게로 다뤄졌다. 다시 어머니 집으로 돌아갈 때 가지고 갈 수 있는 것을 가꾸어야 한다는 것은 치료를 마치고 다시 태어난 후 얻은 깨달음이다. 그게 무엇인가? 그것은 사랑하는 일이었다. 사랑하기 위해 나는 남겨졌다. 그렇다고 삶의 무게가 가벼워지고 이전의 중요했던 것들이 함부로 여겨졌다는 뜻은 아니다. 내 안의 십자가가 내 몸과 육신이었음을 인식하고 나니 주변의 상황들에 초연해졌고 좀 더 사랑할 시간을 늘려갈 수 있었다. 그 전에 아무 감동 없이 받아들여졌던 공기와 바람

과 물과 거기 집 짓고 사는 사람들이 소중하고 감사하게 다가왔고 존중하게
됐다. 또 내 영혼과 육신의 집을 건강하게 가꾸는 일에 소홀하지 않을 것이
고 다른 이들의 집들과 마을을 사랑으로 돌보거나 함께할 것이다. 다시 어머
니의 집으로 돌아가야 할 시간이 도래한다면 무엇은 남기고 무엇은 가져갈
것인지 고민하며 살 것이다. 그렇게 따지면 이 세상에 산다는 것은 '세 집'에
서 셋방살이하는 것인지도 모른다. 여행을 마치고 이클레스 7번가로 돌아온
레오폴드 블룸처럼 2022년 12월 31일, 나는 내법리 집으로 돌아왔다.